烟雾镇

丁颜 著

上海文艺出版社

001　自序·黑暗中的祈祷

临潭篇

- 003　有粮之家
- 094　烟雾镇
- 133　尘封的灯
- 164　六月伤寒
- 192　早婚

东乡篇

- 209　大东乡
- 258　路灯
- 281　赎罪
- 296　内心摆渡
- 310　灰色轨迹

自序

黑暗中的祈祷

　　写作起源于对文字自身的敏感，一个字在热衷于想象的人眼里可以幻化出无数的意象，让人陶醉其中，同样一个意象可以用很多文字排列组合而出，想象与创作结合起来，有意识与无意识结合起来，一个故事便诞生于笔下，像一个美妙的游戏，这是起初的写作，只是单纯地写，并无太多思考。

　　后来感觉写作是与自己的一种交流，高兴、失落、委屈、感动、纠结，都会去写，忽然而至的情绪激发出灵感，自动去写，写的几乎像是快要将自己耗尽，大脑白茫茫一片时，问过自己，为什么要写，写来又有什么用处，这样的问题好久都是没有答案的，但依然像是染了毒瘾一样在写，组合、构建、劳心劳力，其中所得一言难尽。

　　有一个晚上印象特别深刻，我正在拜毯上祈祷，室内是安静的，突然停了电，周围一片暗黑，那一刻我感觉自己什么都抓不到，又感觉什么都包围着我，这种感觉与我某一刻写作时的状态一模一样，在黑暗和静默中手心里的眼泪让我蓦然惊醒，写作不为什么，它于我来说，只是黑暗中的祈祷，清醒的意识依赖于混沌的无意识，生的悲苦依赖于祈祷中的希望，艰难而坚强。

有时感觉写作这件事，不是自己选择的而是被选择的，像是读书读着读着一不小心上了一条贼船，一启航，就无止境，想停也停不下来，所以显得很悲观。我不止一次说过，如果必须要丢掉几样爱着的东西，那我第一个丢掉的一定是写作，我并不是讨厌写作，我只是害怕写作过程中死一样的寂静和它带给我的想哭想吐的曲折心肠。但停下来不写比写更悲观，心是悬着的，焦灼，空虚，无处下落。

随着成长渐渐意识到，好的小说不是单靠想象就能出来的，它需要一个坚实完整的背景，犹如温暖明亮的火焰需要一堆柴禾来维持，火焰燃烧余留下的灰烬的质地，不仅源于燃烧的程度，也源于柴禾的硬度。

是的，我需要一个写作的背景，来延伸和发展我的故事。

生长行走在西北、青藏这一方土地，眼之所见的都是形态丰富的朝拜与灵魂的自我救赎，一方属于宗教的土地，无论伊斯兰教还是佛教，都虔诚干净得让人感动，同时纯美脆弱得让人心脏隐隐作痛。

体会之后，留下深刻的印象，这样的背景轻而易举地淹没了想要写的故事，应该做更重要的事情，外界对它的误会、神往、叹息，都能引发一种砭骨的痛感，比平常敏感，强大的精神世界以及土地的智慧和光芒迫使人开始寻找一种方法，妥帖恰当地揭示所有的细节，种种矛盾让写作变成了一个原有的世界基础上的新的世界，这又需要故事，用故事将原有的世界讲出来，同时用故事吸引读者进入新的世界，关注内省的东西。

对某一片土地太熟悉，连它的经脉延展都清楚时，它会顺着你的眼睛痛到你的心脏里来。以这样的土地和人文为背景，勾勒小说，像是在诅咒的艺术上踮脚跳舞，在心里无数次的幻化，无数次的打碎又成型，一步一步抓好角度，将自己所知的信息用故事的方式传达给读者，渐渐成为我写作的根本和方向，离现实很近，又离现实很远，用远近之间的那段距离解释清楚人们对它的曲解和误会，用文字画一幅距离间的导航，引导人们进入一个清晰的世界，它是这样的，你没有看见的我帮你看见，你看不懂的，我给你解释，你误会的，下不为例。

从这一点又意识到，写作不是盲目地大声叫喊，行使发言权，引起人注意，写作首先要心净，让客观自己来表达自己，没有对错，不要偏见，无需解释和辩护，然后要有爱，浓郁热烈的爱、格调清冷的爱、善良邪恶的爱都可成为一条线索，无需操纵，但源源不断。作家不是上帝，不可能具有上帝般造人的神力，也没有上帝安排一切顺其自然的能力，写作基于理解，公正理智、有责任感和道德感的理解是放置正义的框架。

对于破题之后如何表达才能完整，这一点我一直很慎重，荒凉和沉默并不代表无物，往往看不见的要比看得见的深广，看得见是现实，看不见的是人心背后的苍凉和广博，在创作的小说世界里二者又都是能看见的，让生活的阴暗面和光明面平行前进，用小的世界超越大的世界，让读者通过一个窗口，将细微、神秘、复杂、模糊、困顿、混乱，阅读成清晰的常态。

在写作过程中，时常感觉自己是一个充满矛盾的人，像是在分裂生长，或者说是双重人格，是小孩与老人的混合体，用孩童的心看待世界，用老人的口吻书写世界，用尽可能的章法技巧、叙述形式，将一个整体以一分为二，二分为四的倍数关系划分成不同的局部，然后展现、隐藏、强调、暗示，其最终目的是分析和展现整体中的核心，所有的孩童都是天生的哲学家，他的本质和核心是稳定的、善的、单纯的，唯有一针见血的单纯才能够与生活抗衡并保持自己的独立，拥有自己的思维方式。

总之，感觉我的祈祷跟我的写作相似，是过去的被迫的枷锁和未来的可以攀援的篱笆，是灵性与灵性的碰撞，是精神上的寄托和自由，黑暗中的祈祷跟平时又有不同，对内心的所获，对之前印象来的美好和细节都非常敏感，是宗教的终极信念，这与完全进入安静的写作状态极其相似，在看不见的黑暗中，心静魂净的那一刻，就是抛开迷眼之屑的那一刻，与自己可以很好的沟通融合，同时会想到读者，虽说写作是自己的事，但写出来之后希望它是有点价值的，它可以带着读者进入全新的思想领域，带着读者脱离生活的限制，我在小说里逃避，读者在小说里飞翔，然后再带着我上路。在新的世界里各自坚持自己的判断，一起前进或者互相抛弃都可以。

2017 年 1 月 11 日写于临潭

丁颜

临潭篇

有粮之家

一

苍白的灯光照亮黑黢黢的粮仓,蛛网处处扯棉拉絮,粮食已经霉烂腐黑。几位雇工戴着口罩将烂粮一锨一锨铲装起来,一袋一袋往外抬。地上映下的是一节一节的阴影。

几十吨粮食不是一天两天就能搬出来的,工程相当浩大。想必当年粮食也不是一天两天倒进去的。仓满了,大铁门从外面一锁,几十年都没人过问,成了鼠蚁的天下。风一刮就闻到一股馊粮的味道。

周围的居民受不了,大声地咒骂着,但粮仓的主人马忠良两手直握着挂棍,敲着地面放出话来,谁动我的粮仓,我就跟谁拼命。提出处理掉陈仓烂谷的后人一时不得下台,涨红了脸。

在有粮的和平的人人不储粮的年代,他守着这么大一个粮仓,守宝贝似的不让人动。镇上所有的人都戏谑他是

"有粮之家"。

这样的戏谑使活了八十九岁的马忠良微微战栗,从喉咙低处发出一声谁也听不清的低沉回应。

这个粮仓是早前,他从别人手中接过来的,在里面装满粮食以防荒年。

他是曾经挨过饿的人,上个世纪荒年接荒年,饿怕了一代人,过来人回首那些个年份不禁两泪交流。多少年过去了,那种饿,掏心的饿,饿死人的饿都无法被平静和遗忘覆盖。

让人活,让人死的粮食成为他们的心结。浪费不得啊,浪费是会遭报应的。吃饭碗舔得干干净净;掉饭桌上的饭粒和馍馍渣用拇指一粒一粒蘸起来放进嘴里;食物掉地上,捡起来,吹吹干净再吃下去;炎热夏季馍馍做多了放着长了花花绿绿的霉菌,拿起来掰碎,切一根大葱,铁锅上灶,滴四五滴植物油,再洒一撮花椒,一顿爆炒,就着咸菜当一顿饭来吃……粮食就是命,不信哪一天断了粮给你们试试。

麻袋里要装满粮食,封口摞起来,面柜里的面要时时装满,这样才感觉踏实。

在这关紧门窗,生活越简约越好的时代,后人们早已不知道藏粮的重要性,看着上辈人的种种举动,脸上微微带着震惊睁大眼睛。

钢筋水泥的城市迅速崛起,到处拆拆建建,马忠良的粮仓终于也是保不住了。

空气在炎热中颤动,车子开到粮仓门口平稳停下。汽车里的马忠良满头的银发与白色无沿小圆帽混为一体,由后人搀扶着下了车。强烈的光线似乎刹那间可以让他灰飞烟灭。

他用手挡在额头上,微微眯起眼睛,颤颤巍巍地走过来,走到麻袋跟前,俯下身抓起一把烂粮,风雨沧桑的眼睛里露出一种执着的悲苦。手指轻轻地颤动了一下,松了手,一粒粒粮食像是在黑暗中被烧灼过的黑色尘末,承载着八十多年的记忆从手指缝隙簌簌往下流淌,在阳光下变得粒粒饱满,流光溢彩。他浑浊眼睛里的黑白世界也跟着慢慢转变成了年轻时的彩色,血液在脉管里翻涌。

大时代背景下的临潭,犹如电影开映,消失的历史尘烟,崩塌在日光之下的废墟瓦砾,遥遥远远的那些与血肉相连,如生命般贵重的粮食以及围绕着粮食的那些年份,那些纷繁,在他胸腔之中晃动,从民国二十四年(一九三五年)开始,摇摇晃晃又在他面前从头活了过来。

二

寒风呼啸,路上都是积雪的泥泞,马车碾过之后,留下两条长长的车辙。

一条平静的大河,从东边蜿蜒而来,闪烁着隐隐的波纹,沿河而建的木结构房屋,层层叠叠。

天刚亮起,房屋上头炊烟袅袅。

早起的人用扁担勾着两只木桶,吱呦吱呦地走向河边。

在临近河水的湿地上随便抛了个坑，渗出一汪清澈透明的水。

这河正是洮河的支流，环城而过。人们习惯来河边洗衣洗菜取水。空地上的官井是几百年前就有的老井，看上去显得过分委屈，可是这委屈跟谁说呢？这里的人爱清洁，觉得井里的水不及流动的河水干净，吊桶的长麻绳放下井的时候，绳上手扯过的脏水也滴滴答答一同落入井内，而且河水也比井水用着省力。

木桶里面舀满了水，再挑起来，一手搭在扁担上，一手缩进棉袄的袖筒里，穿旧的棉袄两袖弯弯皱皱的。走进了曲折的小巷，一闪眼就不见了。

坐在平板马车上的女人穿棉衣棉裤，一块绛红色羊毛围巾，笼在头上，悄悄地望着。堆堆囊囊的铺盖下面还有一个孩子，歪头倒在女人的膝盖上睡着了，半边脸稚气未脱。

女人二十四五的年纪，但微显的驼背和脸颊上快要涨破血的高原红，让她沧桑了不少。她没收拾好飘出来的头发，蓬松干燥。就此，出过门的人见了，定能一眼识出来，这来自番地。

孩子是个女孩儿，梳了发辫，约莫五六岁的模样。小而洁白的手指蜷缩着，穿着条绒面儿的棉衣和碎花棉裤，都是崭新体面的。

城门刚开，城墙头上的士兵照例敲了几声锣。熟睡中的小女孩被锣声吵醒了，坐起来揉了揉眼睛。一双大眼犹如杏仁儿，睫毛很长，仿佛要垂到眼睛里去。

马车平平地驶入已经烂得不成样的城门，门洞顶黑黢黢的，烟熏火燎过的。两边都是土楼，也是灰沉沉的，像是没住人很久。她悄悄地望着，每家的街门上头都种有菊花，开过之后连着枝叶都成了枯草，在寒风中瑟瑟发抖，土楼上有位老妇人佝偻着腰身取下支窗的棍子，合了窗户。看着这个人影儿，她眼里闪出一丝恍惚。

城内比城外热闹了一点。客店、饭店、米面行、油坊、布店井然有序，时而有人进出。也有街边小摊小贩，起火开张卖早点的，罗列琐碎物品出售的。一个文人，穿灰土布长衫，在街的拐角处简简单单搭起供案，研墨铺纸，早早做好帮人写信写状纸的准备。这大冷天的，这么早就出来营生。他将双手筒进袖筒里，抬头望去，灰沉的天，像是又要下雪。

车子停在了一家粮号前面，牌匾上是偌大的"恒泰和"三个字。里面的柜员个子很高，戴着纯白的白色无沿小圆帽，黑眉乌眼，满脸的青胡碴子。正拎着鸡毛掸子扫柜台上的尘土。

女人跟驾车的师傅指指那店铺，说："先在这儿停一会儿，让我瞧瞧再说。"

小女孩也跟着女人向那店铺望去，一双大眼睛一眨一眨，无限好奇。

只见一个十多岁，孩子气未除尽的小男孩，背着斜挎包，头上是狐皮的护耳帽子，穿得也挺厚实，从店铺的里间掀了门帘出来。

柜员见他，便说："又不走正门？又从这儿抄近路？"

"一天日子刚开始,我先来看看您。"那男孩转到柜员面前嬉笑着。

"我看你是磨磨蹭蹭不想去学堂。"柜员继续用鸡毛掸子扫着各处,"这书啊,还是得好好念,你阿爸请人给你专取个李盛的名字,期望可高着呢。"从柜台后面抽出一把油纸伞,说:"今儿个天看似要下雪,带着伞快去学堂。"

那孩子接过伞,当成拐杖,在地面上一抵一抵地走出来,沿马路向上走去。

女人从马车里下来,一手挽着包裹,一手牵着小女孩儿的手踏进店铺里去。柜员定睛看了看,不大相信:"你是阿舍儿吗?是阿舍儿对吗?"

手里的鸡毛掸子还竖半空中,眼睛直直地望着,鼻子和嘴唇边的犹如干涸河床般的深刻线条因一时地惊讶而变浅。

阿舍儿跟他点头,不太确定地问道:"您是王掌柜?"突然又一下子哽住了,眼睛挨在手背上抹泪:"我是阿舍儿。"

那柜员说:"走,进进进,先进,进去了再说。"

柜员掀起店铺通往里的小门上的门帘,带着孩子大人一起穿了过去。后面是一进三院的宅子,前院、中院、后院,一院一道门。被用鸡蛋大小的鹅卵石铺就的走道长长地贯穿。前院恒久没变,都是些车棚、柴房、草房、厕所之类的。拴在偏门口的大狗的两只眼睛像两颗清冷的玻璃珠,眨也不眨一下地看着来人。中院是主院,向阳的上房,坐北朝南,屋檐下的横梁雕刻着牡丹、荷花一类的花卉。

"往里走,我们去后院,人都在后院里住着。"

踏着那斑斓的鹅卵石又穿过一道门,进了后院。

一条长檐,堂屋置在中间,挨着堂屋的两边间出檐,出檐的地方盘砌檐炕,檐下凹进去的地方为走廊和阳台。凸的凸,凹的凹,将一个廊檐做成一把老锁的形状。墙壁、地板、门、窗,都是柏木。厨房带小炕,屋顶开着透光透气的老虎窗。这后院是给下人和长工住的地方。

"梅格,你快出来,你来看,你看谁来了?"王掌柜边上台阶边喊。

阿舍儿拖着孩子看见从房间里面迎出来的梅格。穿的是简单的齐膝斜襟盘扣长衫,跟阿舍儿差不多的年纪,戴丝绒的黑盖头。又精神又大方,看上去十分得人心。

梅格看过来,看清楚之后,也惊得语无伦次:"哎吆,哎吆,我的为主的呀,你还活着,你怎么才回来……"

阿舍儿看着梅格,忍不住眼泪又落下来,噎得说不出话来。

梅格两手紧握住阿舍儿的手饮泣,又弯下腰,拉开小女孩的三角围巾,一双大眼睛如寒星般发出晶光,长睫毛眨了眨,看在梅格的脸上。

"这孩子看似冻坏了。"梅格掀起棉门帘让他们进屋,先将小女孩一举放在炕楞边儿上,俯下头帮她脱起鞋来。

孩子有点怕生,眼睛向阿舍儿看过来,阿舍儿抹了一把眼泪,用番语向孩子说:"把鞋脱了上炕。"

"东家呢?"阿舍儿转头问王掌柜。

"老东家和老夫人在祸乱的时候遇难了,现在家里就剩一个少东家。"

"我来找的就是少东家。"

"他约着跟人进南山打野兔子去了,今儿早上天刚亮就走了,骑马走的。"

阿舍儿急起来:"马车在外面等我,天黑前我就得走。"

"你先坐下来缓缓,别着急,我叫人骑马去叫他。"王掌柜说着,人已经走出了门外。

他先安排人骑快马去找少东家,然后叫人去外面将驾车的师傅叫了进来,车停在前院,马卸了下来喂了草料。驾车师傅是身高七尺的壮实汉子,被安排在车棚旁边的偏房,叫用人端去茶饮和馍馍招待他。

这边梅格叫来厨房里的用人,吩咐赶快做些热的饭菜端来,自己忙给炭火盆里加了些炭,又给阿舍儿沏了一碗红茶。

"梅格阿娘,做成藏餐还是?"用人看了一眼阿舍儿问梅格。

"她是自己人,不用做藏餐。"

"梅格阿娘……"阿舍儿接过茶,看向梅格的脸,有点愣。

"嗯,结了婚可不就是阿娘了吗?"

"我……我现在也是阿娘了。"阿舍儿微微皱起眉头,表情里一丝苦楚和难堪。

两人原本都是这宅子里相处了十几年的丫鬟,遇着一九二九年的地方祸乱,往各处逃难时分开的。一处做事多年,见了面真情流露,两人都哽咽了。

"我们这几年没少找逃难时走散的人,找见的都是骨骸。找不见的也不知是死是活,年年找,年年没音讯。"

"逃难的时候,我跟着少夫人走,半路被土匪给劫了。少夫人大着肚子一路颠簸,产后血崩,没活下来。我被卖给了跟水草走的游牧民,每走一步路都被人跟着,想逃,逃不出来,四五年过去,生了两胎,才放得宽松了点。"

听至此,梅格张大了嘴,仿似声音都发不出来了,转头看向饭桌前的小女孩,她的大眼睛忽闪忽闪。

阿舍儿说:"没事,这孩子只会番话,汉话她听不懂。"

外面下起了雪,纷纷扬扬,比人们预期的还要疯狂。

用人举着木托盘进来,将两碗面三个小菜一并端上了炕桌,出去了。

"这孩子是……"梅格问道。

"这孩子是少夫人生的,今年满六岁。"

"这么说……难道你回来就只是送孩子,送完还得走吗?"

"嗯,送完就走。我一直担心的是,你们也全都不在了,没一个亲人,我白来一趟。"

说到此,阿舍儿又抹起眼泪来:"生在兵荒马乱的年间,要是男孩儿,怎么养也都养大了,可偏偏是个女孩儿。还是这副玲珑剔透的模样。"

小女孩手里握着勺子静悄悄地吃面,梅格眼望着她,问道:"这孩子叫什么名字?"

"逃难的路上生的,少夫人叫她桃花,我也这样叫她。"

梅格转过身去抹脸上的泪,然后眼睛红红的将小女孩儿拉扯进自己的怀里,端详她的面孔。

全屋都是精致大方的家具,阿舍儿看着,心底积压太久的那丝心绪,已经悄然上升。梅格说她的丈夫是王掌柜。阿舍儿神情愈加悲凉,眼泪流下来,添增了她双颊上的高原红。

小女孩倒是很乖,安安静静地坐在梅格的怀里,抬头四周打量。梅格将她放在一边,绞来热毛巾给阿舍儿,又斟一碗儿红茶。

外面雪与漫长迷惘的时间随行,覆得整个灰淡的高原没了棱角,没了声音。两行足印从外至里,一前一后,急急地走进来了。阿舍儿一回头见是东家回来了,忙从炕上下来,穿了鞋子,立在地上。王掌柜说:"这是回来的阿舍儿。"

只见李恒昌一如往年魁伟挺拔,但鬓角有白发,眼角也添了皱纹。

"少东家。"

阿舍儿声音很轻,忙给小女孩套上鞋,一把举她放在地上。

李恒昌在一把太师椅上坐下来,脱了狐皮帽子放桌角就问:"就你一个人回来的?"

"嗯,少夫人产后血崩,殁了。这是少夫人生的女儿。"阿舍儿将也像雪花一样飘零至此的小女孩儿,推到了李恒昌面前。

柔弱苍白的小女孩儿,脸还没有巴掌大,大眼一点不觉精灵,反而充满悲怆。忽然之间,这铁汉一般的男人泪盈于睫。

他伸手过来,想拉小女孩儿的手。小女孩儿不愿意,后退一步,贴在阿舍儿的衫子前襟上,眼里怯怯的。

李盛从学堂放学回来,一进门先跑去厨房,从灶上拿一个馒头大口咬着朝这边走来,一掀门帘,怔住。一屋子人,个个像自空中下来的雪花,被什么缠绕着,东飘西荡,失魂落魄。李盛馒头忘了吃,静静地立在门边,像个安静地聆听者,听着听着,不禁打了个寒噤。

黄昏,天色未暗,有理没理,关城门的锣就被敲了起来。锣敲三巡,这城门就彻底关了。

阿舍儿将挽来的包裹打开,一样一样交给梅格,都是做给小女孩的千层布底鞋,红平绒牛鼻梁核桃结式样,说:"我没什么能留给她的,这些鞋够她穿到八九岁。"

说来说去,就这几双朴素简单的布鞋,也不知该说什么好。女儿是东家的,理应嘱咐东家一些事,但一个妇道人家,碍于颜面,就什么都没说。

关城门的锣又被敲响,必须得走了。

李恒昌挽留这个善待了他孩子的女人,说:"既然来了,就留下来一起生活。"

"东家,我在那边还有两个孩子。"阿舍儿声音中透出无限荒凉,又落下眼泪来:"命呀,都是命。"

李恒昌双手垂下,只叹口气。叫梅格拿一些银元来,用大红纸一裹,硬塞进阿舍儿手里。

小女孩常年跟着阿舍儿的另外两个孩子也叫阿舍儿阿妈。她的这个阿妈,也尽着阿妈的职,拉扯了她六年有余。

在场的大人们说的话，小女孩一句都没听懂。但看情形，这是要将她留在这里。

在来的路上，阿妈说到这里来，以后就都不用再四处流浪，挨饿受苦住毡房。

这世上的事，无奈的那么多。阿舍儿要走了，所有人都像送来自远方的客人一样，将她送到门口。

小女孩被梅格裹在羊皮马甲里面抱着，马车已经走远了，在寂然的大雪天像一副幻影，隐隐闪烁，小女孩号啕大哭起来："阿妈……阿妈……"挣扎着要从怀里挣脱随着去。

李盛伸手扯扯小女孩的衣袖，说："她不是你阿妈。"

小女孩没从马车上转开视线，哭声快要将灵魂震出窍，李盛又用番话大声重复："她不是你阿妈。"

纷飞大雪的傍晚，灰淡街道像空旷田野，出城门时，阿舍儿凝望着有浅橙色灯火的阁楼窗口，又落了眼泪。

想起这些年换到一个粗犷而野性的环境生存，所遭到的伤害，非笔墨可以形容。

天没亮，就起来挤牛奶，打酥油，缝制氆氇，制作干酪，徒手将稀脏的牛粪拍成饽饽，一块一块往石壁上贴。生完孩子连个月子都坐不成，在冰天雪地里赤脚来回地背水。身体裹在皮袍里，犹如果皮之下持续腐烂发酵的果肉。

但能有什么好的办法。来这世界一遭，好歹都得活着，她早就想通了。

六岁的小孩子毕竟是不懂事，从阿舍儿离开之后，就放声号哭一直哭到黑夜，嗓子嘶哑，一双眼睛快要哭残。

她是有多不愿意留在这里？

黑夜里的蜡烛，像一朵朵红莲在雪夜中微颤。李盛踩着拖鞋像小小的幽灵，自门帘缝隙里窥伺。

"你要想进来就直接进来，门帘掀一条缝，跟个鬼一样。"梅格边说边擦着小女孩哭垂在胸前的鼻涕眼泪。

梅格、王掌柜、李恒昌全都在屋子里轮番哄小女孩儿，抱起来也哭，放下去也哭，吃的玩儿的塞进手里还是哭，反正怎样都哭。焦头烂额。

李盛跟哭成一摊泥的小女孩儿说起番话来。这一说，不哭了。

梅格惊讶，问道："她是不是听不懂我们的话，认生才哭的？"

李盛一跃上炕，脸上笑嘻嘻地跟小女孩儿扮鬼脸："我是一只鬼，我是一只大黑鬼，啊呜……啊呜……"

过了会儿时间，小女孩儿停了哭声，抽噎着。李盛从炕上跳下去，踩了鞋，刚掀起门帘还没走出去。小女孩儿一抬头看见，又哭开了，泪水滚下来，撕心裂肺。李盛举着门帘，站着……

无奈又折回上了炕，小女孩儿钻在李盛怀中一阵抽噎。

李恒昌见此，吩咐道："今晚哥哥就先在这屋陪她过一晚吧。"

本是梅格夫妻俩的房间，一个不大的炕，炕的一头睡的是梅格的三四个月大的孩子，另一头却是李盛和小女孩儿，盖着同一张被子，也终于睡着了。王掌柜跟着李恒昌去前院睡了。

第二天一早，李恒昌请来了掌学的阿訇，要给这新来的小女孩儿起名字。

阿訇戴黑色线织的六角帽，长衫上面罩着对襟的褂子，粗短身材，浓黑的眉、大胡子。朝西的方向站定，念颂，对着小女孩的右耳轻吹，再念颂，再对着小女孩儿的左耳轻吹。

小女孩儿难以理解地站着，一副举目无亲的委屈模样。

"麦尔彦！"阿訇捧手做完祈祷，朗朗的声音："自此以后就是你的经名了。"

小女孩眨着眼睛，还是委屈——自打来这儿，人们说的话，做的事，她都不懂。

但多么重要的经名，自此以后一生的善功罪孽，一一被记在名下，从今世绵延至后世，在清算的审判场上谁都不会落单。在场的人，一个一个，都捧着手，眼里多少都有些泪花。

雪后的清晨，阳光散发出好闻的味道，鸽子成群结队地拍着翅膀飞过蓝色天空，远方的山顶雾气弥漫。李恒昌将阿訇留下来，一顿好招待，一个阿訇半个文化人，席间再请阿訇给女儿起一个好听的学名。

"桃花，逃难的花，这名字凄凉，寓意不好。"阿訇刮着青花瓷的盖碗茶，将茶叶都刮干净了，端起来，吹一吹，呷了一口，"经名麦尔彦，取个谐音，叫成茉莉怎么样？同样是花儿，学名就叫莫离，冠上姓，李莫离。回来了就不离开。"

前来添茶的梅格望定小女孩，一张小脸白净细腻，玲珑轻巧，如同晚春绽放在密集白花中的一朵。真真与茉莉相配。

"好听。"梅格首先叫好。

李恒昌再次谢过阿訇。一个早晨，该起的名字都起了。宰了羊，给左邻右舍送了请柬。日头三竿，客厅里坐满前来贺喜的人，空气中有芭兰香的清香气味，桌上的食物丰富精致。人们一直热闹到傍晚才陆续离开。偌大的宅院像是一艘卸落完所有乘客的华丽船舶，无比清冷。梅格和后厨里的用人一起收拾杯盘碗筷，拖地，刷洗餐具。天空的颜色渐渐变成了墨蓝，夜猫爬上屋顶，远处殿顶上竖立的月牙边悬了几颗星星。

茉莉精神依旧不大好，仰着脸，对着窗外的夜空，呆呆的。李盛要阖了窗户，她不让，嘴唇翕动，靠近，细一听，嗡嗡的："我要去找我阿妈。"

李盛阖了窗子，拉茉莉一把："那个女的，她不是你阿妈！走，我带你去看你真正的阿妈。"

李盛掌灯带茉莉到前院的一间偏房，房里黑洞洞的，点了两支蜡烛，他从斗柜里翻出一个相框给茉莉。

茉莉惆怅地凝视相中人，照片虽然小，黑白画面，拍得模糊，也看得出那是一个大眼睛，容貌极其清秀的女子。身子半侧，马蹄领袍子，肩上搭着件貂皮的披肩，分明就是番地的装扮。

"是我们的阿妈吗？"茉莉问李盛。

"我可没这么好命。我呀，我是捡来的。"李盛说得豁达。

茉莉疑惑了，怯怯地问："捡来的？"

"真真儿是捡来的，捡来时还没你大，我现在连自己爸妈长什么模样都忘了。"烛光像一种液体一样浸泡着坐在地板上的他俩。

茉莉瞅着李盛，只见他沉默了。良久之后，才吹熄蜡烛，牵着茉莉走了出来。远处隐没天光之中的青黑色高山比刚才更黑了。

以后每天茉莉便跟李盛在一处。早起洗脸吃饭，穿得鼓鼓囊囊，等太阳完全出来，背起书袋子，由李盛牵着，步行到城内东南角由李恒昌辅佐盖起的清真寺里面学习。

清真寺，叠檐重角，永远都是这座城里最玲珑的建筑。自打明朝起，江淮一带的士兵农人被强迁至此，它便顺着士农工商，诸行百户的需要，渐发展成承载这座城中一群人共同前途的机构，成为教育、协商、传承的中心。引导着价值观、情怀、志向、审美的走向。在几百年战争与和平的交替中，不断被摧毁，不断被重建。是草上的花，是一辈接一辈奔腾流动的能量。地方上经济殷实的富户轮流为它出粮出钱，协助修建经学堂，将其看做责任和荣誉。

很多个年龄不同的孩子，在经堂的偏殿里听掌学的阿訇从强身、服从、认真讲到心口一致、表里如一、守时团结，再从沐浴讲到礼拜，从礼拜讲到做人，从做人讲到斋戒、天课、救济穷人，讲到好好做人，尽人的义务。

男孩女孩都有，记着念着，童稚的声音悠悠扬扬飘出窗外，将一个大太阳慢慢抬上了中天。中午的饭在寺里吃，也在寺里休息，日影偏至中午的两倍多时，再接着学。

那个年代，社会中人分三六九等，但在这样一个学堂，各个儿童却并无多大悬殊。不管是来自外出骑马坐轿，对所创造出来的富裕生活有极度纵情享受的上等家庭，还是来自为别人的生活全身投入，拼尽全力，以此得到要活下去的必需物品的下等家庭，全都一起学习，在寺院里不分你我追逐嬉戏。

下午放学的时间一到，大小的孩子像羊群一样从寺院里放出来，走了整整一条街。街面上因着大小的宅子派生出各行各业，与宅子一道围着清真寺辐射分布，被夕阳撒上了一层薄薄的金辉。

正好有走番地的牛马驮队挂着铜铃，驮着货物浩浩荡荡地回来，经过街市，与儿童相迎，被跟随左右，唱着童谣调侃：

> 番帽番衣番样穿，腰悬利刃背生烟。
> 驽马识途能致远，驮牛负重各争先。
> 笠天席地何辞苦，暑下寒冬不计年。
> 皮毛满载归来日，猎犬猖猖犹带膻。

就这样一天一天地来回于经学堂与家之间。日子久了，再去经学堂茉莉显得比李盛更积极。饭还没吃几口，就先将书袋子斜挎在身上，催促着快走，快走。

李恒昌偷偷一瞥，有点惆怅："她怎么吃这么少？"

筷子搭在碗上吩咐王掌柜："再找一个可靠的老妈子来。"

梅格往餐桌上菜，腕上戴着的银镯发出撞击，叮叮当当地响，说："一个孩子是操心，两个孩子也是操心，若东家放心，茉莉就交给我来拉扯。我挺喜欢这孩子。"

茉莉低着头窃窃地跟李盛说话，李盛回过头跟梅格说："她要在书袋子里装两个花馃子，拿去寺里吃。"

梅格正往杯子里添茶水，说："话你让她自己跟我说，你在中间做个翻话筒，她依赖着就一直不会讲，难不成你要做她一辈子的翻话筒？走哪儿都带着。"

李盛只好自己站起来，伸手拿了盘子里的两个花馃子，用牛皮纸一包，边往茉莉的书袋子里面装，边嘀咕："就做一辈子翻话筒。"

此时，门外来了个戴黑色六角帽的老秀才，一向热心地方教育事业。常为办学的事奔走于各个大商会。

李恒昌一见，忙站起来祝安，走下踏步台子，老远就含笑伸出手迎着他："请进请进。"非常恭敬，吩咐王掌柜："倒茶。"

老秀才叹口气："省上没批复，办学又流产了。"看见了茉莉，多看了两眼。

李盛给老秀才祝安，问了他好。茉莉挂个书袋子，远远地站着，没声音，像一片单薄的剪纸。

李恒昌招手说："茉莉，过来，过来给阿爷祝个安，问个好。"

茉莉望向老秀才，往后退了两步，怯生生躲在李盛身后。

"你现在能听懂汉话了吧？"老秀才双鬓已花白，笑呵呵地问茉莉。

"听是能听懂了,但能说上来的,总共还不到三句。"李恒昌替茉莉答。

"慢慢来,环境很重要,你毡筒里带大的孩子一口番话还不是像倒核桃一样能倒出来。"

李盛在旁听了,自然知道老秀才讲的是什么。这李恒昌虽在做生意,但也是性情中人,这些年念着亡妻的好再无续妻纳妾。他是李恒昌花精力和时间亲自抚养的,一个荒乱年间被人遗弃的孩子,常年跟随收粮运粮的车队走走停停,经过番地大大小小的城市、县镇、村庄,常被熟人唤做被父亲在毡筒里带大的孩子。中途下马停车休息时,站在孤绝的山崖边缘,纵览一条蜿蜒无尽的长路,说:"这条商路我们走了好几辈子人。先人们也是从穷人一步一步走过来的。"半晌停顿,叹了一声:"穷有信,富且仁。"又转头看看同站身旁的李盛。

"那这学校就又办不成了吗?"李恒昌问道。

"小学办不成,那我们就自己出资办义学,外面的地方为适应时代,都开始提倡白话文,我们地方上连个正规的,供娃娃们念书的学校都没有。"

李恒昌想一想,点点头,说:"您尽管发倡议,资金的事,您随时开口,我都给您备着。"

李盛早已习惯了这种客来客往,一谈谈半天的阵仗。他给茉莉戴上兔耳朵帽,又穿得鼓鼓囊囊,牵着去上经学堂了。

三

冬去春来，一晃七八年过了。

茉莉的汉话倒真像倒核桃一样干脆，听不出一丝丝番音。没有再去经学堂上学，但她曾在经学堂说过的话，还时不时被李盛翻出来调侃一番。经学堂里别的孩子都说，人是从土上造来的。茉莉坚决不信，坚持人是森林猕猴和岩罗刹女结合的后代。因此被人戏谑为"半番子"，"半番子"说的话做的事不伦不类，长得也不伦不类。

在千百年"神不歆非类，民不祀非族"的碾压下，在这样一方商业交通往来，人口形势极其复杂的土地上，人们也都闭了胸襟强调着血统的纯正，混血的半番子，明明样貌好看，体格健魄，却是那样的让人瞧不起。

"我使你们成为许多民族和宗族，以便你们互相认识。"

曾学习到这样的经文时，茉莉童稚的心安静了下来。经典里是说了呀，"人类啊！你们的主是同一个主，你们的祖先是同一个祖先，你们都是阿丹的子孙，阿拉伯人不比非阿拉伯人优越，非阿拉伯人不比阿拉伯人优越。黑人不比白人优越，白人也不比黑人优越。"

但是为什么在她活着的这个世界里，人们就是在这样互相鄙视，嫌弃，看不起。都是相同的人，为什么不能像花园里的所有的花一样，谁也不讨厌谁，谁也不看不起谁，开累了不想开了，就掉落下去，安然地生息。

茉莉默默看着镜中的自己，鹅蛋脸，麻花辫，亮晶晶的眼。这样的脸部轮廓,眼睛形状跟其他人是一样的。感觉到世间万事万物浑然一体,没有分别。人与人都有血缘。

六月的伏天,茉莉穿的是绀碧薄绸齐大腿面的衫子。阳光从老虎窗里面照进一条金灿灿的光柱,无数尘埃在光柱里面飘飘浮浮。窗子支起来,望出去,满园的花草,数也数不清楚,菊花、蝴蝶兰、百合花、大丽花、竹节梅,还有那牵牛花沿着墙根爬上墙开成偌大的一片。都是朴素易养的花朵,开得繁盛,点缀着门庭院落。

院门被人一推,有俏小的麻雀从檐前迅疾地低俯掠过。李盛进到屋里来,将茉莉怀里的针线连筐一股脑放一旁,拉扯下茉莉往外跑。

"带你去看个新鲜的。"

跑至店铺前,听见店里有人声,两人眼珠子受了吸引,停下脚步看了进去。

有人闻名前来寻求李恒昌帮助。这李恒昌,凭生意场上多年的磨练,对钱财看得分外的开,穷人借粮他往往是大斗出小斗进,碰上出门远途的人来他粮店买粮,他定会多赠几碗当做路费。他们家几代人做的都是粮食与米面的生意,穿过郎木寺从四川腹地运粮到番地。到了他这一代,重人格,重情轻利,重天命重道义重为善,散发着与任何人都能打成一片不分你我的仗义气场。人们便在背后送他一个"有粮之家"的美名。

他手底下也人才济济、卧虎藏龙。只是自从日本人打进来后,商路就断了,他便也遣散了这些伙计,只留一个能干、尽心的王掌柜在身边,自己闲蛰在门前的粮店里,好几年没外出跑生意。

李恒昌看到茉莉，笑吟吟："别人家的丫头，都是在闺房里学绣花，大门不出二门不迈，我养的丫头，怎么天天往外跑？"像宠溺，又像责问。

茉莉红了脸，踌躇在店外，不出声。

"我带她出来的，去逛六月会场。"这李盛已长成高个子阔肩膀黄黑皮肤的豪迈青年，护着茉莉。

"过来。"李恒昌喊茉莉，从手指间弹出一枚银元。

茉莉一跃接在手里，青春的眼里闪着光彩："谢谢阿爸。"

每年农历六月，这里都有盛大的物资交流会，四面八方的人赶来这茶马互市的枢纽点，支起一眼望不到头的帐篷，一间连一间，逶迤而去。藏地的牦牛、番马、皮货、珍宝，中原的丝绸、瓷器、铁器、铜器、药品、花草、调料都在其间。几天几夜，灯火不熄。很多南方人携家带口抵达，在街边架起炉灶直接炒菜煮饭。

也有卖艺的，耍猴的，要饭的，涂着过分的胭脂和口红，摇曳着妖娆身姿卖娼的。一条街道像极了一条沸腾的河流，喧闹不堪。一些残障的儿童，坐在木板上，两手撑地前行乞讨，许多年过去，挤在其间的本地人才明白过来这是人贩子所为。但在此时看到如此惨象，竟当是生命的造化，就多给这可怜的儿童一些钱财吧。

万盛茶馆，门跟窗都敞着，周遭的小桌子上都是茶客，沏一壶茶，嗑着瓜子，抽着烟，眼望着里面，闹嚷嚷的。里面是从外地来的卖艺的，一张八仙桌，左右琴师，在这茶馆里借一方空地搭台唱起了月琴。小二肩搭着毛巾,提着大铜壶几乎在各桌子间跑断腿。也有穷孩子盆子里端着熟鸡蛋、糖果儿、黑枣,进来上各桌前低声问:要不要?新鲜的,热的,刚出锅的……

胡琴拉起了。盖住了一切窸窣的声音。

唱的是《鲜花调》里的三段小调:

> 好一朵茉莉花,好一朵茉莉花,
> 满园花草香也香不过它;
> 奴有心采一朵戴,
> 又怕来年不发芽。
> 好一朵金银花,好一朵金银花,
> 金银花开好比勾儿芽;
> 奴有心采一朵戴,
> 看花的人儿要将奴骂。
> 好一朵玫瑰花,好一朵玫瑰花,
> 玫瑰花开碗呀碗口大;
> 奴有心采一朵戴,
> 又怕刺儿把手扎。

八仙桌后面的唱者穿锦缎旗袍,身段美,音色也美,眼神缓缓地移至花前,再移到花上。假装眼前有花。兰花指理鬓,眼神流得很慢,一下娇羞托腮凝思,一下晃手去摘花,一下云手回眸怕人骂,一下又好似被花刺儿刺了指尖……眼神达意,柔靡的,飘荡的,所看之处,处处是花。

李盛心境轻快，在茉莉耳畔悄悄说："好听吧，唱词中带茉莉，你的名字。"

二人相视一笑。台上那眼里极有灵气的女子又开了腔，一声长吟，一声叹，犹如青花瓷上浓淡转笔的那一瞬衔接。

才长茉莉四岁，李盛经历得多，懂得也比茉莉多，说："这用的是四川清音的唱法，我小时候跟阿爸去四川跑粮时，那些客栈茶楼书馆里卖艺的都这么唱。"

两人在茶馆听了曲，又出来一路走一路看各种摊子上的各种陈列品。闲闲地逛了一番，太阳偏西时才向家里走去。

夏季的天色暗得迟，月亮悄悄上来了，风和夜暖。用人端着喝过的茶碗，一扭身进了厨房。茉莉临窗坐着，将头枕在胳膊弯里，向花园望过去，浓蓝的夜，烟树迷离。花园的对面是书房，也是卷着门帘，支着窗户，里面的烛光映出来，半个院子都亮。李盛和李恒昌在里面研了墨汁，正切磋着书法。

"阿爸的隶书稳健沉着，雄浑含蓄，有庙堂气象。我的隶书太过俊俏嶙峋，缺了点沉雄。"李盛将毛笔搁在砚台上，笑着说。

"这东西，得常练，一放手就生。"李恒昌也爽朗地笑。

茉莉起身向书房走来，走至院中，见一夜猫顺树上了墙头，她一下子愣住了，转身沿着木梯子爬上去，到墙尖追着猫去了。

猫一溜又过了一个墙头，眼睛琉璃珠似的朝茉莉亮着。

都是土墙木梁的深宅大院，屋顶一家一家地接连着，静悄悄，空落落。茉莉走过去，从一屋顶支起的老虎窗子下面，瞥见一个白的影子，再细望下去，炕上是两具白亮的肉体，在煤油灯下像蛇一样，紧紧纠缠在一起，分外妖娆邪恶。茉莉吓得目瞪口呆，整个人静止了。

就在此时，屋外有人狠足了劲儿敲门，炕上的女人一跃披了件衣服，指引那男的往柜子里钻，是取面取掉了一半的面柜，前面空的，人抱着衣裤往脸上扣只碗，一丝不挂钻进去，柜子被那女人左右一晃，后面的面倒下来，淹没了那个人。

女人手段极其利索，盖好面柜盖子，再穿好衣服，扯扯衣襟，抽开门闩，抬着下巴颏儿，尖刻又妩媚："都张牙舞爪的鬼叫什么？我又没死在里面。"

煤油灯光里一屋子人，像一群面目全非的鱼，盲目地，淅沥沙啦地，寻找了一番，什么都没找到，就走了。

那女人个子娇小，只管漫不经心地盘头发，像刚演完一场荒诞、巧妙、滑稽的大戏，一张平淡而美丽的小凸脸上，一点都没怕的样子。

在茉莉恍惚的瞬间，有人抓住了她的手腕。她不由惊得一跳，"啊"一声，不及躲避，被那女人听见，一抬头双方都给认清了脸。

李盛说："这么晚，你一个女孩子家上别人屋顶做什么？"

茉莉看着李盛，清澈无邪的大眼睛里面多了些红白的杂质，歇了一歇，透过一口气才说："我看见一只猫，我爬上来抓它……"

李盛见茉莉声气不对，说："黑夜里上墙抓猫，鬼气森森的，中个邪怎么办？"顺着梯子爬下来，再向茉莉看了一眼，又说："你想养猫吗？我明天就从外面给你弄一只来。"

茉莉半天不言语，末了说："算了罢！不是那么想养。"

李盛默然，向茉莉眼睁睁瞅了半天，才笑着说："那你还黑夜天上墙掀瓦地抓猫。"

茉莉没应，一步拖着一步地走进自己的房间，阖了窗户，拉了窗帘，就黑漆漆，直挺挺地睡了，十三四岁，正是对人事似懂非懂的年纪，空气里都是暧昧。这一夜特别长还暧昧。像一根绣花针连着线被唱月琴的女人唱，缠缠绵绵，凄凄迷迷，直到九霄云外。

第二天一大早，梅格去河边挑了几担子水进来，倒满水缸，说："不知是什么人家，将一柜子白面，倒在了河滩边上，白花花的，被河水一冲，在河面上一团一团得像棉花一样荡着，造的这孽，也不怕给饿死。"

此时晨礼方散，做了晨礼从清真寺回来的人也站在廊檐下说有人将白面，白花花地倒在河滩里的事。

茉莉有一句话到口头又咽了下去，怔怔地站着，出了神，被过来的梅格轻推了一把，推醒了，说："你收拾完客厅，将书房也帮忙收拾一下，我今早被孩子闹得都没顾上。"

茉莉就又提着鸡毛掸子进去收拾书房，见昨晚写在金漆几案上的隶书都已经干了，其中就有昨天茶馆里唱月琴的人唱过的《鲜花调》，黑漆漆的三段词，瘦骨嶙峋的。茉莉将它们卷起来，顺手插进了旁边同几案一样高的景泰蓝方樽里面，方樽里几束红绸子扎出来的饰花，绿绸子做叶子，碧绿的，搭配着像活的一样，一卷白纸塞在中间，看着不雅，就又拿了出来。

六月会场结束之后，高原那短暂的夏季也跟着结束了，到了阴雨连绵的秋季，雨一天一天地下，像黏稠的滴淌不尽的眼泪。按着世俗里的规矩，李恒昌央请媒人给李盛做了一门亲，媒人让两人远远地见了一面，男的年轻俊朗，肩膀宽阔，女的轮廓纤柔，眉清目秀。这就成了。换了喜帖，提过彩礼，婚期大概谈到明年庄稼收割下来的时节，具体日期再定。

一丝难以捕捉的心绪从茉莉心中，轻轻盈盈地漂浮上来，低低地绕着她，绕得难过。侧身躺在炕上，看着窗子外面的天，一动也不动。中午的太阳明晃晃地照着，天却是冷冷的青冰色，像青瓷大花瓶，上面是冰纹，不敲自裂。渐渐的黄昏近了，两只鹰在冷寂的白天上，盘旋着盘旋着，飞到高处不见了，像是掉进混白的面汤里，一点皮毛都没浮上来。

茉莉这样躺着，躺了很多个时辰，又翻了一下身子，脸附在枕头上，眼睛呆呆地出着神。莫名的心绪搅扰着她，眼眶红起来，低声自语："他是哥哥呀……"脸底下的枕头套子渐渐地湿了，水晕凉凉地托着她的脸。

上世纪四十年代初期，日本人轰炸的飞机从这一方土地的上头飞过去，又绕回来时，这里的人们都纷纷上到屋顶上看稀奇。外面的世界正战火连天，血流成河，这一方未被战火波及的，安然的土地上，人们赶着外面的乱种起了一大片一大片的鸦片。灼灼的罂粟花，一路摧枯拉朽，糟蹋了无数干净的庄稼地。

秋深了，例来积货通商的茶马互市，竟成了鸦片的集散地。粮食紧俏起来，偌大的粮店眼看要空了，但每日一如往常，人们来店里打粮。

就这样，李恒昌又架起牛车出去收粮，去的都是周边地区。周边的流顺、洮滨、店子、新城、羊沙等地还可凭借洮河两岸的冲积平原以及漫坡小岭，耕种放牧。而竟凭商业的起伏和脉动累建的旧城，地势陷落于连绵的高山之中，生活在这里的人，除了一代一代保持下来的江淮人的情怀和重商善贾的手段之外，再什么也没有。

所到之处都是罂粟，漫山遍野的罂粟，连高地上那些零碎的不毛之地被开垦出来，埋祖宗的坟墓也被铲平开垦出来，撒了罂粟的种子，高地上不见野草，坟院里没有一座干净的坟墓，甚至连刚入土没几天的新坟头都开满了罂粟。

"这一方人疯了，全都疯了。"李恒昌双眉紧锁，艰难地驾着空车回来，重重地生了一场病。

病好之后，跟王掌柜说："把家里前前后后，里里外外都收拾一下，我要念圣纪，赞圣。"

王掌柜一脸的疑惑不解，问："东家，这个季节，你念圣纪，要赞哪个圣人？"

李恒昌说："我们的圣人。"瞥了李盛一眼："难道你不知道？我们的圣人嘱咐追随他的民众，不要纪念他，若非纪念不可，就在自己方便的时候，想纪念的时候纪念。"

王掌柜点头:"知道是知道,但从没见有人这样纪念的。"但随即他就顺服了:"既然东家您发话了,那就按您的办。"

这一日,李恒昌又驾牛车出去了,他要到更远的地方去收粮食,说是去收粮,其实就是不死心,要到更远的地方去看看,他不信全世界都在种罂粟,这害人的东西。

再远的地方也还是罂粟,所有的田地无一幸免。李恒昌一言不发地、默默地走着。

走了几十里山路,路边有年轻人提着大箱子在堵他的牛车。

李恒昌停车问他:"你要去哪儿?"

年轻人看了一眼车板子上的空麻袋,说:"上旧城。"

李恒昌说:"正好顺路,上车吧。"

坐在车板子上,李恒昌问年轻人:"你是回回吗?"

年轻人捂着箱子,支支吾吾,没有想要回答的意思。

见多识广的李恒昌,微微一笑,说:"我看你面相是回回,我也是回回。"

年轻人才说:"出门时我阿婆叮嘱过,路途上不要跟人讲自己是回回。"

兵荒马乱的年代,人与人都设防,李恒昌爽朗大笑:"是不是也叮嘱上路不要戴白帽子,一个人出门安全第一。"

牛车向前走着,各个路口、各个山头狼烟墩台,明堡暗关遍及,一个又一个残存着的长墙深壕、破败家屋,蒿蓬没顶,渺无人烟。

李恒昌又没话找话似的问年轻人:"你叫什么名字?"

"马忠良，经名叫阿里。"

"箱子里提的是什么？"

"经学堂里的十三本大经。"

"原来是苏菲家的弟子，是去旧城求学吗？"

"原本就是旧城人，祸乱的时候家人抱着逃出去的，这次回来求学，再看看古宅还在不在？"

"家里还有什么人没有？"

"家里现在就我跟我阿婆两个人。其他人祸乱时都遇了难。"

"哦。"李恒昌静默了。

天地苍茫，黄昏已近。霞光静静地映照在一架赶路的牛车上，平添了几分寂寥。

马忠良将坐压在屁股下面的布衫后襟抽出来，换了一下坐姿，说："我阿婆这些年想家想得眼睛都哭瞎了，她说古宅若还在的话，就把她接回来，古宅不在了，就捏一把城墙上的绵土给她带回去，让她闻闻。"

牛车进城门后直直驶向粮店，在粮店门口，李恒昌对马忠良说："这就是旧城了，你若没地方去，就请先进我家喝口水，缓一缓。"

马忠良连连道谢，说："我先去寺里跟阿訇报道，要阿訇收我才好。"

李恒昌指着城内东南角清真寺翘起的檐角问："是那座寺吗？"

"是。"

"那我们家过几天请阿訇念圣纪，开经时我跟阿訇说带你一起过来。"

马忠良又谢了李恒昌，提着大箱子向清真寺的方向走去。更远的地方是雪山隐约露出的峰顶，在暮色中寂静地闪烁着蓝光。

四

深秋时节，偌大的前后院都挂满照明的灯笼。

从早到晚，众人齐聚一堂，高亢悲怆的赞念。快赞、慢赞、独赞、合赞、领赞、对赞、齐赞，热泪盈眶，表达对一位男子的思念与爱慕。与这样的爱慕相比，世间的一切王权轻如马蹄上的尘埃。帝王、法老、元首，不过是一撮可悲而渺小的浮尘。源远流长的安达卢西亚苏菲派诗人的《卯路提》，以及一个无比亲密、无比贴近的称呼，都被用在一位千年前的男子身上，反复吟唱，情真意切……

赞念一声一声，叩击着大地的胸膛，感知着生命的温热。

李盛嗓子都快哑了，停歇的间隙，回头只瞥见跪在不远处的李恒昌，与在场的众人完全不同，他自顾自身子向前一倾，头一抬，吟出一句："你说：商人犹如世界上的信使。"

再向前一倾，头一抬，吟出一句："你说：招摇撞骗的奸商，同暴君恶霸复活在一起。"……"你说：投机取巧，非我族类。"……"你说：诚实利人的义商，同圣贤烈士复活在一起。"

反复地吟,吟的是他半生在生意场上的信条。满脸泪水,像忏悔,像泣诉,像规劝,在场的没有哪一个比他更伤心,更能冲击人心。

李盛悄悄从众人的身后绕了出来,走到廊檐台子上来。只见几个年轻人已经在露天的庭院里摆好了方桌和长条凳,为里面赞圣的人准备夜晚的吃食。

王掌柜忙里忙外地操心,这边刚将一木匣粗瓷碗抬过去,那边又给人吩咐:"快快快,锅炉里都加满水,待会儿要用开水。"还不忘回头问李盛:"念完了吗?"

李盛哑着嗓子说:"还没有,我出来喝口水。"

煎油香的油锅架在后院里,油一热,前院后院里都是熟油的香。

鹅卵石的甬道上,茉莉扶的是马忠良的阿婆,要扶到南面洗漱的小浴间里去。

那马忠良按着他阿婆说给他的大致位置找到了自家的古宅,高兴坏了,庭院房屋都还原模原样,只是多年没住人破败了许多,随便收拾了一下,便匆匆赶回去将阿婆给接了回来。念圣纪的时候,李恒昌听说祸乱时逃出去的老人回来了,便将她看作故人,特地请到自己家里来,同其他女眷一起安排在中院偏房里的几座大炕上,喝茶吃油香听赞词。

老阿婆七十多了,看上去很干练,虽然眼睛看不见了,但脸上还和和善善的,手里搗根棍,白色纱布盖头,斜襟盘扣齐膝长衫,绑腿裤。

茉莉拿洋火点着浴间墙壁上一盏羊皮云纹宫灯,将毛巾搭在老阿婆肩上,再在水壶里灌满热水递给她。茉莉注意到这老人虽眼盲,但使水壶使得与正常人无异,便停在门口多看了两眼,老人说:"我要净下,你出去关上门等我。"

茉莉关了门,转身见李盛在廊檐上直直地往她这边看,也就看过去给笑了笑。

听浴间没动静了,茉莉以为已经洗好了,便推开了门,只见老阿婆将浸润过水的花白头发一股一股编成辫子,一丝不苟地盘于头顶,插了一根银簪子,再戴上白布帽子,然后才是白纱盖头,再在小方凳上坐下来将大裆裤的裤脚,在脚踝上用带子一缚,成了扎脚,站起来扯了扯长衫,精精神神地出来,让茉莉扶去上房的炕上做礼拜。

站立、鞠躬、叩首、跪拜。屋子里老去的珐琅盘、紫檀木雕、景泰蓝瓶和陶瓷茶具跟这老人的老比起来都逊色了几分。茉莉吁一口气,出来忙别的去了。

一夜过了,第二天一完经,用人就将丰盛的粥饭和烩菜舀进大木桶里,从后厨搬出来,油香也整匣整匣地抬出来。萧瑟的深秋,庭院里桌子凳子一排一排,长到半大不小的小年轻们抬着木桶,前去给众人加粥加菜。都保持着秩序,在赞念中诞生的这些饭食,不能挑拣而应该心有感恩。身姿端正,全心全意,将碗里的食物吃完。不说话,不做评价,也不过剩。在如此境况下,众人更懂得如何吃饭,如何面对别人免费奉上来的热的粥饭。

粮店门口也人声喧哗,也在街边支了锅灶熬了粥,摆了大桌的饭菜，一匣一匣油香从庭院里推出来，在阳光下金灿灿，前来参加圣纪的人以及过路的人，尚挤在粮店门前，黑压压一片，等候着最后的施散。年轻的后生，从木匣拿出一个油香，压一片碗口大的牛肉，油汪汪地垫一张牛皮纸，手脚麻利，发一个人过一个人。

李恒昌哭肿的眼睛，偷偷笑了——因为领到油香的人笑了。

王掌柜仓皇跑过来，说："东家，来的人实在多，油香不够，粥也不够。"

正瞅着这场面的李恒昌，手一扬，说："粥不够再熬，油香不够再炸。"

"东家。"王掌柜急了："这样的年份，人人肚子里油浅，这样又炸又熬，有多少都是不够的啊。"

李恒昌说："不够了再说不够的话，先让来的人吃饱了肚子再走。"

又切葱，剁肉，支起四五口大锅，五色粮食一样一样成袋子往里下，各色佐料也用大碗挖起来撒进去，饭大师站在高凳上，双手握着大木锨一圈一圈地搅。

王掌柜十分不宁，跟在李恒昌后头："东家啊，多少也要给自己留点啊，不怕一万，就怕万一，万一再来个荒年……"

李恒昌挥手止住："不怕，再大的荒年，也饿不死贩粮的人。"

熬了几天的大锅粥，四野八乡听到消息的人都来了，最后熬得粮店里只剩下自家人不到半年的口粮，这还是王掌柜跟东家变了脸强行留下来的。

粮店门关了,一家子人安安静静,生活在后面的庭院里。

一日,李盛从外面进来,头上破了一道口子,用白棉布胡乱地缠着,不作声。

梅格端茶进来,看见后惊道:"啊呀,又出去跟人打架啦?血淋淋的!"

炕桌自带火盆,雪白的灰里窝着红炭,暖融融的,李恒昌重新给李盛裹扎伤口,说:"我看你娃娃待在家里是太闲了,我给你找点事干。"

正好近来,一位常年跑番地的单马客,人称万爷的人几次找上门,要拉拢李恒昌入他的牛帮一起搞运输。

李恒昌入了资金,将李盛介绍了去。云贵川一带运粮的路走不通了,就让李盛跟着万爷的牛帮驮队闯一闯青海果洛那一带,哪个生意人不是年轻时跟着过来人一路闯过来的。

逢山翻山,遇水泅渡,风餐露宿,李恒昌知道这刀刃上舔蜜的事,不是谁都能做,便叮嘱李盛:"这一出去,各路土匪都跟野狼一样,在商队四周出没。所以万爷的话要听,路上不要惹是非,穷寇也莫追。生意讲究和气生财,能用钱财解决的问题,绝对不能用武力。牛帮走过去要同当地的土司头人拉好关系,该送的礼品都奉上,安全第一。"

停顿了一下,又加重语气强调:"信仰也第一,人如果没有信仰,能靠什么立世做人。"

一伙粗犷强悍的汉子,身上背着枪、挂着子弹,腰间别着防身的匕首,全副武装。不像是去做生意,倒像是要去打仗。人们都来街边送出门人,连戴着虎头帽,被抱在怀里的小孩,也挥着手。

李盛身量魁梧,兴致很高。一见了茉莉,便抢步上前,接过装了露营衣物、防雨的氆氇褐衫的皮箱,壮志凌云:"我要出去跑生意挣大钱了!"

"再见你就是明年夏天了。"茉莉眼眶红起来,说的是心里话。

李盛黑黑的眼睛盯着她,笑道:"你是在难过吗?别难过,明年六月会,我回来还带你去听曲子。"

上路了,牛脖子上的铃铛,当啷当啷响了起来。茉莉泪匣子打开了关不住,抽噎着挥手道别,想起阿舍儿,也是这样的季节,铅色的天,坐着牛车驶出了城门。

悲从中来,眼睛更红了,进去关家门的时候,对着门扇,悄悄用手绢子抹了一把泪。

王掌柜笑李恒昌:"店里粮食三下五除二弄干净,娃娃送进牛帮驮队。这下您倒是清静了。"

李恒昌说:"遍地鸦片,粮店的大门大开,容易染上脏钱。"

王掌柜在他身后,摇着头笑他。李恒昌回过头去,说:"干净的就是干净的,脏的就是脏的,干净的沾染上一点脏的就都脏了。"

王掌柜问他:"照您这么说,那牛帮还驮着烟土,您不照样入了钱,送娃娃去了吗?"

"这不一样，一粒粮食要长成无数粒粮食，得经过粪泽灌溉，只要娃娃他原先的东西在，底子亮，从再脏的粪里长出来，他还是清亮的，知道什么该干什么不该干。"

正说着，"吱——"大门被推开。一年轻人一头一脸都泛汗，直直上廊檐台子进到屋里跟李恒昌说："您快去看看，县上派人下来，要拆我们的学校，说义学违规。"

李恒昌一听，好好的学校，怎么说违规就违规，匆匆地去了。

尽管人群闹嚷嚷地在阻止，但一伙人还是卸着学校的大门。李恒昌嗓大气粗，一声呵斥住。

一个领头的从柱子上下来，说："这是上面人的命令，让我们拆，我们也没办法。"

李恒昌夺过一把锨头，立在校门口不动，问道："上面的哪一个人？你让他来我这里下命令。"

太阳正中天，晕环中出现一张脸，中分头，八字胡，金丝边眼镜儿，笑吟吟地过来，劝李恒昌："有话好好说，有话好好说……"

李恒昌将锨头换了手，问道："这学校是你建的吗？说拆就拆。"

"这学校没手续，建得违规……"那人站在李恒昌身边，鸡零狗碎说了一大堆。

李恒昌怒了："我活了这么久，还没见过盖学校教书育人违规的，哼哼。"鼻孔里一声冷笑。

那人听了，咧嘴笑着："自己人，我给您道个实情，这拆学校也不全是上头的意思……"将李恒昌扯去一阴凉处,将缘由细细地道了清楚。

原来办义校的老秀才去世之后,他的四个儿子一直在争学校负责人的职务,现今老三做了负责人,其他三位不服气,千般阻挠,串通上面的人,直接拆了学校,将义学给停办了,让谁也做不成学校负责人。

李恒昌将镢头"哐当"往地上一扔,摇着头回来了:"罢了罢了。"窝里斗,他这个只埋头做赞助的人,认了。

只是可惜了老秀才一腔子为地方教育事业奔走的热血,他的后人个个都是争着享受世俗虚荣的人,不可能继续从事教书育人的行为了。李恒昌本就病着没好,心中一股郁闷之气,竟又倒在了炕上。

几日之后,稍稍轻松了点,于晨光暧昧之际,一个人拄了根棍,颤巍巍出去了一趟,回来时跟茉莉说:"我去山背后走坟,完了在山顶的罂粟丛里坐了会儿,注视着一片连绵起伏的屋顶中,几座清真寺鹤立鸡群,心里想,回民们为了教育,就这样一代一代,口里省、肚里饿地攒,一茬一茬地盖,一轮一轮地毁,下一轮毁的时间,大概也快要来了。"眼里都是悲凉。

茉莉不大明白,问道:"阿爸是因为人拆了义学才这样伤怀的吗?"

李恒昌低下头,眼皮重重地盖住一切心事,只重重地叹气。

五

日子一天一天地过着,闹春节的闹完了,耍社火的耍完了,都空寂下来。春天就来了,河上的冰开始融化,泥土开始松动,风暖暖的,痒痒的,枯草缝里钻出尖尖的嫩黄的新草芽儿。

天空上飞的风筝,定数到了,"啪"一声断了线,像无头苍蝇一样直往下栽。从青藏线上下来的牛帮驮队捎来话——万爷的驮队在路上遭了劫,挨的是乱枪,李盛回不来了。

李恒昌听了,站不稳,险些要倒。王掌柜上前急扶一把:"东家,东家……"

不知道是心脏还是脑血管问题,一口气没上来,殁了。

阴云天气,茉莉和梅格将家里收拾干净,翻出早年压在柜底的三尺六丈白棉布,如数剪成大小的三块,其中一块儿单幅对折,在折缝处剪了开口,娴熟地缝了几针,都交在王掌柜手上。剩下的洗漱亡人的事,送亡人归土的事,都是男人们的事,王掌柜里里外外地操心,跑断了腿。茉莉哭了又哭,已经哭不动了,肿着双眼经过廊檐台子时,看见抬过亡人遗体的木匣子两侧刻着字,走近,细瞧了下去,是一副对联:当初谁解生如寄,到此方知死是归。

还有横批,横批是:今日得闲。

可不就今日得闲?一个平凡的男人,在今世挣扎忙碌的一生,就此完结。他思念的亲人,他咀嚼的艰难生活,他沉默忍受的缺憾、歉疚和内心的创痛，都随他一起消失在贫瘠的黄土地里。

夜间万籁俱寂，茉莉将身子蜷缩成胎儿一般，裹在被褥里，闭着眼睛，心里想到李恒昌，再想到李盛，空洞洞地，空洞洞地痛。她能有怨言吗？一次一次，命运的车轮丝毫未曾留情地碾压过她的生活，她都只能默默承受。

照例，寺里的掌学阿訇派了手底下的学生，每天早晚地给李恒昌走坟，走完就去事主家吃饭。马忠良呢，只来了三四个月便顺利过了考试，成了合格的学生，有为人走坟的资格。

屋子点了芭兰香，幽香阵阵。辞了家里做饭的用人，梅格自己在后厨掌勺，王掌柜不在，成天出去干些散活，挣钱谋生，只能由茉莉举着托盘往餐桌上端饭。

茉莉掀开门帘进去，一双闪烁晶莹的大眼睛，从瞳孔看进去，几乎可以观赏到她的灵魂。

马忠良看见了，突然倾慕地怔住。

茉莉虽端的是盘子，但依然保持着往日里见到生人时的娇贵矜持，静静地，将碗筷放上桌，将食物放上桌，自始至终没看马忠良一眼。

家里时常有亲戚邻里来吊唁李恒昌，安慰家属。马忠良的阿婆也来了，拎着牛皮纸包装的点心。叹着富甲一方的有粮之家，现在就只剩下一个未出阁的女儿，安慰着，劝着，话尾末了，扯到马忠良身上，拉起梅格手说："我没有钱，但我那孙子是个念经人，肩不挑手不提，天生招驸马的命。"死灰的眼睛虽然看不见，但脸上带着一些笑，话说得不紧不忙，维持着优雅和体面。

茉莉只在炕楞边上凄凄凉凉地坐着，听了这话，起身走了出来。暗自庆幸，还好家里还有梅格和王掌柜，不然这复杂、不可理喻的现实，这般逼上来，她又要怎样？

李恒昌和李盛都没了，这日子就换了模样。梅格早起到河边挑水来倒进水缸，以备做饭拖地洒扫院落浇养花草。然后在院子里一顿打扫归置，一切繁杂和琐碎井井有条之后，搓着手走进厨房，开始烧火做饭。炕头的两个孩子并着脑袋睡得甜畅，茉莉帮她在灶台上烧火，灶膛里干柴塞进去烧出噼啪脆裂的声响，火苗跳动着伸长脖子舔着锅底，青稞面锅贴一张连一张贴在铁锅的锅壁上，喷喷得香。案板上是"当当当"的切菜切土豆的声音。一个寻常的早晨在一种似有似无的秩序中重新拉开了序幕。

早饭后一起绣花，梅格从箱底翻出一只小小的黄铜包角的朱漆箱子，打开来，是一箱子锦绣绫罗，拣出一片鲜艳夺目的大红绸缎，托在手里仔细地看，然后又铺平用手指按着测量，说："我没记错，这就是两对枕头的枕底。"又量了量，对茉莉说："这是以前从你阿妈手里保存下来的上好的苏杭绸缎。"

红绸上是早年用眉粉画好的四幅喜鹊探梅，边缘有密密的手工线脚。两个小孩在廊檐上玩得灰土土，也跑进来，凑过脑袋，十分好奇，沾满尘土的手指伸过来想要摸一摸。只差那么一点就摸到了，梅格打掉他们的手，说："这么脏的手，就摸上来。"

两个孩子又顽皮地笑着推着，跑了出去。

茉莉现在在这一座大宅里举目无亲，渐渐的也就觉得梅格虽是家里的下人，对自己却处处热心指导，也就将梅格当半个亲人来看。只听见梅格说："我翻出它，绣几对方枕头的枕底，绣好了给姑娘备着。"

茉莉说："现在家里不似往日，还是将精力都放在生计上来，费周章的事就免了罢。"

梅格将绸缎套了竹箍，用手指敲着，紧绷绷的，说："提早备嫁妆是天经地义的事，还是提早备好得好。"

茉莉叹了一口气，低下头来，绣自己绷子上的花，说："我们还是绣好了它，拿出去换些钱来，我看那面柜又见底了。"

梅格说："不是我说扫兴的话，用绣花得来的钱糊口能糊到几时？这还是个用眼的活，待在闺阁里绣它，用来打发时间，是闲情逸致，真用它来讨生活，眼睛也吃不消！"

茉莉说："我何尝没想到这些，活到哪里算到哪里吧。"

梅格说："我说句话，姑娘你可别生气，我替你打算，还是从上门来的媒人那里，挑一个合适的人。"

茉莉笑了一笑，说："你看上门来的媒人，提的都是些什么人。卖烟土的、做屠家的，再不然，就是三妻四妾的老爷和失了偶有孩子的半老男人。媒人眼里，我就只配这些人。"

梅格扑哧一声笑出来，说："这也不能怨媒人，媒人也就应着事方的要求，在中间做个牵线人。"想了一想，又笑着安慰："姑娘也莫瞧不起自己，东家在的时候，媒人也是天天往家里跑，都是好人家的人，东家就你一个女儿，挑剔得紧,就都给悄悄打发走了。"

茉莉脸涨得通红,咬着嘴唇不言语。

梅格说:"这些开始我也透着奇怪,想了几天,也想明白了一二。之前东家在,手里有钱,街面上有店,店里还有粮,人们巴巴儿地上来,求一个门当户对。现在东家一口气没接上,殁了,连句可靠的话都没留下,手里的钱拿给儿子入了牛帮,也鸡飞蛋打。留下一院房子,空空如皮囊,人们心里都明镜似的,知道没什么用,就计较起姑娘的出身来了,姑娘的阿妈是实打实的番子,姑娘骨头里流着两样的血,对于种族,这儿的人都是极有说头的。"

茉莉咬着牙问道:"那我阿爸当初怎么娶得我阿妈?"

梅格说:"那也是费了些周折的。后来祸乱的时候,你阿爸正好出去走生意,家里大大小小的人一起往外逃难,你阿妈带着个大肚子,中途走散了,都没见一个人回头去寻的。"

茉莉彻底沉默了,脸色极难看。

梅格说:"依我看,那马家阿婆的孙子,姑娘可以考虑一下,年纪与你相仿,又在念经。"梅格拉扯大了茉莉,知道她的脾性,就又说:"知道姑娘看不上他,念经讲学的男孩子们,大都心思细腻想得多,男的心思太细腻会丧失一点男子汉气概。"

茉莉忽地回了一丝冷笑,说:"只有别人看不看得上我的分儿,我哪里敢挑别人。"

话说到这儿也就罢了。

王掌柜进来轻咳了一两声,脱下瓜皮帽坐在炕楞边上,摸了摸自己的头，跟梅格说："去了好几次，都不给退，明知道东家没了，还说让主儿家的人自己来，摆明了是在欺负人。"

原来这王掌柜，眼看家里日子拮据，想着李盛已经没了，就将给李盛做的那门亲给退了，彩礼有不少，都要回来，过日子用。

茉莉收拾好放针线的竹箩，站起来，眼里透着一种钢一样的坚毅，说："梅格阿娘陪着我，我去要。"

也是大户人家，三进三出的院子，茉莉由梅格领着进去了，前面领路的下人，跟王掌柜极熟，对梅格说："我们老东家刚抽过两筒，这会儿精神好得很，你俩见了好好说。"

进去之后，满屋子都是鸦片神秘的焦香。正半躺在鸦片床上的杨德贵，人称杨三爷，年事已高，一头头发花白，旁边跪着一衣饰华丽的少妇，吊梢凤眼，一双轻重有致的手，正替他捏着腿。

茉莉一时目瞪口呆，那少妇就是她曾从屋顶天窗看下去，看到的那位。少妇一双眼睛犀利，也认出了茉莉，嘴角似笑非笑，带着三分轻蔑，上下打量着，想给茉莉一个下马威。

杨三爷眼都不睁，镶了银嘴的烟枪，过了嘴，伴一口缥缈的烟霞喷出一句："我杨某人做事，讲一个有头有尾，有理有据。"又曳长声音，"让事主家的人亲自来。"

领路的下人，上前了几步，哈着腰："老爷，来的就是事主家的人，李恒昌的亲闺女。"

"哦，"杨三爷整张脸松弛下来，半眯着眼瞧了瞧茉莉，叫下人斟茶上点心招待，然后又吩咐那少妇，"去把那喜帖和彩礼都端来。"

那少妇下了床，娉婷走几步，走过红木桌椅，紫檀五斗橱，从松木碗橱上端来一盘子，端到鸦片床前的雕花柏木桌上。杨三爷伸那骨瘦嶙峋的手过来，将裹了红纸的三筒银元，交到茉莉手上，再坐起来，将那写有正规楷书的喜帖，当着茉莉的面撕了。这事这样也就算了了。茉莉呼一口气，如释重负。

回来的路上，茉莉跟梅格抱怨："大烟抽的，瘫在床上软绵绵的，像一个怪物，我阿爸当初怎么会想起跟这样的人拉亲家。"

梅格说："只知道这杨三爷是个厉害的生意人，对自己挣出来的富裕生活，有极度纵情奢靡的享受心，外出时高抬大轿，吃肉只吃牛眼睛，吃包子只吃包子馅儿。布置摆设以及所用碗盏杯盘也都要样样上等，但什么时候抽上这大烟的，还真不知道。"

六

就这样，又过了一年。日本人投降了，签了投降书，撤军走了——无线电里传来的消息，报纸上登了。

街边搭着供案，给人写信写状纸的文人，摇一把破扇，给人分析时局：外面又一场仗打起来了，兄弟之间隔墙的仗。没有被战争波及的人们，听了一听，摇着头，散了。

烈日一天一天，炎炎烘烤着大地，大自然蒸腾着浓烈呛人的焦土味儿。种植在地里的鸦片和山野上的其他植物一起干枯了，土地泛着灰。

路上饥民衣衫褴褛，拄着棍，颤巍巍地掌着碗，恳求过路的人给点吃的。茉莉驻足想，十年前，阿舍儿将她送于此，就是为了让她躲过这样的居无定所和饥苦。但真躲得过吗？

转眼冬天的大雪将严寒大地覆盖成白茫茫一片，看不见一丝风吹草动。家里开始缺粮，常常用少许青稞面或者玉米面熬一锅稀汤来填肚子。高原天气寒冷刺骨，人一失去能量，身体就蜷缩起来，肚子变得像用一张白纸薄薄糊住的无底深渊。

梅格眼眶深陷，肩膀下削，坐在炕上迎着窗外的亮光一针一针刺绣一朵梅花。茉莉掀起门帘进来的时候，光线暗沉的屋子亮了一下。这种微小的光亮变化，直接反映在竹箍绷起的绸缎面上，梅格抬起了头。茉莉从口袋里掏出两把生豌豆，放在梅格的手心里。一只手小心翼翼地放着，一只手掌在下面，生怕豌豆掉下去被地面吸进去就再也找不回来了。

梅格惊讶地问道："哪里来的豌豆？"

茉莉说："从前面粮店的地板缝儿里扣出来的。"

梅格将豌豆从一只手掌心翻倒在另一只手掌心，细细地看，细细地拨来拨去，仿似长年瞎了眼的人在黑暗中忽然看见了一缕光，叹着气说："这以前都是卖给人们做马料的,现在连人吃的都没有。"往嘴里放了两粒,边嚼着边说:"晚上可以用它来熬些粥喝。"

街面上卖的一寸厚的大圆烙饼,上面略撒了些胡麻,斑斑点点的,买回来一刀切开,里面灰一道黄一道,是将粉碎的秸秆和少许青稞面搅拌在一起发酵之后做成的,但没吃的,只能吃它,人像牲口吃麸草一样将它咀嚼吞咽下去,腹部滚胀难受。饿,人人都喊饿,饿得胸肋骨胯高高突起来,饿得灰了眼睛,白了嘴唇。这饥饿的生活何时才能熬出头,一日又一日,一夜又一夜,像沉重的脚步,走得慢极了。

野菜、树根、树皮、树叶、水里的杂草,寄生在各种植物上的霉包,都拿来果腹。梅格上山捡了点地肤回来边淘洗边说:"连针尖儿大的地肤都被捡干净了,人们挖野菜根子,都将地面给掀了起来,凡是能吃的不能吃的都被人们挖光了,这接下来的日子可怎么过呓?"

茉莉强忍着饥肠辘辘,没回话,往灶台里面添了一把柴,火光照得一蓬蓬热气只往上冲,水沸了,回过头却看见梅格眼睛里眼泪一串串往下掉。

从厨房走出来,黄昏已经过去,暮色渐渐暗淡,一切都是暗暗的,一道暗然灯光从窗户里铺出来,在暗灰色的廊檐下铺了一道暗黄灰。暗黑的院子里望过去有一盏煤油灯,在风中雯一雯,就熄灭了。细看了半天才看清楚,梅格的小儿子正站在煤油灯旁边,拿一根长长的竿子,一下一下地打海棠树上的花骨朵儿。没有粮食,孩子们也跟着遭殃,他将打下来的花骨朵儿一个一个捡起来全吃了下去。

海棠树的花还没开，但开起来是十分好看，花心橙黄，花瓣乳白里略带些粉，衬着青翠的叶，墙里墙外虚应个景。

茉莉说："你现在吃了它，秋天它就结不出果子来了。"

"我饿……"

从昏暗看过去小孩子瘦得真正只剩下一点点。茉莉说："吃吧吃吧，吃那个也不见得你不会饿。"

小孩子哭着回她："饿啊，我快要饿死了啊……"

茉莉不言语，眼里涌上来一阵悲凉，流了眼泪。

夏天过去了一大半，高原上的草木才缓缓悠悠地长出地面。荒坡上的车前草、婆婆纳、苍耳、鬼针草、积雪草、蒲公英、马兰头、荠菜的根儿早前都被人们剜得差不多了。现在长出来的幼苗，毛茸茸的，像一层覆土，但还是被人们挑拣着摘了去。天旱着，地面上到处黄土裸露。

人被饿虚了，全身浮肿，两眼充血，脸尸白或发青。一位被饿到疯傻的人，冲上街面，蓬头垢面，"种啊，你们再种啊，天大旱，种鸦片遭报应了吧……"像是断魂之前的穷吼怪叫。饿到麻木，饿得半昏的人们，被这声音惊了一惊，抬头向四周望了望，又落寞下去，失落落地向苍茫的山野中望去。

县政府有赈济的粮食在发放，巡捕房的人把守住门，开了一条窄窄的道，慢慢往里放领粮食的人。后面的人看见粮食不多了，脸上的恐惧掩不住，骚动起来，突然有人带头轰的一下，所有人蜂拥而上险些将巡捕房的人给踩扁。争抢着粮食，麻袋破了，粮食落在地上，有人急忙用手捧起来往自个儿的袋子里装,也有人一把一把地抓起来直接往嘴里填,牲口般的。巡捕房的人暴跳如雷,用唱歌剧一般的嗓门,给这失了控的场面伴奏。

前去领粮食的茉莉,被这阵势吓傻了眼,所有人都像疯了一样扑上去抢粮食,还有那贪婪残酷的吃相。她从人群里挤出来,走到空荡荡的马路上,有气无力,哭了起来,她也很饿,一直饿,饿得一阵阵地冒汗,饿得胸肋疼痛,晚上睡不熟,梦里梦外都虔心盼望着食物。

太阳滚热地晒在头顶上,小孩子饿得龟缩在墙角,屁股下面流出一大摊绿水。大人们也饿着,浑身骨骼饿脱了节,动也不能动。梅格眼泪顺着枕头不停地流,太惨了,这代人太惨了,什么事儿都让这代人给遇上了,改朝换代、匪患兵祸、地方屠杀、逃难、饥荒……

人们开始像一股洪流,纷纷逃往周边的番地讨饭。遇到之前有生意往来的主顾,念着旧日的情分讨到了不少粮食,带了回来。

梅格两手交握着,干瘦的手指像死去的鸡的脚爪,嗟叹起来:"回来的人说,只要有银元就能进番地换粮食。花花绿绿的金圆券,藏民们不信任,一张都不要。"

茉莉说:"那就拿银元过去换点粮食。"

梅格说:"我的姑娘,你说得轻松,家里哪有银元?"长长地叹一口气:"五块银元一斤粮食,这年头金的银的圆的扁的都不及粮食值钱了。"

茉莉微微抬起她那没有血色的玲珑的脸,哑着喉咙说:"有,我们家有银元。"梅格诧异地看着她,茉莉又说:"真的有……"话还没落地,梅格将食指抵着嘴唇,轻轻地"嘘"了一声。屋里顿时鸦雀无声,久久没人再开口,像是心思相通般地默契起来。

等夜深人静,孩子们都睡着了。梅格将前后院的大门都上了闸,然后和王掌柜守在大门处。茉莉就着扁扁的上弦月,嘴里数着数,沿房檐的柱子向前走几步然后再向右走几步,蹲下来用小铲往下挖,挖出一只陶罐,满满一陶罐银元。抱进屋子,哗啦啦全倒在炕上,问道:"这些钱能换来多少粮食?"梅格一块一块数着银元,摇着头说不知道。昏黄的煤油灯光落在银元上像金的灰尘,使银元显得更值钱起来。这是李恒昌埋的,埋的时候,叫茉莉在跟前看着,要不是遇着这样的荒年,估计它还要继续悄无声息地埋在地下,谁也说不上要埋多久。

窗户缝隙里进来了点风,吹得灯盏的火光直向一边飘,王掌柜掂了掂数进布袋子里的银元,叹道:"这沉甸甸的,要是东家当初在地下多少埋点粮食也就好了。"

进番地换粮食的大帮人马脚步走得勤了些,王掌柜没赶上。王掌柜在外转了好几天,都没换到粮食,饿得实在熬不住,就又回来了。

梅格站起来,扯了扯衣襟,摸了摸盖头,跟王掌柜说:"你去给我们借个牛车来,我跟茉莉去换。茉莉的亲娘是番子,茉莉外家那边离这里远了点,但到底是有血缘的,过去说一说,可能有粮食换给我们。"

梅格跟茉莉驾着牛车一路寻去,穿过茫茫峡谷,车道变得泥石混杂,越来越颠簸,到最后,寻见一条被踏平的泥土路，逐渐通向一个村落，村庄里的转经人摇着经轮从她们身边走过，空气中充溢着一股烟雾，牲畜粪便和腐烂的酥油的气味。一经打听，茉莉的外家已搬走了好多年。跟茉莉的外家交好的一家人，男的皮肤黧黑，长发凌乱，女的长辫子快梳到脚踝，颧骨上有严重的高原晒伤斑，红得几乎要破出血，听了茉莉的来意，就先将她们请进门，用糌粑和酥油招待了她们，又给了四十几斤青稞，十几斤豌豆，七八斤酥油，半布袋子面粉。也没有要钱。

载着粮油面粉，走了很长的路，回过头，那个村庄像一座湮没在辉煌光线中的宫殿，檐角屋瓦依稀可见。风声刷刷地掠过山冈，在一个峰回路转的地方，出现一座洁白的佛塔，周围绑满风马旗，在风中哗然翻飞，有人一步一叩地靠近佛塔，在佛塔前又继续叩头。茉莉放慢牛车多看了两眼。

牛车摇摇晃晃，走至黄昏，远处隐没天光之中的高山显得肃穆，路边饭馆的橱窗里大锅热气腾腾，一个男人一双黑红粗大的手，正忙着拿刀剁肉，血红的肉上，一层一指厚的肥膘，猛一看就像锈红的铁上落了一层虚虚的厚雪。梅格跟茉莉开起玩笑："我前面路过时就在想，要是我们俩最终寻不见那里，换不到粮食，回来时，就在这里吃上些他们饭馆里的饭再走。"

莽莽的山风吹得茉莉头上的碎发乱飞。她低下头微笑，想着自己五六岁时，跟着阿舍儿跟游牧民生活在一起，这样的饭是吃过的。

七

年迈衰老，白发苍苍的马忠良，坐在缓缓行驶的车子里，窗外干枯的河道，漫长的大街，悄然无声地映入眼帘。都远去了，远去太多年了。枯瘦的手指在车窗上比划着，比划着它们消逝的方向。

黑洞洞的，狭长的，越积越深的历史尘埃，尘埃底下可怜的人们，用力撕裂开一条缝隙，以宽大而懊丧的姿态，在大地的原野边上，亢奋着悲苦着。

宽阔的大河，带着粼粼的波光，缓缓向东，大河边上层层叠叠土墙木梁的房屋，一座一座三进三出的大院，因饥饿全被拆下来换粮食续命，白森森的柏木，精湛华美的木雕，墙头屋顶的青砖青瓦，楼梯廊檐的黄杨木阑干，埋在地下的金条银元，都被穿着厚重皮袄的番地藏民，驾着黄牛车，一车一车地运往城外，昼夜不休止，像一辆没有轨道的，长长的火车，笼罩在迷惘的晨雾之中，将一座城连根拔起，连带着它从明清到民国一路下来的，沉重历史和沧桑记忆一起，从河边叮里咣啷地驶过。

老祖宗留下来的江淮遗风的宅院，被土匪抢了一回，被大火烧了一回，被屠杀的血染了一回，再剩下的拿来换粮食。换来的粮食，只给这块被太阳烤焦的地方，带来了短暂的欢愉，荒年和干旱依然奔泻而来。

马忠良看着行驶的车窗外面……

火一般的太阳从拆得歪歪乱乱的屋瓦墙梁上，一路翻涌过去，巷头巷尾发着烫，狗饿得皮包骨，被骄阳烤着，一张嘴白牙森森，只朝着苍天狂吠。大大小小的人们穿着千补万缀的布衫，眼睛饿到麻黄，尽力地张着。活一天是一天。

一个孱弱干瘦的汉子，领着一个褴褛的小孩，从城门有气无力地进来，午后的光将两人幽暗的身体轮廓照得清清楚楚。众人都看着。这一对异乡的父子，脸都被饥饿揉搓变形，头发也乱蓬蓬，没了人的模样。多少年来，一遇到荒年，外面的人，本地的人，都往番地跑，将那里看做讨饭活命的摇篮。只是不幸得很，这一对父子跋山涉水过来，走错了路，走到与番地相邻的这一方县城。走不动了。

城墙厚，城门洞子深，晚上他们就睡在城门洞底下，白天沿街行乞，身子躬着，跪着，头磕在地上，路过的人们惆怅地看着，叹着，拿不出一丁点食物打发了他们。那孩子在烈日下歪垂一颗头，死了，饿急的父亲双眼爬满血丝，死盯着脸色泛青的孩子，像无数只红蜘蛛挣扎在里面找不到出路，几日后，人们在沿河不到十里的地方发现他也死了，躯体蜷缩成一团。

太惨了，人们议论着，将这异乡来的父子，用草席一卷，拖到不远处，草草埋了。当夜又被流浪狗给刨了出来，眼睛黑洞洞地张着。谁还再有力气去收拾那一地零碎的血污，阳光直射在上面，尸体变了形，焦灼的光线嗡嗡地托举起一阵腥臭。寺里的一位老阿訇看不过，从一群学生口里省出两半截胡萝卜，在街面上找了两个年轻人去收拾，但去了三个年轻人,破烂的衣袖挽上臂,一起将人给埋了,埋得干干净净,然后三个人为两半截胡萝卜厮打了起来,都是饿到不成体统的人,颤着,扭扯厮打,一个人倒在地上就没再起来。

马忠良的手指在昏黄车窗上摩挲着,捏了一捏,那一方能见的亮光和一九四七年的光阴一起粉粉碎,成了灰。他难过地哭了起来,没有声音,眼泪从眼角掉下来,嵌在皱纹的缝隙间。怕被正在开车的后人给发现,又装成受了风吹的样子,从口袋里掏出手绢抹了抹混浊灰暗的眼睛。

他还想看到点什么,用力地看着⋯⋯

一个女孩子,从深深的巷陌,款款走来,走到大河边舀水洗衣,瘦怯的身材,袖管里露出一截细细白白的手腕。

马忠良自行驶的车窗里仔细打量着她,他的前尘旧梦。

八

茉莉端着一盆洗好的衣服,从河边往回走,街面很静,百业萧条。街角强烈的阳光下,瘫坐着一老人,满头银霜,衣不蔽体,颤巍巍地用手指拨拉着一堆马粪捡吃的,只吃得嘴两边、胡须上粪渍斑驳。

茉莉一瞥,怔住。

这狼狈不堪的老人,这么眼熟,定睛细看,竟是曾吃包子只吃包子馅儿,吃肉只吃牛眼睛的杨德贵,杨三爷。

茉莉张口结舌地望着他。他全然无知,只拿混浊的老眼，认真地瞅着那堆马粪，拨了，又拨。

只一两年，他竟落魄成这样。

此时，一个女人提着一个篮子路过，被杨三爷一伸手，迅雷不及掩耳，扯了过去，牢牢抱着，将里面的烟草渣子抓着，一顿狼吞虎咽。女人又惊又急，带着哭腔："我这不是吃的东西，哎呀，这不是吃的呀。"

已然塞了满嘴的杨三爷，干哽着，鼻涕口涎顾不得。

原来竟是给饿疯了。衣不蔽体，礼义廉耻什么的都不知道了。

衣食足，然后知荣辱。荒年里饿疯的人，丧家之犬都不如。茉莉默默走回家，心下有点恻然。

家里的木梁砖瓦都被拆下来换了粮食，在体内消化尽了。只留下后院儿南面三间小屋，一间阴冷简陋地做了小厨房，一间给茉莉住，再一间稍大一点的，里面有炕，给王掌柜一家人住，夫妻孩子全滚在一座炕上，白日里还收拾整齐了，在炕上放张桌子用来吃饭。

家家都一样，就这样一天一天地饿着，一天一天地过着。从古至今中国无论怎么动荡，怎样不幸，中国老百姓总能像野草一样活着。这顽强的生命力，不知是中国老百姓的幸还是不幸？

三进三出的大院，房子都拆没了，空敞开就大得有点荒烟蔓草。茉莉晾晒完衣服，带着两个小孩在北墙根拔野菜。太阳西斜了，暮霭轻轻飘荡，两个小孩子来了兴致，篮子搁在一边，揪来其他的野花野草，戴在头上，绑在脚上，一边喊着古旧小说里面的英雄人物，一边舞刀弄枪将动作夸张地做出来，开心地旋在茉莉左右。茉莉笑着避着，享受着他们带给她的无限乐趣。

用房屋换来粮食是这方人最后的办法了，五大车木梁门窗换一麻袋粮食，籽粒全都瘪不全，天天省着吃，也早就吃光了，渐渐又到了山穷水尽的地步，但生活还得继续过下去。

地正中一张小木桌子上放着切菜板，梅格从茉莉手里接过洗好的野菜一束一束地切着，梅格的大儿子站在门槛上，满头满脸的虚汗，脖子探进来，捂着肚子："阿妈，我肚子疼。"

梅格回头看了他一眼，说："再忍一会儿，这些菜弄好之后就可以吃了。"切着菜，又说道："今晚给你多盛点菜汤。"

伴着瘪豌豆煮成的野菜汤，菜叶子荡漾在上面，浅薄不说，连盐也没得放，真真的清汤寡水，淡然无味。吃的时候那孩子依然手捂着肚子，拧起一张脸，看上去痛得厉害，吃了几口只喊恶心，呕吐起来，肚子圆滚滚地发出声响，喝了些开水后缓和了些，上炕去睡了。

到了晚上又不行了，发出怪异的呻吟和哭声，在寂静的夜里分外扰人。茉莉在隔间睡不着，披了件衣服跑过去看，门帘一掀，只见小孩子惨白着一张小脸，躺在炕上痛苦地直打滚，嘴里哭喊："我肚子疼，疼死了，疼死我了……"

哭着喊着折腾了一夜，可算天亮了，王掌柜抱起孩子，梅格跟在后面一起疾步去看大夫。

茉莉关上大门，倚在门扇上长长吁了一口气。东方的山头上，鲜红欲滴的、不安颤动的太阳露出来，在蓝的天上，像一火星子掉在蓝布上，烧着了，烧沸了云。茉莉进房间只略坐了坐，又起身开始收拾打扫家屋，桌上的一只茶杯不知是什么时候被带翻的，滚到了地上，茶水蜿蜒在青砖地上，留下一条暗灰色形迹。

也没看出什么名堂，大夫说可能是野菜吃多了，现在有不少孩子都这样，饿得肠子打了结，肚子就胀得痛，得吃些面食通一下肠胃才行。回家吃下大夫配给的几颗丸药，满脸泪水躺倒在炕上，之后就蹲进厕所里面不见出来，消化分解下来的都是带血的黑色团块。

梅格寻了周围几家邻居，都没有面，白面、青稞面、玉米面……什么面都没有，人们都靠着野菜活，一丁点面，一丁点粮食都没有。

"怎么办，怎么才能找到点粮食给他吃？"末句声音一低，像是快要哭出来。匆匆进屋翻箱倒柜，拿出一对从没见她戴过的银镯子，交到王掌柜手上，让他赶紧借匹马进藏区换些面来，能换多少就多少。

孩子浑身滚烫，脖子动脉中涌动的血液突突直跳，像有蛇透迤在里面，呕吐出来的黄色胆汁里夹带着血水，眼神迷蒙，昏了过去，掐人中，拍脸都不醒。

梅格手忙脚乱，又背起孩子往医馆跑。茉莉在她身后帮扶着也一路小跑。孩子在半途就已经没气了，头耷拉过去，两条枯萎的手臂软垂下来。两个女人都非常惊慌，到大夫那里将孩子放下来，声泪俱下："大夫，你快救救他。"血水从孩子的裤子渗出来，渗到椅子上一大摊。老大夫走过来，搭了搭脉，说："人气已经断了。"

这边家里孩子殁了，正忙乱着，那边过路的人带话回来给寺里的阿訇，说本坊有人饿死在了与番地交界的地带上，骑的马溜达在路边吃草，马背上搭着一空褡裢。来人细细描述饿死的人的长相身材衣着，阿訇陡然变色，确定就是王掌柜，赶紧招呼了几个寺里的年轻人抬着担架抬人去了。

这晴天霹雳，让梅格一张脸僵住了，半天才哭出一声："我让去换粮食的人，怎么会饿死？"眼睛空了，眼泪无声地，一串串往下掉……

茉莉急急地，紧张地进来说另一个孩子不见了，她怎么找也找不到。梅格猛然一惊，眼泪挂在脸上，跑出来找孩子。

闻声赶来的邻居，就着傍晚仅余的天光，在家的各个角落都找遍，没有，没有，都没有。梅格悚然倒退几步，瘫软在地，直哭着孩子不见了。人们又分头出去找，高原的田野，天一黑就有点寒烟漠漠起来，犬吠声此起彼伏，互相呼应。有人在官井的井台上找见了孩子戴头上的兔儿帽子，打着马灯往井里看，依稀只见一块漂浮物。连夜下井打捞，捞上来一具小孩的尸体，是梅格的小儿子没错，不知是怎么掉下井里的，已经淹坏了。

梅格听小儿子也没了，腾地直立起来，眼睛紧盯着来人送到她面前的孩子的帽子，瞳仁都红了，嘴唇抖索着："没了，没了，都没了……"说到末了，声音没了，踉跄几步，跌坐到廊檐下的椅子上。

茉莉仓皇失措，说不出话来，只拿了件小孩的衣服匆忙往井边跑，来报信的人追上来说孩子已经被人抱到寺院里了，跟殁了的哥哥和父亲停在一块儿。

夜深了，最后几位妇女临走前，安慰了梅格一番。梅格眼睛僵硬呆滞，完全听不进去。其中一位妇女看到这个样子，泪眼婆娑起来，说："算了，就让她在这里坐着吧，一个人静一静。"

茉莉到寺里看过之后，又急急忙忙赶回来。家里未掌灯，只见廊檐下影影绰绰一个黑影子，走近才看清是梅格，坐在椅子上，身上兜着一件旧衣服，只露出一张苍白的脸，人一动也不动，眼睛却张着，眨也不眨。茉莉有些哆嗦，碰了碰梅格的手臂，没反应，手指微抖，靠近鼻孔试了试，一愕，瘫软在地上，迸出急泪。

不出一天，一个家里大人孩子都没了，连根子都绝了，人们听了心里都不是滋味，都跑来帮忙。茉莉嘴唇干裂出一层血痂，五内如焚，但都咬牙忍着，忙前忙后。

寺里的年轻人听了阿訇的布置，提前翻过山头到坟园，挖了三个坟穴，两个孩子合葬在一起，两个大人一人一座坟。阳坡上的坟地，挖得很艰难，一镢头挖下去硬得像是磕在磐石上，手虎口上震出了血，人们体力不支，为了抓紧时间就将坟挖得很浅，又怕黄鼠狼之类的打洞进去，就用竹子堵好侧穴口之后才准备填土。

狭窄的街巷以及沿河边都站满了前来送葬的人，都饿得失了样子，挨个的，谦卑地站着。

突然起了一阵风，细雨凄迷，茫茫的，天地都变了样。

九

亡人送走了，茉莉艰难地一步一步挪到屋中。一切都完了，三面墙壁，一面门窗，空落落宽敞敞，她茫然地默立其间。

一阵从未体验过的绝望和伤心笼罩了她。意想不到的事情——都发生了。这莫大的天地之内，她现在只剩下她自己，受不住。

但更受不住的是饥饿，她没有点灯，只全身麻木无力地躺倒在炕上，心口却像插了一把剪刀，无声地释放出无数饥饿的蝙蝠，拍打着黑色的翅膀，犹如浓云翻卷。来回地翻身，四肢难以自禁地抽搐，冷汗淋漓。胸口迸发出失去意识的喘息。饿到如此惨痛，还是第一次，如同翻过重重山岭，疲惫之极时突然坠入深渊，煎熬疼痛，粉身碎骨。

这种不同以往的饥饿感，让茉莉以为自己也会死去，她在浑身黏稠的汗水中坐起来，睁开眼睛头晕眼花地下了炕，无力地倚着门框，缓缓地滑坐在门槛上。

夜，默默地延伸着它黑色的恐惧。凉风细雨都如鬼魅，凉飕飕地扑入心里，幻化成无数的幻影。谁都有，见过的，没见过的，都有。都是看不明白的复杂表情。都目不转睛地注视着她，注视着她这个连下人都养不活的当家人。

茉莉震惊了。

木然地看着自己——她看见了自己，自娘胎里下来，湿的头发，带着血，一个人……她一直都是一个人，一个人活着，活在幻化出的影里，乱世浮生，影散了，又留下一个人。

她一直都是一个人。

周而复始、低徊无尽，与无数的幻影生活在一起，一起咀嚼并吞咽着该受的，不该受的罪过与痛苦。

她望着，望见一个人影，暗暗的，从拆了青砖的残破的墙豁牙上一跃进来，向屋子走来，向她倚着的这一门框走来。

幻影还未在心头消散……若非是疑心生暗魅，不不不，那的确是个人，脚踏实地地走来。茉莉远远地、惶惑地、害怕地望着，咬牙站起来，慢慢倒退进屋。紧紧靠在门扇背面，嘴唇紧闭，颤抖着，不敢妄动。

待那人进到屋，进到深处，往炕上去的时候。茉莉不顾一切，拼了命从门里冲出去。

在黑天的夜里，嘶哑地求救，脸上泪水纵横。

邻居家的油灯亮了，有人提着马灯赶来。

一瞬间茉莉像散了架，丢了魂，瘫软在地上。她逃过了一劫。

明显的，有人想对仅剩在家里的孤女下手，可是这手下得未免也太快了，白天刚送完亡人啊。这世道……猪狗不如。邻居们骂着，气得浑身哆嗦。

茉莉全身湿透，眼里是无尽的惊恐，用毯子将自己严严裹紧，连呼吸也没有气力，只不出声地流着泪。

马忠良的阿婆来了，由马忠良搀扶着，拨开围着的众人，在茉莉的炕沿边上坐下来，眼睛看不见，手摸上来："孩子，你被吓坏了吧。"

茉莉一下子捂住脸崩溃大哭起来。撕心裂肺地哭。

"哭吧，哭出来，都哭出来，哭出来就好了。"看不见的老阿婆，手摸上去，摸到茉莉的背。

茉莉哭得牙齿打战，呛咳，一口一口地往外吐，像是要将隐藏在心里的无尽的痛苦都吐干净。老阿婆边拍边劝："孩子，也许你的路在前定中就要这样走。"

夜幕已森森地低垂，茉莉哭完了，邻居们也都陆陆续续回去了，只留下老阿婆，在昏黄的油灯下，低柔地问道："孩子，你愿意搬过去跟我一起住吗？"

死灰的眼睛注视着茉莉的脸。茉莉惊魂未定，抬起哭肿的眼睛琢磨话中意，心里有点惶惑。

"我的孙子常年住在寺里念经，家里就我一个人，你过来，我俩一起做个伴儿。"枯如树根的手，拉过茉莉的手，又将另一手覆盖在上面，手叠手。

茉莉下炕，取过一块大方巾，随便收拾了一些衣物，裹起来，愿意跟着这看不见的老阿婆去。临走前，咬牙将油灯一吹，熄了，黑下去，淹没掉了一屋子，一院子的过往岁月。

马忠良家院子里的房屋也都换了粮食，空荡荡的，只留下两间小屋。一间是马忠良的，一间老阿婆住。

茉莉跟老阿婆住在一起，睡在同一张炕上。

老阿婆已经睡着了，呼吸声听得见。这是茉莉长大后第一次跟人同睡一张炕，小时候跟梅格住一个屋，只记得梅格酣睡中蒸腾出的皮肤和头发的热气,然后就是一个人。这些年她的世界一直很空,清清静静的,热热闹闹的,都是一个人。茉莉翻了个身,睁着眼睛,周身都凉,暖热的火炕和被子,驱不走她的荒凉。

马忠良呢?一直在寺里求学,的确不怎么来家里。唯一一次在家里过夜,还是因为老阿婆病倒了。

清秋幽幽的月亮,不知踪迹,天上的星斗,也被漆黑的夜给遮住了。

马忠良推门进来,说:"我回来看看阿婆。"

然后坐在炕头守了一夜,寺里的唤礼声一声一声地唤来,寂静中,就像在耳边,一遍又一遍,不知在那个黎明,唤礼怎么会唤那么久,就像每家每户的人都是沉睡着叫不醒的一样,一遍又一遍,焦急、恳切地通知人们天马上就要亮了,该起来了。茉莉无缘无故地颤抖了一下,一抬头看见马忠良正看着她,眉清目秀的一张脸,带着点会心的微笑。

唤礼的声音还在传来,听得茉莉心里酸胀酸胀的,脸上难过起来。马忠良问道:"住在这里还习惯吗?"

茉莉抬起头,因为消瘦,大眼睛显得鬼影重重,只点头回答了习惯二字。

然后起身开始洒扫庭院,收拾房间,自眼角瞥去,见马忠良在另一间屋,迎着窗外蒙蒙的亮,站在波斯毡上做晨礼。

转眼一冬已尽。高原的六月,大太阳一晒,火辣辣地烫。因为荒年和内战,六月会也萧条了,变成了当地破落户变卖家当的场地，搬来的板凳上支起摊子，出售的都是一些没多大用处的古玩估衣，铜瓷细软。

常年在街边写信，帮人铺平关山阻隔的落魄文人，饿瘫在供案前，笔头敲着砚瓦，用参透人情世故的声音，无力呻吟：

黄叶菜、黄又黄，洮州地方天气凉。
三月四月穿皮衣，六月不见庄稼黄。
百姓生活靠生意，耕山务农莫指望。
一年到头走番地，十月六月两场会。
张三赶来一群马，李四赶来牛一帮。
远番驮来十捆皮，近处赶来五百羊。
马又大来羊又肥，一个白天卖尽光。
中央钞票一大捆，花红柳绿胜现洋。
割肉买面回家去，赚钱为的养爹娘。
爹娘听说儿子来，站在门前立等望。
娃娃看见爸爸到，摇摇摆摆说短长。
妇人看见丈夫来，熬茶煮饭忙上忙。
上有父母下有子，快快乐乐集一堂。
人情世故我看透，不受苦的没指望。

这虚幻的景，听得茉莉无限孤清，转过身落了两行泪，然后向自己的家里走去。

去老阿婆家后就没有再回来过，到处都落了一层灰。茉莉眼泪满满，安静地收拾着此前没来得及收拾的遗物，一件一件,手抖索着,烧的烧,埋的埋,烟雾里十分凄凉,心一酸又落下泪来。再回屋看见放针线的簸箩里,梅格做的刺绣还没做完。手指抚摸过竹箍,绷的一面绸缎,还紧绷绷的。有一双藏青的条绒袢带鞋,鞋面鞋底都做好了,就剩最后一道绱在一起的工序。茉莉的眼睛盯着这双鞋,看见梅格坐在廊檐下纳鞋底的样子,锥子锥一下拔出来,针引着麻线穿过去,突然就停止了,就像梅格没过完的人生一样,戛然而止。

十

虽然眼睛看不见的老阿婆跟茉莉说:"别担心,有我一口饭,就有你吃的。"

但荒年哪里来的吃的,每天都被饿得眼冒金光,每天都为食物而揪心痛苦。茉莉又挎着篮子出去找野菜,眼见快要下雨了,就抄一条近路匆匆往家里赶。

极窄的一条小路,一面是陡地削落下去的危坡,一面是一排家屋的后墙,土炕的烟囱炕眼之类的都开在墙上,炕眼用熏黑了的草包添堵,墙也被熏得一片一片黑黢黢。一阵风吹过来,烟有了方向,直直地往眼睛里扑。近处有人戴着顶草帽,推一独轮车过来。茉莉赶紧往边上靠,独轮车上搭着一节横长的木头,还是过不去,茉莉又退了几步,退到一家人门檐下,尽力往后靠,这一靠,一脊背靠开了门。

门里是杨三爷的小妾，一身魅艳的衣服，晕陶陶的美色。茉莉见过她，又见了她。虽说荒年使社会的礼仪和风化逐渐崩坏，但一个女人，偷人养汉，名誉那样坏，遇见了应该退避三舍。

独轮车过了，茉莉转过身，挽着篮子急急地走。刚走两步，在苍茫的烟雾里，脚一软，跪了下去。她最近常常饿得像被抽掉了筋骨，时不时就跪倒，但是今天这一跪，想是被身后那女人看见了，心里极难堪。

谁知那女人赶上来，扶了茉莉一把。茉莉的脸上一时像抹了胭脂，从腮边红到颧骨。用手揾了揾脸，讲不出话。

忽然大雨自天空哗哗地倾倒下来，雨势很猛，地上瞬间溅起一片白雾。那女人扶着茉莉慌忙往门檐下面躲。

雨下得阴沉沉，茉莉穿的是一件灰红的土布衫子，衬托得身材更加孱弱，黄瘦的脸经过一阵冷雨的拍打，看上去有些青红，像在胭脂上面又搽了一层蓝粉，被雨一淋，几根头发一丝丝贴在面颊上。

门没关，那女人继续进屋在火炉上蒸馒头，一张很好看的脸映在馒头上，只是因为饥饿，有点衰竭走样。两腮有皱纹不说，眉心更有极深的两条皱纹，跟茉莉说："进来躲吧，你若觉得不自在，就开着那门。"

茉莉又跨过门槛，只往里挪了两步，避开了被风吹斜飞进来的雨。那女人蒸在锅里的杂面馒头熟了，端过来给了茉莉一个。茉莉没想到她竟然会给自己馒头，犹豫了一下，接在手里，有点烫手，就又放在了篮子里面。

那女人问茉莉："你叫什么名字？"

"茉莉。"茉莉眼睛里凄凄凉凉。

"我叫玉凤,都是白得晶莹的名字。"女人的声音轻飘飘的。

"吃吧。"她又给了茉莉一个馒头。

"这……"茉莉没有接。

"别担心,我还有几个,常话说荒年饿不死婊子和手艺人,我是饿不死的。"

茉莉略微踌躇之后又红了脸,看向别处。但视觉被雨水遮住了,留下的仅仅是嗅觉里的乏味至极的气味,唤醒人空荡荡的胃,唤起一阵阵饿意。她接过馒头吃了起来。

玉凤搬过来一个板凳给茉莉,两个馒头的面子,茉莉坐下了。两个馒头,荒年婊子给的两个杂面馒头,沉甸甸的,茉莉想她大概永远都忘不了了。

"我……在屋顶不是故意要偷窥你的。"茉莉耷拉着眼皮,为自己的那次"非礼之视"道起了歉。

"故意的也没事,我那时为着自己开心常干那样的事。"玉凤笑着,双眼皮的深痕,只扫入鬓角。

茉莉又没话了,像被人强灌了锡水,不知怎么来形容这种难堪。

"我十四岁就被人卖给杨三爷,老男人身上有一股气息,闻了叫人发闷。"玉凤说。

茉莉偷偷往玉凤脸上看了一眼,轻轻地问:"是大烟的味儿?"

玉凤眼盯着大雨,朝着茉莉的半张脸带一点笑:"你太天真了,我已经说得这样剔透鄙俗你还不明白,那些老男人的皮肤像被人睡了又睡的烂棉絮一般，让人作呕。"

茉莉噤声。

原来都一样，在各自粉饰的外表下有着千疮百孔的人生和无能为力的暗黑深渊。都一样，没什么特别。茉莉咬了一口馒头，转头冲玉凤笑了笑。一个婊子，一个被人歧视的半番子，在瓢泼的雨天里，开着门，并排坐一起吃刚出锅的馒头。这是荒年里让多少人羡慕到死的一幕。

一直待到雨停之后，茉莉才挽着篮子走回去。

天气开始凉了，窗户重新糊了新的纸，开了门，窗户纸映了光，黄白黄白的，屋内人的脸也如同窗户纸一般黄白。茉莉放下篮子，从里面拿出一个馒头，正要掰给老阿婆吃。忽然像是窗户纸被谁给捅破，高低的声音如寒意一样嗖嗖从外头直穿进来。

茉莉忙掀起门帘出来，向大门口远远望过去，呆住了脸。

同马忠良一起进来的，是李盛？雨雾在他骷髅般的脸颊上笼了一层寒苦，看不清楚，是李盛吗？茉莉眯着眼。庭院里的断井颓垣，与他高而直的身影，褴褛的衣服，硬是十分协调地揉在一起，产生一种眩晕的不真实的景。他向茉莉走来，唤道："茉莉。"

他还活着。茉莉在廊檐台子上，听到声音，跌跌撞撞扑了过去，颤抖着，过往的繁花似锦和现在的落魄失魂，像两具尸首背对背绑在一起，互相坠着，一起下沉。茉莉紧抓住李盛，纤细的手指关节发了白，泪流满面地问："这么几年，你去哪儿了？他们都说你被抓壮丁，挨枪子儿死了。"

李盛眼睛里泪满，说不出话，马忠良先让他进了屋。炕上眼睛看不见的阿婆也很激动，自己蹭到炕楞边上，苍老的手指抖着，来抓李盛的手，让李盛上炕坐。炉火上的水开着，蒸汽一蓬蓬上来，都像是在梦里。

静了半晌，落掉了泪，才说自己是在进藏的路上，被国军抓了兵丁，是从战场上死里逃生，逃回来的。又各自咽着眼泪详说了这些年的遭遇和挣扎。田园荒芜，家破人亡，李盛如遭痛击，怔坐，久久的。然后用手指头印掉未落的泪，长长呼出一口气，说家里是有粮食的，有一个装满粮食的粮仓在。茉莉、马忠良和看不见的老阿婆一起目瞪口呆。然后拧起眉头凝着眼问这怎么可能？都不信。

李盛当即就带着茉莉和马忠良去看粮仓。破败的大宅，木门因阳光的强烈辐射而变暗变黄。穿过前院，穿过中院，拆毁的院落，已沦落如坟地，李盛看着，无限感慨："我回来时，院被拆成这样，四下一看，一个人都没有，就忙去寺里打听。"

马忠良对茉莉说："我在寺院看见他，像逃荒来的人，都不太敢认。"

三个人走到后院，走进一间以土崖为后墙的破烂房间，房间左边的墙塌了一面，时间久了，坍塌上面长满了蒿草，房子里面堆的是柴草，梁上积满鸟粪与吊灰。稍微一动，灰尘呛人。李盛弓着腰拨拉开乱七八糟的干柴和蓬蒿，出来一个小门，蚂蟥钉都钉死了，封得严严，谁也别想进去。原来是开在土崖下面的一个土窑的门，进去之后，土窑连一条长长的沉寂的暗道，提着马灯往里走，终于走到了。借着灯光，看到顺着仓底高高下下齐码了一墙的麻袋，地上也堆着麻袋，全都是粮食，匣子里柜子里都是粮食，麦子、青稞、豌豆、油菜籽、蚕豆、大米、小米，还有一麻袋一麻袋的红豆、绿豆、黄豆、玉米……

尽是粮食，样样等等的粮食。自台阶看下去，蒙了尘也是五光十色，流金溢彩。散发着比大烟还迷幻的芳菲。

马灯晃了一下，世界抖了一下，李盛说："走，下去看看。"领了茉莉和马忠良沿石阶走下去，下到地底，凉飕飕的，借着灯光看得更清楚了，为了防潮，地面及墙壁都是用石灰砂浆粉刷过的，破落的地方露出大块的冷而粗糙的油毡和青砖。散发出的浓厚味道，让人产生一种浮荡的、发晕的饱足感。

茉莉像走进了迷梦，呆立着，拼尽全力将粮食看进眼里，再看看李盛，再看看粮食，想起了那些被饿死的人，暗暗的，如心头挥之不去的一块阴影。

半晌，才醒过来似的，喃喃自语："这里竟然有这么多粮食！"

李盛说："这是很早很早之前粮店储粮的地方，阿爸说祸乱逃走的时候，就悄悄将这个门给封死了，在前面随便盖了个放柴草的破房子，掩人耳目。"

马忠良看着粮食，喉间的疙瘩，上下骨碌地动着，回过头来问："地道这么长，这个粮仓是在哪里？上面是什么？"

"上面是寺里的大殿。这个寺是祸乱之后，逃难回来的人重建的,我阿爸给出的地基,下面是我们家的粮仓。"

"对于这些,我竟然什么都不知道。"茉莉叹息着,捏起一把红豆,缓缓地从手指间抖撒回去。

"那时候你不在,当然不知道。"李盛放下马灯,一瞥茉莉的脸。

那脸被墙壁衬着变成了铁青色,李盛没有再往下说,在台阶上坐下来,只用手抚摸下巴。茉莉也跟着坐下了,又按捺不住,站起来,在偌大的粮仓里,走来走去,跟马忠良一起数麻袋,横数竖数,左数右数,都数不清楚,就又数起粮食,每种粮食都放进嘴里咬破又吐出来细看。一直流连到天黑。

出来后,李盛关好小门,又用杂乱的柴草做了一番掩盖,跟马忠良说:"你以后吃饭,就来我这里拿粮食。"

马忠良转过脸看李盛:"粮食都是你家的,我怎么可以白拿?"

"我没拿你当外人,这些时日多谢你跟你阿婆一家人一样照顾茉莉。"李盛豪爽地拍拍马忠良的肩膀,又伸手过来搭茉莉的肩头,茉莉头一歪,狠狠地躲开了。

马忠良在旁看了茉莉的反应,眼睛生出些许疑惑,笑了笑。李盛倒不介意,建议天晚了,大家先回去休息,一切等天亮后慢慢说。

茉莉一听这话,一想,老阿婆还一个人在家里,最难的时候她跟她相依,现在李盛回来了,但她还是决定要跟老阿婆住在一起,便说:"我今后还回阿婆那里,她眼睛看不见,在衣食行动上得有人照顾。"

夜色深沉，风微起，茉莉说完自顾自向前走去。

十一

李盛回来了，还有了粮食，生活的希望之火燃起来，好日子要来了。

李盛、茉莉和马忠良三个人，三五天从地道里搬上来很多粮，组装在店里。再擦干净被烟尘蒙污的牌匾，挂上去，两侧的楹联也擦干净，就开张了。

有粮之家的粮店，又开张了，粮食看得见，摸得着。全城的老百姓，都到粮店前，挨着个儿，排起了一条生死长队。

手里有银元的人，拎的是布袋子，挺着胸膛进来，往柜台上当啷一扔，底气十足："换粮。"

没银元的，衣衫褴褛的，提来的都是一大捆一大捆的，跟粮食袋子齐平的钞票，也要换粮。

一九四八年，金圆券膨胀，没有人再信任钞票了，但李盛豪爽，拿什么来都给换，都不让人空手出店门。

茉莉在柜台里面，看着一箱子一箱子几乎无用的钞票，有点惶惑，眼泪簌簌淌下，怨道："哪有这样做生意的？就是以前，阿爸在的时候，也没这样做过生意。"

李盛回头笑一笑，说："穷有信，富且仁么，特殊时期特殊对待。"

外面下着细雨，一柄染花油纸伞从对街撑过来，伞下是玉凤，粗衣不掩风尘，收了伞，进来换粮食。茉莉朝她一笑，接过她的篮子，多装了几碗粮食给她。她在店里一转身，香飘粉荡，往李盛身边走去，声音又软又腻："你问我的事，我给你打听清楚了。"

茉莉心里不由得纳闷起来，刚回来没几天有什么事非要向她打听？边寻思边称粮食，手一抖，多倒下去三四斤，又忙用碗挖出来。

再抬头，就看见玉凤嘴凑在李盛耳朵边，声音压得低低地说着。茉莉站得远，一句都听不清，就探一探脸，半望半窥起来，只看见玉凤的领口上，一粒钮袢是经典的核桃结，紧紧地扣在脖子上，再注意到她白泽细腻的脖颈，连接着她隐秘的肉身，云里雾里，分外妖娆邪恶。茉莉脸上闪过一丝不悦，心里不安起来，难不成李盛在外几年沾染上了什么嫖赌的嗜好？玉凤吊梢凤眼瞟过来，遇到茉莉的眼，抿嘴淡淡一笑。茉莉脸忽地涨红，匆匆低下头，木碗在粮食袋子里深深挖下去。

玉凤边走过来拿篮子边说："我就打听到了这些，都是真的。"李盛半天不作声，然后吩咐茉莉："再多给她称几斤粮食。"

玉凤眼看着篮子，咯咯地笑了起来："算了算了，下次再说，我的篮子已经给你们装满了。"将篮子往手臂上一挽，携伞跨出了店门。

茉莉也撑不住笑了，刚心不在焉，给她多装了那么多粮食，掉转脸来看李盛，李盛一时像是被霜打了一样，头重重地垂着，眼里失了光彩。茉莉问他发生了什么，他什么都没说，掀起门帘进了里间儿，丢下茉莉一个人呆呆站在柜台前，心里七上八下发着慌。

后来的几天，李盛心完全不往粮店的生意上放。每天不吃不喝，半死不活的一副衰样子。茉莉也不知道该怎么办，眼神怔怔地看着炕桌，桌面上的茶是早前给李盛倒的，一口没喝，放凉了，水面上凝固了一个银色片子，微微发着光。眼睛看不见的老阿婆也疑惑起来，叫茉莉去问问玉凤，究竟发生了什么。

玉凤嘴唇染纸染得艳红，自己先发了一会愣，然后才说李盛让她打听一下杨三爷的那个姑娘到哪儿去了，就是跟李盛订过婚的那个姑娘。打听来打听去，那姑娘一年前就已经上吊自杀了。

茉莉一听，头轰轰地疼，只见过一面的姑娘，还是远远见的，怎么就让李盛如此上心？

玉凤且不理会茉莉，透过一口气来接下去说道："那老东西抽大烟抽得失了人性，遇到荒年，卖家卖地卖房产，最后连女儿都给卖了。"语气里尽是恨。

茉莉交错着复杂的情绪，沉默了半天，忍不住再问："那是一个怎样的姑娘？"

"姑娘是个好姑娘，大户人家严规矩教出来的，识大体懂礼仪，也细致漂亮。"

"怪不得……"茉莉话没说完，眼皮垂下来，下巴颏微微发抖，停住了。

玲珑心窍、见尽世情的玉凤见了，立马明白了这姑娘的心思，视线沿下巴颏轻游至眼睛，问："你是不是心里有他？你们可不是亲兄妹。"

茉莉心里一震，脸上不由热辣辣起来。再听玉凤说道："我明面上是那姓杨的买来的小妾，其实就是他养的一条狗，每次宴客谈生意都让我去给那些人摇尾巴。你们家的这些事，我都是从那些人嘴里听来的。"

茉莉勉强笑着，将心里的话掏给了玉凤："我打小跟他一起长大，只要听到他说话的声音，我就觉得心安。"

玉凤一笑，说："这也好，她上吊死了，倒是你的运气。"

"你快别这么说，这都哪儿跟哪儿的话，叫人听了，不知扯出什么荒唐话来。"茉莉打断了玉凤的话，匆匆告了辞。

回来后茉莉一个人立在庭院里，发了一回呆，夕阳奄奄地落下去，落尽了，她看着滚下来两行泪，凉凉的，直凉进全身的血液脉管儿，抬起手背一遍两遍擦干净，才进去将李盛寻找杨三爷女儿的整件事说给老阿婆听，默了一会，将过往细细一想，又心酸起来，说："他就见过那姑娘一面。"嘴唇有点抖索。

老阿婆眼睛看不见，摸不着头脑，只冲茉莉喟叹："一面就刻骨铭心，是很多少年都经的事，得伤心一阵子了。"

窗外若无其事地飘起了细雨，隔着窗纸尽是淅淅沥沥的声音。李盛，二十二岁，在老阿婆眼里还是个少年，有少年的伤心。煤油灯烧着，茉莉静静地看了半晌，感觉十八岁的自己已经苍老了，伤心也是苍老的，老得像煤油灯快要烧完的灯芯，压抑的火焰，伴着雨声，沙沙冲撞着空气，想奋力燃烧起来，无奈依旧压抑着，只微微地跃动。

茉莉这样静静地坐着也不知道过了多少时间，忽然扯了扯被子就着衣服躺下了。窗外的雨不知何时又停了，悬在屋檐上的水滴子掉在地上，轻轻摩挲着人的耳尖。

茉莉静静地躺着，睁着眼睛等那煤油灯往尽了燃，她诧异她的心此时这般的清楚，她从来没有这么清醒过。她望着屋梁上一跃一跃的光影，偷偷地泛起一朵奇异的笑，又急急止住。她知道自己为什么这样固执地惦念李盛，这样悄无声息地关心。最初，那自然是因为生活在一个屋檐下一起成长的习惯，但是现在，完全是因为他活着回来了，给了她新的安全，新的力量，新的活下去的希望。也许李盛跟那玉凤一样，早已发现了她的这个秘密，只是心里惦着别人装作不知道，也许李盛还没有发现，依然只像小时候一样跟她相处，他没有发现还好，最怕的是他发现了还装作没有发现。但无论怎样她都深幸李盛还活着。李盛还活着，茉莉翻了一个身，双手合放在枕边，将头枕在上面，那感觉又来了，无数带着笑闪着光的小小的快乐，从小到大李盛给她的快乐都是小小的，她所有的幸福都是由这些小小的快乐组成的。她将脸紧紧地贴在手背上，心又温柔起来。

突然煤油灯奋力跃了一跃，黯然灭去，所有的光影都消失了，黑漆漆的，只听见老阿婆均匀的一呼一息，睡得心无旁骛。灯灭了，茉莉反而更加睡不着，黑暗里像是有什么在紧缠乱绕，她干瞪着眼，发愣，愣得眼睛酸了，翻一个身直挺挺地平躺着，后脑勺也酸了，偏过头去眼泪直顺着眼角流下去，枕头渐渐地湿了，水晕托着她的半张脸，托得冰凉,她全身蜷缩,轻轻地哭了起来。

李盛一天一天地伤心难过,茉莉看在眼里,但也冷冷淡淡的,只埋头做自己的事。她不想再理睬李盛,认为李盛背叛了她。为一个死人要死要活的时候就是背叛她。也背叛他自己——他小时候答应过要做她一辈子的翻话筒,现在他回来没几天,跟她连话都不说,他不说,她也不说。

一列军队,戎装革履,人强马壮,从粮店前面过去了,刚借颓垣栖身的麻雀受了惊,忽啦啦扑翼翻飞,让太阳的光线染上了灰尘。

一会儿,一名本地的政府官员,带着那军队里的几名军人携枪带棒,出现在粮店里,杀气腾腾。茉莉见了,情知不妙,一把拽醒李盛,自己一掀门帘,急急躲进了店铺的里间。

无精打采的李盛,一下站起来,挺起胸膛,黎民百姓的样子。官员一张粗粝的大脸,鹰钩鼻,目光在粮店四下浏览了一番,满脸的笑,要求李盛为军队捐粮,说:"响应万民救国,有多少就该捐多少。"

日本人打进来,捐粮捐物那叫响应万民救国。现在内战,同文同种,自相残杀,李盛是从军队里逃回来的,他什么不清楚?便问道:"捐给谁?救谁的国?"

官员一张笑脸僵住,挑起眉梢回答:"万民的国,万民之上的国。"

李盛琢磨话中意,呵呵地含糊着。

官员留心偷看李盛的神色,连唬带吓:"知道共产党么?共田共地,共产共妻。马上要打过来了……"

李盛拾起不知何时落地上的一块儿抹布，只管在柜台上抹："我们小老百姓，没田没地没产业，只推个小日子，混个饱饭……"

说话的官员不耐烦了，扬手打断："别以为我们不知道，你可是有一粮仓的粮食，明天我们来拉粮，你准备一下。"又笑着，笑里藏刀，语含威胁："识相点，千万别做茅厕里的砖头，又臭又硬。"说完就带着军人走了，戚戚然活脱脱小人模样。

茉莉从店后面出来了，看着李盛，眼睛暗暗的，像阴面谷地里一汪泉上泛出的青光，魂都断了。

李盛什么都没说，将手里的抹布往柜台上一掷，头伸出去，在街面上飞快地上下一瞧，回头跟茉莉说："我去找忠良，你先回阿婆那里。"茉莉答应着，再看李盛，早一只脚跨出粮店的门槛走远了。

十二

李盛将这件事细说于马忠良，然后皱着眉问："怎么办？这么多粮食藏是藏不了了，也不能落到他们手里，我是从他们那里逃出来的，要是喂了他们，遭殃的可是沿途的百姓。"

勤奋、天资、毅力、机遇和学识，在众生生存的金字塔法则那里都一样。寺里的掌学阿訇去世后，寺坊上的众人，便推举马忠良做了新一任的掌学阿訇，负起教育与教化的职责。马忠良低忖一下，说："他说的是万民之上的国，国家利益至高无上。如果我们将自己当作一个真正的人，那这句话就得倒过来：国家之上有万民。如果再将自己当成一个信仰者，那必须得在这句话上再加一句：国家之上有万民，万民之上是真理和正义。"

李盛听了连连点头，跟马忠良商计，不妨就今晚叫起各家各户顶有用的人，先下到仓库将粮食悄悄背出来，再通知全城百姓来分，分完了，在空仓里放一把火，只说粮仓失了大火，粮食全烧没了。俗语道："天火曰灾。"最后怪也怪不到谁头上。

天已黑了下来，昏暗莫测中，灯光晃动着，全城的人都来分粮。一街都是人，推木车的人，背背篓的人，扛麻包的人，脚步匆匆，动作迅速。李盛吩咐茉莉帮忙给人们装粮食，茉莉端起簸箕盖起一切心事，一簸箕一簸箕地装不完，装到一个年轻妇女时竟一下想起玉凤，漫是人声的阵仗里却没见她的身影，暗道："难道没有人通知她？"忽然之间觉得人们有些过分，芸芸众生，都长了一张吃饭的嘴，单单不通知那一个人，暗暗叹了一口气，放下手里的簸箕，摸黑跑过去敲玉凤的门。

到了门边，隐隐听得屋里边的声音，像是已进了人，踌躇着敲了两下，正准备再敲，门开了，屋子里头漆黑一片，玉凤发髻虚拢在头顶，一副弱质纤纤，繁荣醉梦。茉莉说："人们都去我们家粮店里分粮食，你也去吧。"

说完转身就走，玉凤一听是粮食，进去不知跟里面的人说了句什么话，扯件衣服，急匆匆跟了上来，问："发生了什么?"茉莉正要细说,一转头就着一撇月影见玉凤脸上脂粉混沌,不觉打了个寒噤。原来那白日里施了粉黛,晕陶陶的美,根本不是人间颜色。

人间,是妓女被人蹂躏过的脸。

玉凤系着衣扣,跟茉莉的身后,无头无尾地劝:"有些话当讲得讲,闷在肚子里是无用的。"

茉莉不明所以,回头向玉凤看了一眼,问:"你说什么?"

玉凤说:"其实那天你走的时候我就想对你说,既然心里有他,就该让他知道,虽说活在眼跟前的永远都不及死在心里的,但也到底是死在了心里,掏也掏不出来,你装作看不见,糊涂一点,也就过去了。人最重要的是成全自己。"

茉莉听着,心在这些话上如蜻蜓点水般的,轻轻一掠,飞了过去,刻意地不停留。返身向玉凤眼睁睁瞅了半晌,想这也是个奇怪的人,这会儿人们分粮食都快要疯了,她却稀里糊涂为这个热心,便将话岔开,问道:"你空着两手,用什么装粮食?"

玉凤问:"分给我多少粮食?"

茉莉说:"你自己能拿多少就拿多少。"

玉凤浑然不知发生了什么,眼里闪出兴奋的光,向茉莉一笑,匆匆回头去拿了一个装粮食的麻布袋子。

黎明眨着倦眼放出微光,粮食终于分完了。李盛在空荡荡的仓底扔进去一只马灯,扔碎了,火星攀着周围的油毛毡,霎时起熊熊大火,连同上面寺里的大殿都一起烧了。

这也是他跟马忠良商量好的，做戏就得做像一点。只要养命的粮食在，人活着，青山在，寺过后可以再盖。围绕着寺生活的这些人，祖先自江淮来，一代一代生活在茶马互市的枢纽点，身上兼具游牧民族的果敢固执和中原民族的保守典雅，将信仰携带在游弋的肉身上，将信仰承载在绝美的建筑上。不管一座清真寺被战争或天灾毁灭过多少次，他们都会凭借记忆在每一处原有的位置上，重新建筑，将它复原。怕什么。

巨大的粮仓像身陷绝境的困兽，突然爆裂而出，火光切开天空，刀法繁杂，异样的红，狰狞了天地。

这火势不对。

辉煌的大殿烧成枯槁，倾倒下来，烧没了，但烈焰的狂势止不住，像火山从地底爆发上来，冲天乱窜，周围的空气让人焦灼得喘不过气来。这火势不向外蔓延，只往地底烧，烧出无数粮食的香烈。这根本不像是一个空粮仓的烧法，这是要将地底烧透。人们惊愕地抬起头，可怖的火焰映照惶惶的脸。沸腾怒涌，烧了三天两夜，浓烟散尽，天很空，一点伤也没留下。但地却陷下一个莫大的坑，四方都是人，男女老少，看着议着，有些索性走近蹲下去，抓起一把熄灭的黑色尘末，从手指缝隙簌簌往下流淌出去，惋惜道："这是粮食啊，这么多粮食，都烧没了。"

在闹嚷嚷的境地，马忠良一双眼睛，从李盛脸上看到茉莉脸上，又从茉莉脸上看到李盛脸上。李盛嘴角向上牵动着向马忠良勉强一笑，要走下去查看。

被旁边有经验的老人立即阻止："热灰能烫熟豆子，人下去也一起化为灰烬。"

李盛愕然，又等了几日，余温都散尽了，再下去查看。一层一层的灰，一层一层不同的黑，灰黑，炭黑，浅灰，浓黑。

最后膝盖一软，在黑灰上僵僵地坐下，脸色白了。这粮仓竟然有两层，他们到过的只是副仓，真正的主仓，建在副仓下面，立仓的石柱，跟大殿的柱子连为一体，主仓没粮了，上面的大殿就塌了，寺就毁了。李盛按着指头算，一九二九年后建的寺，离现在还不到二十年，建寺时李恒昌到底怎么想的，得要遇到多大的荒年，多大的灾难，才要以拆倒寺的代价，来拿出主仓的粮食来渡世。

老百姓家家都分到粮食，这么大动静，政府早知道了，同时也不可能不知道这是人为故意放火烧的粮仓，配几个人带了几名巡捕下来，闹成一片，最后以寺里的掌学阿訇不尽职为由，将马忠良五花大绑，给绑了去。

没拿到粮食的军队要走了，一路抢吃抢喝，拆天破地，还要从监狱里面带走十七个死刑犯，挑了十六个年轻的，还差一个，让二十出头的马忠良顶上。国共内战，共产党一路打过来，一地一地地解放。国军败了，败了还要杀，放话要将这带走的十七个人，绑上炸弹，当作死尸来用。

人人都措手不及，李盛也怔住了，鬓间一根紫色血管蚯蚓般拱动。这怎么办？急急拿银元各方疏通，奔走求效，最后到了那鹰钩鼻官员那里，见一张粗粝的大脸，连笑都带着小人模样，说："让你识相点，你却一概不管，非要吃不了兜着走。"李盛知道情势危殆不敢再言，那官员指头点着李盛:"你是明白人,跟部队计较,你计较得过吗?他们这是冲着你的,要你死。"这吃人的世道,天昏地暗日月无光,李盛无奈,牙一咬用自己将马忠良给换了出来。

茉莉震惊了。

回来还不及细说话,不及整理明白这一场乱世浮生,又被逼上这样的绝路。求也无用,哭也无用。

脸色煞白,仓皇跑出城追李盛。山野间的庄稼已进入成熟期,辽阔的原野上一片金黄。终于追上了,李盛走在最末,手脚跟其他人链在一条链子上,一身污泥。茉莉扯住他的衣袖子,蓦地眼泪盈了一眶,喘着气:"你怎么这么糊涂?你走了我怎么办?家怎么办?粮店怎么办?都怎么办?"

大风在耳边呼啸,原野上千波万浪。李盛站住了,嘴角挂着一丝咬紧牙关的笑,靠近茉莉的耳朵,低低的:"我能逃跑回来一次,还能再逃跑回来第二次,你们等着我。"

走了,他瘦脸变黑,高个子瘦成骷髅,佝偻着,越走越远。

茉莉目送着,一切似曾相识,想说的话自始至终都没说出口,想问的话自始至终也都没问出口。一切都太快了,快得一塌糊涂。天色暗下来,茉莉失魂落魄,慢慢往回走,走至夜幕森森低垂,远处零星灯火,鬼火似的闪着,狗吠此起彼伏,走不动了,在田垄上坐下来,如月色中阴寒的鬼魅,眼泪源源不断往下滚,滚碎了心。

又入冬了,一场又一场的大雪伺机落下来,像是要用严寒将这荒年结束得更彻底一点。隆冬天气,血污满身出现在街头的人，一脸兜腮青胡子碴，走了几步倒了下来。树上的积雪沙沙落下来，冻得缩着脖子，两手拢在袖子里的人们围拢过去，一看竟是李盛，就赶紧合力送到家，帮忙抬上了炕。

茉莉帮他褪血污的衣服，里里外外都浸着血，凝成黑红的血块跟布纠结在一起，黏着血肉，只能拿剪刀剪，一刀一刀，茉莉噎着眼泪，咬牙忍着，嘴唇咬出了血，终于剪完了，才看清血污狼藉的地方都中过子弹，几处弹头还在里面。再回头看人，嘴巴硬了，眼睛里的光也散了，冷冷地瞅着。他的力气用尽了。

茉莉不信，瞪大了眼睛，像自噩梦中惊醒，半晌，哭不出声音，倒下了，倒在死人旁边，也等于死人，她的心死了。

葬礼是马忠良帮着料理的。

茉莉静静的，脸上没血色，连嘴唇都是苍白的，但将一双眼睛哭得又红又肿。马忠良望定她，只望见她的侧脸，怔怔的，一点面部表情也没有，像石膏雕的模样。看久了，眼里生发出与茉莉同样的寂静，低下了头。

十三

天空非常的平静，眼前的庞大山脉像一道分水岭，车子穿过山路一直开到一片空阔地，沿着一条被踏平的泥土路，蹒蹒驶向隐秘在大山背后的坟院，坟墓一排一排，没有墓碑，没有声响，没有气息，只有幽静苍黄的芳草斜阳。

马忠良望着，望着，望见天光里晕开来一块儿绮梦样的光影，渐渐清晰了……

那时已到中午，太阳悬着，风和日暖，茉莉在院子里踱来踱去，然后进屋收拾了一番，拎着一个包裹过来，僵僵地跟老阿婆说："阿婆，我准备走了。"

老阿婆掐着念珠，苍老的手指，抖了一下。

马忠良也怔住，很长一段时间她都在为李盛的死而悲痛，现在怎么又生出这样的想法？求救地将脸转向老阿婆，可叹老阿婆的眼睛是死的，看不见。

"家在，再不堪，还有个落脚处，天掉下来由屋顶担着，大树好遮荫，你出去人生地不熟，要怎么过？"老阿婆继续掐着念珠，慢慢地说。茉莉背影一怔，眼圈儿红了。

自从李盛走后，茉莉就将必要的家当都搬过来老阿婆这边，与她同吃同住，想将这日子就这样含含糊糊地过完，然而现实不容许任何一个人含糊地过去。

人们计较她"杂种"的身份已是计较惯的，半番子做事未免有些不伦不类，现在连她搬过来与老阿婆常住也是不伦不类的，这种不伦不类会影响了负有教育与教化之职的阿訇。风言风语灌进耳朵里，只激得茉莉五内翻腾，下决心离开这里。

老阿婆见茉莉不说话，又问："你为什么要走？"委婉动情地安抚，"你过来，到阿婆这儿来，跟阿婆详细说。"

茉莉脸向老阿婆转过来，低低地应了一声，脚挪到炕楞边儿，说："这儿的人讲究血统，种族观念极深，换个地方，种族的界限该不会这么严重吧？中国那么大，人那么多，总不见得就没有一块儿容我的地方。"

"话是这么讲没错，但道理不是这样的道理。"老阿婆盘膝正襟而坐，务要将这道理，好好讲一遍。

"对血痴迷的人类，总绞尽脑汁将自己的一腔子脏血连向高贵，勾兑得纯洁动人，然后对他者进行践踏和否定。"

茉莉没想到老阿婆竟要和自己深谈，眼圈儿上的红晕更深了一层，倦视着阿婆，在旁缓缓坐下了。

老阿婆说："你也是上过经学堂的，你跟我说说黑的白的，高的矮的都是被造的，自命天生高贵，自我崇拜，了不得的时候，要将唯一的，超越万物的为主的放在哪里？"

茉莉垂头不言语。

老阿婆又说："你以为你毛毛躁躁，负气离开这里，就可以做一个新人吗？尘世处处一样，外头那些自命不凡、无章无法的人，对血统的热爱和追求，比手中持有来自为主的证据，而故意隐讳埋没的人更胜一筹。你能逃到哪里去？"这一席话，触耳惊心，茉莉泪珠顺着脸直淌下来，闭上了眼睛，仿佛这世界真的已黑暗到退无可退。

老阿婆远兜远转："人类胸中的魔鬼，一刻不停地教唆人类攀争我贵你贱、你低我高，一代一代潜存流传，稍微一挑拨就引发战争灾难。"

茉莉微微吸了一口气，将手伸过去，握住了老阿婆的手，又将另一手伸过去覆盖在上面，手叠手。

老阿婆一面将身子向茉莉挪了挪，一面振振有词："要我说，人人生而平等，一定要互相尊重。应该被列作所有法典的第一条，应该被写在战旗上，时刻警告喜欢讲血统讲种族的狂妄之徒，快将这种罪恶思想彻底埋葬。"

在旁的马忠良听了，也沉默了。老阿婆是切身经历过一九二九年地方大屠杀的人。这巨大的世界主题，集体的共同处境，触目惊心的殃祸，血流成河的历史，唯当身在此间并感同身受，才能将这道理，如此这般正戳到人心里去。

后来天色渐渐暗下来，茉莉也消了要走的念头后，马忠良起身去了寺里。

而茉莉经老阿婆这一劝，与这家人的情谊似乎又更浓了一点。将包裹收起来，上炕问老阿婆："我继续住下去真的不会连累了阿訇吗？"

老阿婆说："能连累他什么，他应该感激你住这里，他瞎眼的阿婆还有人作伴。"

茉莉叹了一口气，说："他本人肯，但他的坊民不答应。寺坊坊民为主，阿訇为客，有尊重阿訇的传统，但毕竟也是受聘而来、靠坊民供给衣食的教务经理。"

老阿婆沉默了，半晌后，才说："放心吧，只要他是学透了经典的，他就不会受这样的羁束。"

过了几日，什么都看不见的老阿婆，听茉莉在屋外晾晒衣服，正绞得水滴滴答答往地上溅，就问刚进屋的马忠良："你接下来有什么打算？要跟茉莉结婚吗？"

马忠良倒很坦然，说："顺其自然吧，前定里没有的，钻营无益。"

"留点空间是智慧，但一味地蛮等，恐怕也是不行的。"

阿婆边掐着念珠边提醒。

马忠良疑疑惑惑的。老阿婆说:"说话听音,这姑娘心已经死了,没有将这里当作自己的家,也一点没想过要跟你一起,将这日子过下去。"

"我……"马忠良十分落寞,要掀起门帘出去。

"但你自己要争取,前定里有没有,得自己争取了才算数。"

听老阿婆这么说,马忠良又停下了跨出门槛的一只脚,手举着门帘问:"我可以像外面的世界里那样写信给她吗?"

老阿婆手指停下来,满意一笑:"当然可以,天下间的婚姻,若纯靠媒人上门传话,那媒人岂不要累死。"

马忠良喜悦泛升上来,包容了整个自己,旁若无人。

"什么都按规矩来,其实就是被固定了思维的蠢人,还反过来嘲笑别的会花心思的人:'什么?还能这样做?'"

"谢谢您,阿婆。"

"忠良,经不能白念,做一个有文化会思想的人。"老阿婆真有一套。

第二天从寺里回来,马忠良将信交给阿婆,请转交给茉莉。

一封一封的信,一次一次拿去敲一个姑娘已经枯槁的心。

终于在阿婆临去世之前他们结婚了。两个人身边都没什么亲人,旧例里箱抬的妆奁,七碟子八大碗的宴席,新夫妇回门这一连套的习俗也就统统免掉了。但也自有一番良辰美景,赏心乐事。寺里的几位乡老做的证婚人,主持婚礼的阿訇给他们写了结婚札，白净的纸上，毛笔沾了黑墨，写下飘缎般的文字，像是将两个人余下的年岁都绑在一起，打了一个喜气升平，充满憧憬的蝴蝶结。

婚后很长一段时间茉莉都十分沉默。

马忠良问她缘由，她说："我常常感怀身世……"表情里尽是无奈，"娶妻择亲，最讲对方的血统门第，现在我一无所有，血统里还流着两样的血。"

马忠良大吃一惊，眼睛直看到茉莉眼睛里去："茉莉，阿婆曾跟你说了那么多，你怎么还讲这种恶毒的、种族歧视的字眼。"

"根深蒂固，无法摆脱。"茉莉笑了笑，她所有的笑都带着苦涩，与众不同。

"你一辈子也不用为此事烦恼，"马忠良握住茉莉的手，"我是一个念经人，在我这里完全不会有这样的概念。"

既斯文又素净的念经人，也是凡尘中的人，真的不会吗？茉莉心底里湿漉漉的，想流泪。

马忠良望着那一双荒凉无边的大眼睛，皱眉想："经典教导与人的价值养成之间，究竟是一种什么样的关系？只是仪式性或者功利性的口头功课，心不在焉、'不过喉结'的唇边功夫，经典里的教导与人的好恶是两张皮，还是说它应当被点燃为雪亮的光，来照亮占据人类头脑的蒙昧与黑暗……"

茉莉见马忠良自己想自己的，就更加起疑，带着十分的伤感问他在想什么。马忠良稍怔，没话讲。茉莉便跟他讲起自己前二十年的生活，从夕阳落山一直讲到凌晨将至，越讲越痛,最后将脸埋在马忠良的手掌心,失声痛哭。

再后来两口子日子过在了一起,便将两个空宅里的东西,都搬到了一处。茉莉收拾自己放过衣物的旧箱子时,发现箱底有一卷宣纸,打开后,怔住了,然后又盯着它,思绪飘至很远,不自知地浅笑。马忠良望见她笑,不知是什么压箱底的宝贝,也过去看了一眼,上面是《鲜花调》里面的三段小调,曾在六月会场上柔靡飘荡几年,被人黑漆漆地写在纸上,写的是隶书,瘦骨嶙峋的字体。看到底,看见了李盛的署名,原来是在睹物思人,只淡淡一笑,走开了。茉莉眼角瞥到马忠良,忽地脸涨红,连箱子一起忙收起来,上一把铜锁,生生锁死。

呵,她心底深处仍有一个人,一辈子都没有讲出口的一个人。马忠良又笑了一笑,觉得遗憾,但是,世上不如意的事那么多,不可避免。

马忠良下了车,有点抖,由后人搀扶着,缓缓地走向亡妻的坟,向着坟头,嘴底下,低低的:"那些粮食,腐烂了,又被处理掉了,整个粮仓,整个的粮食,都处理掉了。"一瞬间,浑浊的眼睛有了泪水,百感交集。

现在粮仓里的那些粮食,都是后来他跟妻子装进去的。终其一生,惜物惜福,大节无亏的妻子,在他心里留了点遗憾。

后来他去朝觐的时候,在米纳山谷,全身赤裸只裹一条白色戒衣,肢体枯瘦,头发斑白,心却清明爽朗。他回想着遥远的一幕一幕,完成了修行,同时理解了妻子。

用心记忆一个人，远比用肉体和理性记忆一个人更深刻。后者是一步一步建起的堡垒，用物质，用孩子，用四季轮转的时节和仪式，用日常生活的细节和铺陈，丰富、庞大、复杂、剪不断理还乱。最后血肉化了，情爱就断了。但心里惦念的那个人，与时间长短没关系，与生死也没关系，是匕首剜开心脏，深深种下去的一粒种子，静静地发芽，枝枝叶叶蔓延在筋脉血肉里面，牢固了想拔也拔不出来。很久了，忘了，一动，又痛了，说不清道不明。

人生一世，草生一秋，不知道一个人要想清楚多少事，遗忘多少事，才能拥有一个平和的晚年。但不重要了，都不重要了。逝者和过去的历史都一样不能再生。马忠良做完祈祷，手捧上脸——安息吧，所有的归去的灵魂都安息吧！阿敏！

暮色渐行渐远，田野升起苍茫的薄雾。一个男人苍老的呼拜声，从坟园旁边的呼拜塔上传来。腔调婉转悠长，一声一声，在空气中传得无边无际……

烟雾镇

一

临潭从很早年间，习惯性的将一个县城分为古镇和古镇周围的草原。古镇待在一个像盆底一样的地形里面，沿着盘山的路一圈儿一圈儿绕出去就是镇外的草原。从古镇放眼看出去，能看到很远地方隐没于天光之中的洁白雪山，雪山的半腰一年四季都绕着云雾，那些云雾缓缓悠悠地飘啊飘，飘到古镇的上头，笼罩着，像烟又像雾，再遇到阴天，浓沉沉，寻愁觅恨似的窒息住一切。

好在临潭是活跃的，古镇上的居民大多数为回族，镇外广袤的草原上住满了藏族，大家天天沿着盘山的路进进出出，有来有往，这样寂寞的古镇也就不寂寞了。

这一年春天又来了，但牛羊市场上牲畜的嘶鸣声却渐渐消失了。那些被藏族人赶来的牲畜差不多被回族人买尽了，买来除了刀宰食用外，剩下的又赶去给草原上的藏族人，放养在他们的牧群里，食草原上的草，喝草原上的水，等这些牛羊在纯净的自然里长得更大一点，就再牵回来用在节日或者婚丧嫁娶的场面上。

而这个春天，我们家将我和牛羊一起放养给了草原上的藏族人。父母在外面做生意，忙得顾不上我。一个老祖母，是爸爸的奶奶，我叫她太太，耳朵聋了，眼睛也不灵光，连自己都照顾不好，更别说是照顾我了。太太被一个堂大伯接去住。我被来我家赶牛羊的罗尔布大叔带去了镇外的草原，跟卓玛生活在一起。卓玛是罗尔布大叔的女儿，十八九岁的姑娘，没有母亲，我跟着藏区的孩子叫她阿佳。

生活在藏区，感觉什么都跟家里的不一样，佛塔、寺庙、佛像、匍匐跪行的朝拜者。这些都是在古镇看不到的。语言不一样，空气中的气味也不一样，全都散发出新鲜迥异的气氛。我们家跟罗尔布大叔家应该算是世交，两家人从爷爷的爷爷辈起就相识往来，将我放在这里，父母自然是放心的，但是每隔一周，我叔叔还是会来看我一次，带一些吃穿使用的东西给我。每次叔叔离开之后，卓玛阿佳就会问我许多关于我家的事，但话题绕来绕去总也离不开我叔叔。

她是不会直接问的。她会说："麦尔彦，你叔叔今天穿的那件衣服可真漂亮。"就这样打开话题，谈的全是我叔叔。

卓玛阿佳大概是喜欢我叔叔的，我叔叔好像也喜欢卓玛阿佳。但他们的爱情只在心里，在现实中像是永远都不会发生，万一发生了，就暴露了世界上存在的奥秘。

他们俩每次见面时说话都不拘泥,语调清清淡淡的,极其自然,仿佛已经熟识很久。我叔叔说话的时候爱往卓玛阿佳的脸上看,不说话的时候也爱往卓玛阿佳的脸上看。

卓玛阿佳长得十分漂亮,端正秀丽的五官,高挑的个子,很沉静,藏袍穿在身上比其他人都妥帖,漆黑的麻花长辫子,辫到腰底,用红线扎起来,一双黑色眼睛灵动得似有千言万语,眼角眉梢,以及颧骨上淡淡的高原红,都美出另一种风采。

父母不在身边,我在地广人稀的藏区像蓬勃的野草,在地上自由生长,与自然无限亲近,有时会和罗尔布大叔骑马去草原上放牛羊,在草地上大叫、玩耍、奔跑、嬉笑、翻滚……有时跟卓玛阿佳待在家里,藏式的房子,外墙用白石灰刷过,阳光照射上去白得耀眼,墙头、门窗全都又是鲜艳的颜色,走进去之后,光线昏暗,屋内低矮,也很狭窄。空气中充溢着一股烟雾,酥油茶,牛粪和腐烂物的浑浊气味。

我虽然住在罗尔布大叔的家里,与他们随太阳出落而作息,但因为我是回族人家的孩子,吃的用的都得是清真的,所以我有自己专门的锅碗杯筷,卓玛阿佳将它们单独放置,从不与他们的混淆,而我在这里吃得最多的是卓玛阿佳自酿的浓稠清淡的酸奶,早上酸奶,中午酸奶,晚上酸奶,日子也就这么一天一天过了下来。

卓玛阿佳跟草原上的其他姑娘一样,素面朝天,从不化妆和保养,每天也都做着草原上所有姑娘所做的事,做饭,背水,爆炒青稞磨炒面,做青稞酿,在田里除草,缝制毡氆毡帐,挤奶,打酥油,制作干酪,参加驱邪、庆祝和祭祀的仪式。

但卓玛阿佳与草原上的其他姑娘又有点不一样。

高原的早晨,雾霭里有冷得渗透到骨头里的寒气,人们都蜷缩在屋里迟迟不出门,只有卓玛阿佳一人穿着厚重的藏袍,用棉布头巾包裹住头脸,围着离家屋很近的白色佛塔一圈一圈地转。

卓玛阿佳常给我讲述佛的生平、经变、故事、传奇。阐述她对人世的观点。卓玛阿佳说所有的藏人都是森林猕猴和岩罗刹女结合的后代。我跟她争论,说所有的人,包括藏人都是造物主从泥土上造来的。她不相信我说的,我也不相信她说的,争来争去也争不出个所以然。

罗尔布大叔和卓玛阿佳要去参加晒佛仪式,带上我一同前往。在苍茫天地之间一步一叩地前行,罗尔布大叔头发凌乱,皮肤黑得似发出光来,卓玛阿佳更是认真,进行全身匍匐跪拜,跪在地上,迅速地将双手伸向前去,全身着地,将肘部弯曲并将双手揣于额头,一路上持续重复这一谦卑动作,付出极大的意志,直到目的地。

在晒佛仪式上,人们在半山腰的岩石上展示巨型的佛像唐卡。我虽然年纪小,但一生下来就被赋予在身的信仰没有让我沉浸于他们的纷繁仪式,他们朝拜他们的,我玩儿我的,在骑来的马背上仰起脸,眯起眼睛望向蓝天烈日,大片流云徘徊于天空,云的影子更大片地徘徊于地面,内心十分畅快。

熙攘人群来回涌动,燃烧松枝,围着篝火跳舞,敲钟拨鼓，升起风马旗祈福，唱藏语民歌。地上喧嚣沸腾，天上渺渺茫茫。

不知不觉天色已黑，夜雾之中剩下的是转经人、摆摊的人以及垒玛尼堆修德的人。

繁星很亮，月亮的清冷光芒如同容器，过滤掉了一切声音，万籁俱寂。我跟在卓玛阿佳身后，看她在转经长廊里默默地转了所有的经筒，然后进入大殿，酥油灯的光微微跳跃，她全身匍匐在地上，叩拜，发出郑重的声音。

晚上回不去，我们便睡在草地上临时搭起的帐篷里，虽铺着皮褥子，帐篷外面还有火堆，但还是很寒冷很潮湿，卓玛阿佳说："麦尔彦，来，来我的袍子里面，靠紧我，这样你就不会觉得冷。"

我与她亲密相处，知道了她的虔诚心，而她的生活也如她的虔诚心一样，清洁分明，同时也简单倔强。她的感情封闭而深刻，从不表达，不透露给任何一个人，她像虔诚的修行者一直控制着自己心里面的事，有心事或者不开心时通常用修行来化解。

和卓玛阿佳一起去离家不远的街市买菜，喧嚣的街市，热浪扑面，卓玛阿佳买菜是很有耐心很认真的，一家店铺一家店铺地看，挑选，比对价格，讨价还价。

有挑着桶，桶里装着鱼的汉族女人慢腾腾走过来，嘴里吆喝着"洮河鱼"。卓玛阿佳停下来看了看，桶里有不少鱼，都手掌大小，便与这个女人说汉语，对话是关于鱼的价格，说话也不多，付了钱，卖鱼的女人连桶带扁担都递给了卓玛阿佳。

这一天，我们走了很远的路，来到一条大河边，将鱼一条一条扔进水里面。卓玛阿佳不动声色，我也沉默不语，像两个清醒而表情寥落的修行人。

在别的地方藏族可能是会吃鱼的，但在我们这里，多半藏族人都不吃鱼。卖鱼的人知道这一点，就将鱼桶挑到有藏族人经过的街市卖。这种街市有藏族人，有回族人，还有汉族人，大家自由买卖，谁也不妨碍谁，若是有人将鱼拿去藏族人的街市叫卖，那肯定是会挨打的。

所有的小生命，藏族人一般都是不吃的，他们能不杀生就尽量避免杀生，看见了就将所有的鱼都买下来拿去放生，也许这与他们的信仰有关，也许不是，藏族八吉祥图腾里面有两条鱼。

回家的时候暮色已经笼罩过来，草原极其安静，远处是淡淡的山影，偶尔有骑马的人经过，马蹄发出哒哒哒的声音。过了两天，我又想起了这事，想着想着，觉得奇怪，便问卓玛阿佳："这样的放生有什么用？后面还是会有人再捕捞起来的。"

卓玛阿佳深深地看到我的眼睛里，然后柔软地笑，说："这世间的成、往、坏、空，都不是一刹那就可以达成的，因缘会聚，果报自受。"

二

我母亲忙完了生意，得了空来藏区接我回家，我却突然不想回去了，抱着卓玛阿佳哭得要死要活，母亲没有办法，只好邀请卓玛阿佳也去我们家住一段时间。

卓玛阿佳来我家，晚上和我同住一屋，白日里各处看望。有一夜月亮很圆，光辉洒落在窗户上，窗纱明透，屋子被映衬得通亮。卓玛阿佳和我谈话，一直谈到我不知不觉睡着。她心里是喜欢我们家的，拿我们家的院落房屋、几案桌椅跟草原上的比，说得出哪里一样哪里不一样，哪里比草原上的好哪里又不及草原上的，最喜欢的是我们家草木葱茏，花开得阵势猛烈，一个院子花草闪烁，简直像一座花园。

由于母亲在家里，一个远房的姑姑也来我们家里住。这位姑姑已经订了婚，再过三四个月就要出嫁。

在临潭有这样一个习俗，一个姑娘一旦订了婚，就变得娇贵起来，不再帮做家里的家务活，而是到各个亲戚族人家轮流住，被当作客人，热情招待，保养肉皮儿和身段。

这位姑姑是没有念过书的，一个汉字都不识，但她小时候因为父母在藏区做生意的缘故，生在藏区，在藏区生活过几年，所以见识是有的，与卓玛阿佳见了，自然聊的就多了。

姑姑在家里就是一个传统的回族姑娘，戴嵌金边，花色或素雅，或清新，或秀丽，或明快的悦目盖头。衣服上嵌线、镶色、滚边、前襟处绣色彩鲜艳的花朵，自己用布制作核桃结纽扣，喜欢在鞋头上绣花，袜子讲究遛跟和袜底，用凤仙花将指甲染红，走路稳静，说话清楚，声音柔美，脸上始终带着一种平静的感情，极少上街，闲时学习厨艺，绣风格独特的花草图案，出门前一定会认真打扮自己，讲究香薰，每日都会燃芭兰香，洗漱做礼拜，诵读古兰，早起洒水清扫院子，用碱水擦洗门窗、桌子、板凳、炉台、锅灶，注重摆设，陈设整齐，窗明几净，冬日花香满屋。

卓玛阿佳常年住在草原上，就只一身藏袍，因此她看着姑姑默默叹息，大概是对姑姑有羡慕的。

有一晚，我们已经睡觉了，但还没关灯，卓玛阿佳从被窝里拿出自己的手，那一双手，因为长年干苦累活而长了硬邦邦的老茧。卓玛阿佳照着灯光，手心手背转过来转过去，看了又看，看完又用这双手摸上自己的脸，长长地叹了一口气，翻了个身，面向里，又叹了一口气。也许叹的是自己皮肤太粗糙，也许叹的是他们家住在草原上，也许叹的是别的什么。我睁着眼睛猜了一会儿，猜不透，也就罢了。

家里就我一个孩子，白日里也没人一起玩儿，便喜欢凑到姑姑和卓玛阿佳的身边去，姑姑身上一阵阵的香气，压低声音很不自在地提醒我离她远一点，说我皮肤和头发上的酥油味道，熏得她受不了。我是不吃酥油的，我与卓玛阿佳每天睡在一起，我身上的酥油味道大概都是卓玛阿佳藏袍上面的。

从此我就知道了，姑姑虽嘴上不说，但在心底里是嫌弃卓玛阿佳的。她与卓玛阿佳虽常在一起聊天，但并不亲近，时常隔着一张桌子的距离，有时候聊着聊着，言语还会失了分寸，说有些藏族人是一年到头都不洗一次澡的，身上有味儿，头发油腻而邋遢。卓玛阿佳听了，冷清利然地回了一句，回族一天洗五次，有些人身上都被洗掉皮了，心里也不见得干净。然后好几天卓玛阿佳说什么，姑姑都恼着她，都冷淡地对答。卓玛阿佳并不计较，等又过了几天，姑姑气过了，两个人又一如往常。

我虽然是小孩子，但我也不能一直待在家里什么都不做，我母亲将我送去清真寺的经学堂里面学习《古兰经》。

然后母亲和姑姑坐在家里估计是太闲了，就去买丝线做一些刺绣。临潭回族妇女的刺绣是非常有名的，随便走进一家名为洮绣专用丝线的店铺，就能看到墙壁上挂满戳绣好的刺绣，绣工精细华丽，色彩搭配绮丽多变，图案凸出布面，形神兼备，天真浪漫。人们将这样的刺绣称为洮绣。

被称之为洮绣是因为古时候临潭被名为洮州，位于洮河之阳，洮河穿境而过。所以人们习惯在与临潭有关的事物前缀一个"洮"字，临潭女人的刺绣叫"洮绣"，临潭的骏马叫"洮马"，临潭出产的砚瓦叫"洮砚"。

柜台里面放着各色的丝线，同一束彩色丝线，色度却深浅变化。

柜台后面的回族女人黑纱遮头，穿简单的齐膝斜襟盘扣长衫。她们不需要参照物，也不量尺寸，只低下头握着圆珠笔在精良光滑的缎面上信手涂画各类花草——劲松、葡萄、石头、水流、鸳鸯、蝴蝶……根据自己的想象与愿望自由发挥，所有的图案都不顾比例与虚实，超越现实的象征意向，有天然的古朴与率真。这些图案被画到女人们即将要缝制的衣服、鞋子、袜底、鞋垫、经挂、门帘、窗帘、墙围、围裙、枕套上面，供手工刺绣。

母亲对姑姑说："一个女孩在出嫁前应该自己亲手做一些精良的刺绣品，嫁人以后赠予婆家，方显得底气十足，在以后的生活中也更容易被欣赏和尊重。"

卓玛阿佳一点也不懂这行，但她很好学，要了我母亲的竹箍和绣针，也学着绣了起来。除了用白线圈边儿的地方绣得有些模样之外，其他的地方都不行。绣花的时候所有的花只用一色的线，所有的叶子也只用一色的线，她根本什么都不懂。有的时候，她竟还拿着绣针，将线绣到缎子的背面去。

姑姑只得帮忙拆了，先帮她描补，再一样一样地教她，先教花样的配色，又教怎样走针怎样跳针，还拿那些毡房上的黑白花样做起了例子，说："搭在草原上的那种毡房你是最熟悉的。"又突然想起来别的话，说："我小的时候听人说你们草原上有两种颜色的毡房，白色的和黑色的。一般人们居住在黑色毡房中，如果家中有女初长成，就给此女在黑毡房附近搭一个小一点的白毡房，让她单独居住，以此告知草原上的小伙儿可以向这位姑娘求爱。小伙儿到晚上就可以来找这个姑娘，如果姑娘同意，小伙儿可以留宿。一般到姑娘怀孕就可以出嫁了，怀孕意味着这个姑娘是健康周全的，可以生儿育女。据说好多家庭中的第一个孩子的父亲都不明确，不知道具体是谁的孩子。"

房子里面一下子静了许多，姑姑这才回头看见我母亲正用眼睛示意她快别说这样的话，姑姑自己也觉出不妥，手里的针线停下来，脸上很窘。但坐在一旁的卓玛阿佳听了，保持着镇静的姿态，说："这原是草原上很久以前有过的传统，不过现在已经没有了，我们家人就没有在黑毡房附近搭一个小一点的白毡房给我。"

姑姑听了更加觉知自己的薄浅，涨红了脸。

天黑得很快，转眼已经入夜。我父亲的弟弟，我的叔叔，长年住在清真寺里学习，偶尔回来一次，母亲做的晚饭就比平时丰盛一些，叫我们去吃。母亲给每个人都夹菜，夹了一筷子鱼肉往卓玛阿佳的碗里放。卓玛阿佳迅速用双手盖住碗，说："我不吃鱼。"

姑姑因白天说了唐突的话，这会儿忽然热心起来，说："你放心吃吧，这不是从河里捞来的鱼，这是人工饲养的。"

我母亲问卓玛阿佳："你们为什么不吃河里捞来的鱼？"

没等卓玛阿佳开口，姑姑先说了："草原上的很多河流都被藏人进行过水葬，那些长大的鱼都吃过死人的尸体。"

"哦，那种鱼我们也是不吃的。"我母亲又夹了一筷子鱼要往卓玛阿佳的碗里放，"不过这个鱼你放心吃，这个鱼没问题。"

卓玛阿佳还是摇头拒绝。

姑姑明白过来了，将饭碗放下，说："你信得真虔诚，但我还是要多言劝你，你信奉跪拜的那个偶像，是泥塑的，水一冲就散了。别说保佑，连自保都做不到。"

卓玛阿佳像是根本无法理解似的看着姑姑，姑姑见状又说："我劝过了你，你不听，我也没办法。"当着餐桌上所有人的面在卓玛阿佳的肩膀上轻轻拍了三下，说："在你肩膀拍三下,是我劝过你不要继续执迷不悟的记号,后世的清算厂上,它可以为我作证。"

我的叔叔,这时候放下筷子,对姑姑说:"自古至今多少大贤,说理的时候都是将道理讲清楚讲透的,像你这样子说理,还没开口,倒先将人给说怕了。"

姑姑听了,脸上的表情十分伤心,又落下眼泪,赌气似的跟叔叔说:"我跟她说'以时光盟誓,一切人确是在亏折之中,唯有信道而且行善,并以真理相劝,以坚忍相勉的人则不然'。她理解得了吗?"

叔叔没言语。一桌子人的都安静起来,连我也自觉地跟着一起安静。我想我是可以理解姑姑的,她活在自己信仰的世界里,对自己的信仰有接近偏执的坚守,对她来说别人信不信,信什么都是不要紧的,或者一点关系都没有,但本着负责任的心,劝总是要劝的,不劝,才是自私与不道德。

卓玛阿佳也十分的伤心,晚饭没怎么吃,站起身出去了。庭院里月光淡淡的,静悄无声,卓玛阿佳在廊檐下依栏坐着,长长的麻花辫子垂在胸前,十分的沉默。

但我从心里不愿意她难过,就装出一副大人的样子,一本正经地安慰她:"我不崇拜你们所崇拜的,你们也不崇拜我所崇拜的;我不会崇拜你们所崇拜的,你们也不会崇拜我所崇拜的;你们有你们的报应,我也有我的报应。这是《古兰经》里说的,是正确的。"

这使卓玛阿佳有点儿诧异,转头深深地看进我的眼睛里。我还想再多说点什么,让她信任我说的话是正确的,但毕竟是小孩子，思来想去再也找不到什么合适的话来。这时叔叔正好做完宵礼，从走廊走过，我便急切地说："你不信问我叔叔。他是专门学经的，什么都懂。"

叔叔走了过来，卓玛阿佳突然冷落起来，站起身，迈着静静的步子，从我叔叔身边走过，走去屋子里了。我的叔叔，本来是要走过来的，只得一下子站住脚，回过头望着，很没意思地望了好大一会儿。

三

罗尔布大叔牵着马来我家将卓玛阿佳接走了。我的屋子空落下来，母亲换洗了我的床单被套，连我都被要求脱了衣服在水盆里洗了又洗，想来母亲也不喜欢我身上的酥油味道。

姑姑要出嫁，我们整个家族也都忙了起来，在外做生意的，读书的，都回到了家里。

母亲每天都去姑姑家帮忙做事。每天早上我似乎还在梦中，就被母亲拖起来，收拾一番，穿得鼓鼓囊囊的，带着微微的睡意和母亲一起过去。

有喜事发生的时候，四海八荒的中国人都迷恋红色散发出来的喜庆。到处都热火朝天，红红艳艳。

后院用钢管搭了多个棚屋，架起好几处锅灶，砖砌的烟囱，炊烟徐徐飘摇，墙壁被熏得黑黢黢，女人们嬉笑着忙来忙去，大锅里蒸腾出热气。蒸好的发糕，包子，花卷，多到数不清楚，重重叠叠地放在笼屉里散热。

请来的厨师是常给家家户户做宴席的大厨，厨上的事很精通也很讲究，弯着腰在案板上切菜配花样，葱姜油盐，大碗小碗，各种调味料放满一桌。宰好的牛羊倒挂在树上，在树底下滴出一摊鲜红浓稠的血，买来待宰的土鸡被小孩子们追得满院子扑棱棱乱飞，冷冽的空气中弥漫着油煎食物的香气，一排排整齐的大木箱里装满杯盘碗筷。到处都堆满了购买的货品，都是在为姑姑的婚礼做准备。

满院子到处都是热闹顽皮的孩子，我由于不断的在不同人身边生活，由他们回转抚养，和小孩子玩耍时，难免话语不同，时不时蹦出一两句藏语，一个大眼睛皮肤很黑的男生嘴角带着坏笑，说："说的都是番子的话，是不是从藏族家里抱来的。"在一起玩的小孩子都开始起哄叫我番子，我不知道番子是什么意思，但我觉察到一丝侮辱。我父母没有生养，我是从别人家抱来的，虽然那时四五岁，但常和这些孩子们混在一起玩耍，大家说来说去，这些事我自己也都清楚了。

我也不是好脾气的孩子，动了怒，激动地浑身颤抖，跟大眼睛黑皮肤的男生纠缠厮打在一起，用手抓对方的头发、手臂、脸……我的手臂流血了，辫子散了，脸上有指甲划出的伤痕，也流血了。大人们跑来将我们抱开，各自责怪起自己的孩子。

母亲边责备我边洗我的脸，帮我重新扎了辫子之后又跑进厨房不得闲。

打了架自然是跟其他孩子没法再一起玩儿了,无所事事,坐在后厨的门槛上,看女人们炸花馃子,一锅一锅地炸出来,黄澄澄滴着油,一个女人端着一大盆泛酸的发面进厨房的时候,用脚背拨了拨我的膝盖,说:"小孩子不要坐在门槛上,进来出去看不到,将人绊倒了怎么办。"我有点尴尬,站起来,挪到外面,装模作样地细看晾在笼屉里的包子,有两种包子,一种里面包的是白糖拌红枣泥,加了葡萄干、桂花、青红丝,很甜腻,包子呈四面体状,上面隆起的花纹是用手指捏出来的。另一种是菜包,萝卜丝葱末羊肉馅,面皮很薄,褶皱清晰,掰开时清香扑鼻。前来晾包子的女人打了一下我捣在包子上的手指,说:"去去去,到闲处玩耍,包子都被你捣破了,宴席开始了怎么端上桌。"

心里更委屈了,眼泪汪汪的,又换到塑料布搭起的一个帐子下,那里一位老阿婆正用羊肚菌炖汤,泡发过羊肚菌的汤水,澄清后是红的,淋在羊肚菌上一起炖制。老阿婆看出了我的情绪,边忙边没话找话地跟我说:"这样淋上去就能让炖汤更美味更营养,羊肚菌的味道啊,养分啊,精华啊都在这红色的原汤里面。"

这时我的叔叔走过来,揉了揉我的头发,说:"麦尔彦,跟我一起去送请帖好不好。"

下过一场大雪,满城都被白雪覆盖,道路上的雪已被行人的鞋底,各种机动车糟蹋得脏黑,萎缩。在车流中,叔叔将摩托车的速度保持得很稳,我被放在摩托车的前面,用围巾包住头脸,我们穿大街过小巷,一家一家或敲门或按铃地送请柬。

清真寺的圆顶上积满白雪，一辆送千层饼的自行车栽倒在雪地里，千层饼滚落一地，被摔倒在雪地上的人，戴在头上的小圆帽是用黑色毛线织的，十分显眼地飞到了对街，那人咬紧牙，额上跳着青筋，翻了一个身，用手撑着地面站起来，嘴里大口喷着白色雾气，忙乱地捡地上的千层饼，一辆大卡车开过去，车尾卷起一阵灰色雪沫，很多千层饼被车轮嵌进雪地里。

这样的情景像疾病一样控制住我的心脏，进入茫茫不着边际的寂静里面，生出一种连自己都不懂的生之艰难的惆怅。

送喜帖送到中午，叔叔将摩托车停在一个本家爷爷的家里赶做晌礼并留下来吃午饭，我坐在爷爷的对面，爷爷问我的脸怎么像被狸猫给抓了，叔叔呵呵地笑，说："和人打架，被人撕的。"

我眼泪止不住，说："他们都叫我番子，说我是藏族人的娃娃。"

老人边夹菜往我碗里放边说："藏族娃娃才好呢，眼睛大，鼻梁高，不怕冷，结实得像草原上的小牛犊一样。"

我放声哭了起来，说："不好，他们都嘲笑我，都骂我。"

老人大手伸过来，抹掉我脸上的泪，说："别哭别哭，哭什么。所有的被造物都来自为主的，谁也不比谁高贵，谁也不比谁低贱，都是为主的拨派到大地上的，都自由地挖掘和享受大地上的一切。谁有理由看不起谁呢?"

我什么话都说不出来,放下碗筷,眼泪掉得更厉害。

老人伤感起来,跟我们讲起曾经发生在临潭这片土地上的残酷往事。无数百姓死亡,他的哥哥、姐姐、父亲、母亲、祖父、祖母,无一幸免。他当时在国外,彻骨寒冷,匆匆赶回来时,只看见城头上空一群暮鸦彷徨回旋,城已被毁灭,到处残垣断壁干枯血迹,满目疮痍。

他说那段幽暗的日子里刮来的风里都带着血腥味,深夜变得无比狰狞,月亮似乎也在滴血。

窗外是冬季明亮而干燥的阳光,老人说着这些事,说得老泪纵横,像极了放在我面前的一幅黑白照片。他是过来人,看见过血,所以记住了血的气味,但这些故事,这个县城被战争轮番撕扯的时光大概离我太久远,仿似对我不存在。所以我想我当时可能并没有怜悯他的痛苦,只是像听了一段遥远的悲惨故事一样。

第二天凌晨破晓时分,家里就开始忙起来,充盈着婚宴的气味和声响。晨礼过后,清真寺的阿訇来家里做了一番祈祷,人们进进出出,摆席设宴招待前来庆贺的宾客,庭院里到处都是人,那么多人,来来回回,杂沓而热闹。宗族里的姑娘媳妇几乎都到了,头戴各色与衣服精心搭配的头纱,脸上都搽着白粉,涂了唇也画了眉毛。浑身散发出微微的香气,手上的戒指镯子一个比一个闪烁,坐在一起家长里短,低头咬耳窃窃私语时,都故意将手上的首饰摆在明处,专门给人看,又装作不经意。

姑姑沐浴更衣,照着图样用凤仙花浆在手背脚背上涂染花纹，如瀑的黑发辫成鱼骨辫，盘起来，红色马蹄领吉服，在灯光下红融融，穿在身上，温柔似水，又将一个晶晶闪闪的盒子拿过来打开，都是她婆家提前给送过来的，盒子里面是头饰、项链、手镯、戒指、耳环。姑姑化好妆一件一件地佩戴。满屋子都是馥郁醇厚的芳香。很多来做客的女人专门从别的屋子过来观赏姑姑的打扮。另一边姑姑的母亲洋洋喜气盈腮，却故意显出一副舍不得女儿的失落样子，将先前置办的帐幔门帘、妆奁行头、陪嫁的衣服、匹缎、鞋子、被褥、刺绣一箱箱地整理好，全放置在姑姑的房门前。

　　罗尔布大叔也来道喜，至门前下马，很阔气地赶进来一只羊，又叫人将马背上褡裢里装的贺礼卸了拿进来，家里负责接待照理客人的男孩子们将他请上了宴席，添了碗筷，沏了红茶。他看见我，对我笑，喜悦的面容，我自然与他是最熟的，像是见到了久违的亲人，直奔过去，坐在他怀里，夹各种食物在他的餐盘里。当着众多与餐人的面，被一个孩子这样热情地喜欢着，罗尔布大叔更高兴了，藏袍的下摆往腿上一搭，笑着劝我："够了，够了，吃完了再夹。"

　　罗尔布大叔骑马要走的时候，我连姑姑的婚礼也不想参加了，也要跟着他去见卓玛阿佳，我很想她。

　　我母亲说："本来宴席罢了之后，也是要送过去的，这样也好，那你就跟着去吧。"母亲带我回家，匆匆收拾了一些衣物，将我放在了罗尔布大叔的马背上。

四

冬季草原上的阳光,霜雪,寒风,全都像是锋利的刀剑,割得卓玛阿佳的脸,像浓烈的胭脂那样红,脸颊、颧骨、鼻子那些脆薄柔软的皮肤下是一条条透明的血丝,像是随时都会爆出血浆来。

卓玛阿佳见到我,温和地笑,明眸皓齿,发辫漆黑。她在火灶里烧了土豆,用火钳拨出来,吹干净灶灰,用手掰成两半,分给我。土豆冒出清香的热气,嚼在唇齿间,散淡而绵密,心里涌出简简单单的快乐,卓玛阿佳用手背拭去我嘴角的土豆渣,她也很快乐。那时我已微微觉察到,人的快乐全都来自微小的容易满足的事,若不快乐,即使在再繁华再讲究的场面里面,也是不会快乐的。

白天和夜晚逝去而又来临,我和卓玛阿佳生活在一起,谈论各种话题。草原上草木萧萧,牛羊的睫毛上时常结了冰。虽然寒冷,但一切都让人觉得亲近,后来我离开临潭,见到很多不同的草原,不同的藏族人,但都不是我童年的草原,不是我那生活在雪原里的罗尔布大叔和卓玛阿佳,那种感觉太遥远了。但我一直都记得他们,经历了诸多人情冷暖和世态炎凉之后,留在记忆里的这份世间情意更是无法言说。

这些都不说,仍然来说卓玛阿佳。

在这个冬天卓玛阿佳与草原上的一个男人订婚了。一位苍老而厚道的藏族男人前来做媒,罗尔布大叔答应了下来。订婚那天,男方家里送来了礼物和哈达,场面很讲究,宾客和罗尔布大叔都很高兴。

与卓玛阿佳订婚的那个男人来的时候,戴着呢帽,皮肤黝黑,眼神硬朗,嘴角上方有颗大痣,笑的时候露出雪白的大颗牙齿,宾客们缓慢婉转的藏语交织在一起,说卓玛阿佳非常好运,这个男人家里很富有,有上百只羊上百头牛,也有土地。罗尔布大叔很满意,卓玛阿佳一如往常一样安静,穿着新做的衣服,与那个男人相向而坐,看不出她高兴或者不高兴,但我很高兴,像一条没人管的放肆的小鱼,脖子上挂着得来的哈达上蹿下跳。

然后又入情入景,用自创的调子唱起来:

"住在乐园之中,住在泉源之滨,
穿着绫罗绸缎,相向而坐,
结局是这样的:
我将以白皙的,美目的女子,做他们的伴侣。"

后来唱顺了,张口就来,反反复复,几乎没有想要停下来的意思。

一日卓玛阿佳突然问我:"麦尔彦,你天天唱的这是什么?"

我说:"唱的是《烟雾》章里的句子。"

卓玛阿佳又问我:"什么是《烟雾》章?"

"《烟雾》章是《古兰经》里面的。"又用藏语将意思解释给她听。我那时候年纪小,学《古兰经》的时候,阿訇一再一再强调它的伟大，所以我幼小的心灵也觉得它无比伟大，世上的一切事情，世上的众生，都可以用它来解释，用它来赞美。

但卓玛阿佳不以为然，她的生活始终跟她的信仰一样，平静地叩拜，平静地转经，平静地转山转水转佛塔……平静地站在暮色里，看连天的草原，寂静而淡然。

有一天半夜我醒过来时，发现卓玛阿佳浓密的长发，兜了我满头满脸，正准备用手去拨，却听见卓玛阿佳对着墙壁边诵经中的真言，边呜呜咽咽地哭。她白日里隐藏起来的气息，她的哀怨。我没有动，在黑暗中闭眼屏住呼吸，像做梦被什么东西给缠住了，迷迷糊糊的不愿再睁开眼睛去感受。

生命容易显得短促，人随时都会死。那个冬季黄昏时分，不知何故，广阔天空像是燃烧了起来一样，大风也呼啸起来，草原上的马群受了惊，罗尔布大叔从马上坠落下来，沸腾的马群四蹄蹬直，从他身上一匹又一匹踩踏过去，他的鼻子耳朵里面都流出了血，先是剧烈的呼吸，汹涌至极，然后没了气息。

我当时是在场的，看着这些，心剧烈跳动，几近穿过身躯，从胸腔里跃出来。那天大风剧烈，受惊的马群声嘶力竭，垭口挂满经幡，彩色幡旗在空中哗然翻飞，但一种深不见底的寂静将我包裹了起来。

罗尔布大叔去世的第二天，家里人闻讯赶来，马上将我接了回去。

大概过了两个月，我母亲去慰问失去父亲的卓玛阿佳。

卓玛阿佳一个人住，没有母亲，父亲又突然去世，剩下她孤零零一个人，已消瘦得不成样子，我母亲就将她请来我们家里，养息一阵。

在家里，由于卓玛阿佳的沉默，母亲特意找家族里年轻的姑娘媳妇来和她说话，但她还是很沉默，好像她所有的话语都被已经逝去的罗尔布大叔的魂魄带走了。

我母亲是位热心肠，见不得别人不好，她找了时间带卓玛阿佳上街做衣服。卓玛阿佳对这些并不热心，说怎么样的都行。于是我母亲替她选了枣红色的有腊梅图案的缎子，绮丽光滑的绸缎，做了上衣和藏式长裙，长裙是无袖的，有刺绣，还买了粉缎青底的绣面高跟鞋。

就是这身打扮，才让家里的那些女人们意识到了卓玛阿佳的美丽。她穿着这一身刚进到屋里，女人们都惊叹起来，一个个都上前来细看，看鞋子的，看衣服的，最主要的还是看卓玛阿佳的身姿和脸容，都不相信原来那身不起眼的藏袍里，竟然裹了这么漂亮的一个人物。

依我看卓玛阿佳只是打扮得亮丽了一些，她结实高挑的身段是那样的，长长的麻花辫是那样的，容貌也还是那样的，与穿了绸缎没多大关系，我更习惯以前穿着刻满生活痕迹的藏袍的卓玛阿佳。

一个爱热闹的婶婶，还掏出自己包里的化妆品，强拉着卓玛阿佳化了一个妆，清晰的轮廓配上天然的胭脂，更漂亮得了不得，卓玛阿佳被她们围起来，说这样的容颜跟镇上那些姣花软玉，没在风地里畅过的姑娘比起来又是一种风采。其中另一位婶婶还开起了玩笑，说："这么漂亮的人物，一家出百家求，我先提前占下，给我家兄弟做个媒。"

于是满屋子人都笑了起来。

卓玛阿佳也抬头笑了一下，很平静的笑，像一丝风过了湖面，微微一点涟漪。她大概还在为她父亲的去世悲痛，没心思这样的玩笑。

我叔叔一直是住在清真寺里的，偶尔回一次家，那天好巧不巧地回来了，卓玛阿佳在那天也正好穿了这么一身，叔叔静静地看着卓玛阿佳，眼神比以往更温和了，跟卓玛阿佳对望着，卓玛阿佳不好意思起来，茫然闪开，闪进了我的屋子，叔叔低下头，嘴角微微笑了一下，什么话都没说，匆匆从家里拿了一些换洗的衣服，又离开了。

虽然卓玛阿佳一直很沉默，但那天她突然愿意跟我说话了，还说了很多，先是她觉得我们家的姑娘媳妇儿们都活得精致，这一点看上去是很好的，然后她问我是不是一个人结了婚就不好了，不结婚的时候，还有自己的快乐，一结婚就得为别人将自己庄重起来……

我听不明白。

她就又问我："来家里的那些结了婚的媳妇，为什么个个都穿得那么庄重？就只说头发，也要用丝绸之类的包好藏起来，一丝不漏，脖子也要遮起来，只有一张脸，一双手在外面。"

这个我是清楚的，便一五一十地告诉她这是为了在人群中保护自己不受侵犯，保持尊严。外出时不能有表现自己的欲望，不能露出头发，不能打扮耀眼，不能暴露身体曲线，衣服一定要穿得合理得体，故意吸人眼目，让人上下打量，于自身是不安全的。

那一夜我们没有睡着，一直一问一答，一知半解地聊着天。聊到最后卓玛阿佳说："我以前从未走出过我们的草原，一直都相信我们草原上的生活是最好的，有信仰，和自然相融相近，有敬畏心，虽然苦，但也没有想象中的苦，也有快乐。"还一边流下眼泪一边在思量，说："麦尔彦，你说人世间为什么会有这么多的生活方式，每个人的生活都像是被提前安排好的一样，生在哪里，住在哪里，该怎么样的活，都被安排得清清楚楚。"

我也说不出为什么，正思索着，清真寺里的呼拜声从远处一声一声地传了来，天边已经发起了白。

五

这一次卓玛阿佳在我家住的时间比较长，就像我住在卓玛阿佳的家里，也是很自由的，完全当成自己的家。

冬天清真寺里放了寒假，我的叔叔也来家里住，太太也在家里，大家热热闹闹地过着。

叔叔身形并不高大，但轮廓鲜明，似刀砍斧削，浓黑眼睫毛经常低垂下来，神情内敛，也不随便和别人说话，有从容坦然的气息，家族里的人都很欣赏他，说他《古兰经》念得好，讲解得也好，信仰虔诚，又很端然。

叔叔在家里，卓玛阿佳对我的叔叔就像对我们家其他人一样，我的叔叔对卓玛阿佳开始时像对待来家里的客人一样有几分客气，后来时间久了，也像对我们一样。

大年过后，天空中的烟火还未散尽，元宵就又到了，我们临潭这个地方闹元宵也是张灯结彩的，但跟其他地方又有些不一样，会举行三个晚上的"万人拔河赛"。声势十分浩大，震天动地的声响。

"万人拔河赛"说是从古代沿袭下来的一种全民游戏。古代的临潭是茶马古道的枢纽点，居住的民族繁多，像汉族，回族，藏族，蒙古族，羌族……都是些性格耿直，脾气暴烈的民族，动不动就干戈相向，一位前来戍边的官员为了解决民族矛盾，让彼此和谐共存，就以西城门为分界点，将长街分成上下两段，展开拔河游戏，号召各民族男女老少都来参加。

官员还为拔河比赛找了一个合理的说辞，说哪边街道的居民拔河拔赢了，此年这边街道就一定会风调雨顺，粮食丰收，牛羊兴旺，生意兴隆。这样一来，无论是以种粮牧畜为生的人，还是以茶马互换为生的人，都纷纷涌来西门十字口拔河，一年又一年，来的人越来越多，呈万人之势，为了胜利，众人齐心协力挽着大绳使劲出力，哪里顾得上身旁一起使力的人是哪个民族。官员要各民族团结无间隙的目的也就这样实现了。

"万人拔河比赛"以前不知道是怎样的，但现在以绳重人多驰名，每到元宵，全城男女老少几乎都会出门，参加拔河的，喝彩的，做什么的都有。满路花灯，人山人海。

少壮的青年挽着钢缆绳使尽浑身力气，拥挤在街边看拔河的年轻姑娘，多半都精细地打扮过自己，擦脸抹粉，描眉涂唇，穿着漂亮的衣服，笑语盈盈，暗香浮动，似乎她们不是来看什么比赛的，而是来看人，或者被人看的。同时混迹在人群中说媒的人，也雪亮着眼睛一刻没停歇。对于淳朴而安详的居民来说万人拔河赛并不是只庆元宵那么简单。

我晚饭吃得一点都不踏实，远处烟花在夜空中一绽，窗玻璃就一亮，我就心慌得坐不住。而夜空中无数的烟花，像无数放花的树，绽了又绽，终于晚饭是吃不完了，被母亲收走后，跟全家人一起上到自家临街的楼顶上看比赛。卓玛阿佳自然也被母亲叫上来，坐在楼顶一起观看。红灯笼一个一个用线穿起来，连成一排，从这边楼顶牵引到对街的楼顶，一排一排正好悬垂在街的上头，风一来，像攀藤的轻花一样浮荡。街面上挤挤挨挨全是人头，戴着白色无沿小圆帽的和黑色头发的，像是堆了满满一棋盘黑白相错的棋子儿，堆得不能再堆了，我觉得世界上是不会再有比这个场面更拥挤的了。

两条被麻绳扎在一起的粗壮钢丝绳，看上去非常强韧，绳头绑有绳卯，人们将绳举起来又放下去，放下去又举起来地造势，也没有人发号开始拔河的施令，造势造够了，一瞬间将两边绳头的卯榫结合在一起，两边钢绳等长，两边人势均力敌，僵持着，僵持了半天，站在楼顶上的我们就加倍努力地喊加油，挽在绳上的人，也一边出力，一边喊着"一二，一二"的口号，越喊越快，产生一股非常凶猛的力量，将另一边的人连人带绳一起扯过来，赢了比赛，跃身而起，各种欢喜翻腾，另一边的人不见失落不见乏，只将绳往地上一扔，跑到赢了的这边来，混在一起，欢腾鼎沸不绝。

这种沸腾喧哗的场面，最易让人喷发出原始的野性与生命力。我是小孩子，最管不住自己，非要跑到街上去。母亲不愿意去，说她不能离开，放太太一个人躺在炕上是不行的，但放我一个人跑到街上又怕人多脚乱，把我给踩踏到脚底，就跟叔叔说："你带她上街热闹一会儿吧。"说着，又问卓玛阿佳要不要一起去，每晚有三场比赛，这才比了一场，还有两场。卓玛阿佳赶快站起来，说是想去的。

我出街门去外边看，叔叔和卓玛阿佳两人出来陪我，自然是开心的。叔叔将我架在肩膀上，我们在人烟沸腾的夜里走在大街上，叔叔还给我和卓玛阿佳买了冰糖葫芦，叔叔从前是不会给我买这些零嘴的，怕吃坏了牙齿，我即使要了也不会买的，今天却一如反常，我觉得奇怪，但是心里挺高兴的。

叔叔肩膀上架着我，也不看比赛，只陪着卓玛阿佳沿街道一直往下走，走到尽头，一场比赛就结束了，又转身从街的另一边往上走，走到另一个尽头，第三场比赛也结束了，人们渐渐地散了，叔叔和卓玛阿佳还在走。他们两人好像都不太关注比赛，比赛赢了输了，开始了结束了都与他们无关，他们只是想在街边走，边走边聊天。后来走来走去，街灯暗了，我爬在叔叔的背上，被光秃秃的大月亮一照来了瞌睡，迷迷糊糊地睡着了，睡着了还听见叔叔在跟卓玛阿佳聊天的声音。

高原的冬天来得很早，去得很晚，而大地上所有的生命像野草一样蓬勃而卑微，死的死活的活。我的太太元宵过后病弱弱地在炕上睡了十几天，也是没有扛过冬天的寒冷，去世了。阿訇念完忏悔词就从炕上下去了，母亲撤去炕桌，将太太移到冷炕这边，将手脚安抚平整，用白布苫盖，眼睛里浸润着泪水，说长期将太太放在堂伯父的家里，以为会有补偿的时间，但不会再有了。

我跪在太太炕边的地板上，身边是一大堆在哭泣的人。我第一次突然意识到原来无论人如何避免疾病和灾祸，仍然是会死的，是躲不掉的，想到最后连自己也是要死的，也哭了起来，越哭越厉害。

在这个县城，我们的家族算是一个大家，分了很多房头，唯有我们这一房头，人烟单薄，祖父祖母去世得早，留下我的父亲和叔叔，父亲没有子嗣，我是他收养的一个女儿，叔叔还没有结婚。

但婚丧嫁娶的传统还是要一代一代地传下去，早上人们准备好温热的清水，水壶，毛巾，给我戴了头纱，让我同母亲和家族里的一位姑母进去给遗体净身的房间，说是让我帮忙倒水，人们关好窗户，拉严窗帘，走出去，关了门。

遗体平放在专用的净身水床上，我记得水床的样子，一块洁净的木板，为防止水流一地，周围镶有木边，下部呈三角，留有出水口。

姑母默默祈祷，退去亡人生前所穿的衣服，戴着白色手套从头至足认真洗涤遗体，动作小心轻缓，洗涤的次序跟平时淋浴身体时的程序一样，母亲在旁边执壶浇水，姑母跟我说："麦尔彦，靠近一点，你要用心记住我所有的步骤，人向前走一步，死亡就跟过来一步，今天我洗你太太，将来是你要洗我们的。"

然后拿来不见一点污的白棉布，那白棉布为了防腐驱虫还洒了香水，散着淡淡的芳香。

"这块布有三丈六尺，是要尽数穿在亡人的身上。"

"麦尔彦，你要看清楚过程，并要牢牢记住。"

姑母将白布按大小规格，分成五块。

第一块布裹遗体的胸部；

第二块单幅布对折，在折缝处剪开口，自遗体的颈项套下，覆盖至膝；

第三块布做盖头，盖头前长后短，遮盖面部；

第四块布等同身体长短，从右向左包裹遗体两周；

第五块布是其中最大的一块，将遗体全部裹严，用白布带扎紧脚底，系扎腰部，再扎紧头顶。

姑母说："麦尔彦你要记住，所有遗体的装束基本上都一样，男人的遗体不用盖头和裹胸，只用三块简洁的白布就好，我们穿着这身衣服归去，复生日号角吹响时，我们再穿着这身衣服复活，这些你都要记住，总有一天我们都要归去。"

将包裹好的亡者平平抬放进木匣，用苫单遮盖，同时放进去的还有一包用白布包起来的头发，是太太生前梳发时，掉下来的发丝，洁净自爱的妇女，每次梳发掉下来的头发都捡起来洗干净收好，归去时连同身体一起带走。

母亲打开房门，男人们进来将木匣抬出去放在洁净的庭院里。冬日的天上飘着云，阳光散散淡淡，主持葬礼仪式的阿訇靠近放遗体的木匣站立，来送葬的人在阿訇身后，面朝西一排一排站立，跟随阿訇一起站殡礼。

之后人群像劈开的海水，分到两侧留出道路，男人们抬着装遗体的匣子走出庭院的大门。

越走越远，从二楼窗口看下去，白色帽子像雨中漂浮的泡沫。那会儿，我的眼睛已经哭得蒙眬，只抬头呆呆地望着天空，一片一片的云雾从雪山半腰飘过来，阴沉沉地笼罩在头顶上，压抑极了。

突然从里屋传来女人的哭声，夸张的哭嚎，震得空气微微抖动。一位姑母从房间冲出来，冲向大门，像是要跟着亡者去，其他女人们哭着抱住她的腰，束缚住她挣扎的手脚。像极了演戏。

我望着天空，那些天上的云雾，像烟又像雾又像其他，轻盈、放荡、无边无际，《烟雾》章里那句："那烟雾将笼罩世人，他们说：'这是一种痛苦的刑罚……'"令人心尖悸动。

我就那样呆呆地坐了一个下午，想到了草原，想到去世了的罗尔布大叔，想到了卓玛阿佳订婚的那一天，想到了出嫁的姑姑，想到了刚去世的太太，想到了"以时光盟誓，一切人确是在亏折之中"，想到了生死、痛苦、疾病，想到了很多很多，而那些从远处的雪山那里飘过来的云雾，就在镇子的上空飘了又飘，怎么飘都飘不完。到晚上时，太太已葬入祖坟，阿訇来太太的空房间里面做祈祷，我爬在门槛上,痛苦地接了一句:"为主的啊,求你为我们解除这种刑罚!"

太太去世后,叔叔留在家里每天早晚给太太走坟,家人也头七、二七、三七、四七地掐着日子请阿訇来家里给亡人做祈祷,每一个"七"宗族里的媳妇姑娘们都又来我们家帮忙料理事务。其中一位远房叔叔的媳妇儿是自己谈恋爱谈来的,平时不爱跟大家走动,在这样的日子里来是来了,但也闹出不少笑话。请来的几位阿訇自街门进来时,正忙于外间的众姑娘媳妇都往里间藏之不迭,独有她款款地迎上去,在众阿訇面前行了礼,说:"里面请,各位里面请。"有人问,她做事怎么这样的不成体统。另有人答,她是从汉人地区来的,十里不同音,百里不同俗。

在这些特殊日子里面卓玛阿佳耳闻了这些,就矜持起来,一句也不多说,一步也不多走,有时人一多,还会刻意避一避。这让我太太的亲妹妹看了很喜欢,说卓玛阿佳这个孩子有眼色也知规矩。我太太的亲妹妹我也叫太太,年轻的时候是从大户人家出来的姑娘,后来又做了大户人家的儿媳妇,现在八十多岁又成了大户人家的老太太。说话知规矩,吃饭穿衣为人处世也都知规矩。所以人人都尊敬她,她喜欢的人人也都喜欢。

她有个小儿子,比我叔叔大八九岁,个子高,长得好,生意做得也好,在我们镇上,算得上是有风采的人物了,但一处不足就是,家里人给他早年前提礼做媒订下一个极好看的姑娘,在张罗要娶的时候,突然得猛症去世了,之后的很多年里,他仗着自己长得好,家里又富有,镇上的姑娘没一个他看得上的。他和我父亲关系还挺好，太太去世后，用得着人的日子里他常来我们家帮忙，也因此见过卓玛阿佳。他母亲回家对他提起卓玛阿佳，说这样的姑娘从小没娘给害了，若是有娘好好教导，定会是了不起的人。他听了，认真起来，跟他母亲说，若给他娶卓玛阿佳这样的姑娘，他是愿意的。那位老太太听了喜不自禁，赶紧过来想亲自问问卓玛阿佳。

一屋子的姑娘媳妇儿听了都七嘴八舌，说就算卓玛阿佳答应了这门婚事，事事都妥帖娶了过来，那也是不行的，信仰不一样，日后生活过不到一起，磕磕绊绊，还是麻烦。

老太太将拐杖立在一边，脱鞋上到炕上，笑着说："不成的婚姻怎么都不成，若是成的婚姻，它就是再不一样，再隔着天南海北，隔着语言习俗，最后还是会成。枉你们天天前定、定然地信着，到这样正经的好事上面，却都忘了，都不信了，还要谗言抹舌地往坏了说。那人祖阿丹，在没吃智慧果之前，还混混沌沌跟夏娃做着天和的夫妻呢，怎么就不行了。一代代人传下来，将根本给忘了，要求门当户对的，要求生活一致的，要求同样富贵的，要求夫唱妇随的，你们白想想，你们结了婚，这些与你们有没有相干，婚姻婚姻，就是男婚女嫁，男的欢喜女的遂心这就成了，其他的杂话都是无用的。"

一番话听得众姑娘媳妇儿尽抿着嘴笑，一位年轻媳妇还笑着起身去我房间将卓玛阿佳拉了过来，直直推到炕楞边儿上老太太那里，老太太将头略略一歪，靠近卓玛阿佳悄悄地说了自己的心意，卓玛阿佳一听想都没想，立马给拒绝了。问原因,也不说,只是沉默。老太太见这样子,再三再四地问也只能使自己没趣,只同众人一起没盐没醋地干笑起来,卓玛阿佳有些难为情,跟我说:"麦尔彦,我带你出去玩儿吧。"找了个由头走出来了。老太太一面笑着,说了一句:"看样子定然没到,男的有意,女的没意。"

这句话被卓玛阿佳听见了,也没解释什么,我想她至少是可以解释一下的,她也只有一个她,已经订过婚了。但她没有,对于已订婚这件事,卓玛阿佳来我们家,压根儿就没有提过。她好像很怕别人知道她已经订婚了。

我跟卓玛阿佳说:"太太看上你,是因为你长得美。"

卓玛阿佳笑了笑说:"美不美,也只是昙花一现,用来蒙蔽世俗人的眼,没有什么美可以抵过一颗干净的心,若嫁的人不好,心就会被蒙上尘。"

我说:"你都没见过那个人,怎么知道他不好。"

卓玛阿佳一听,看了我半天,说:"我是不来回族家的,回族人葬人的方式跟我们不一样。"

卓玛阿佳跟我说他们藏族葬人的方式,有天葬、水葬、火葬、塔葬……生前勤于诵经拜佛,行善积德,灵魂干净的人,才会正常死亡,才能有机会天葬,天葬时如果不被鹫鹰吃干净,灵魂就难以升天转世,家人必须得念经做法,为亡灵超度赎罪,帮助魂魄顺利转生投胎。

卓玛阿佳的父亲是被马群踩死的,非正常死亡,没能天葬,进行的是火葬,而她生活在夏河的外祖母是位心善的人,去世后是被天葬的。她说她祖母去世之后,家人很尊重遗体,先将头抵在膝盖上成蹲坐的姿势,再用白羊毛绳捆绑固定好，然后用氆氇裹起来，用绳子捆扎立于房间角落，设坛超度三天，第四天早晨遗体由她们家人轮流背上天葬台，一路不能停歇，不能让氆氇在中途落地，送葬的有亲友，喇嘛，天葬师。

卓玛阿佳口中肢解尸体的天葬师是形色峻酷，手脚干净利落的男人。卓玛阿佳说她的舅舅就是一位天葬师，懂得解剖术和医学知识，能给人看病。

我到如今都记得卓玛阿佳对我说的天葬，一般是在早晨天刚亮时进行，有时会推迟，由喇嘛司葬点桑烟，诵经咒。大群的鹫鹰从各个方向飞来，扑闪着翅膀等候在一旁。

天葬师打开氆氇，按程序操作好一切，站起来，边退后边吆喝鹫群。领头的巨大秃鹫腾空而起，又以威猛的俯冲扑下来，鹫群紧随其后，像黑云一样压过来，巨大的翅膀荡起阵阵灰土，然后高高飞走，带着最后一丝气味，带着逝者的灵魂，沿着滚滚桑烟的路径回归天上，尘埃落定，大地归于寂然。

说完这些，卓玛阿佳还用低低的声音告诫自己："心一定要纯净。"

我听过这些后，非常害怕，晚上还怕得做了噩梦，非常清晰地梦见跟卓玛阿佳去看天葬的地方，层层叠叠的经幡之间是静冷阴森的磐石，磐石中间还有个坑窝，周围的地面坚硬而漆黑，草丛中有散乱的绳索、衣鞋、残骸，鹫鹰的羽毛，燃烧的灰烬，石刻的经幡，空气中充溢着一股血肉腐烂的气味。然后又梦到自己被牢牢捆绑在磐石上。天葬师拿刀具一步一步地靠近我，背景黯淡，烟气弥漫，我的嘴里塞满了布团，不能说话，不能动，混沌不堪。醒来后吓得全身哆嗦，偎在卓玛阿佳怀里哭了又哭。

半夜三更，卓玛阿佳被我哭得没办法了，披着衣服坐起来，一边劝我别哭一边像念经咒一样跟我解释："摩诃萨陀王子舍身饲虎，双眼日月五脏海，清净无垢成供品，人应以大慈大悲为根本，以皮肤为席垫，头颅做锅煮六腑，血肉切沫撒脓水，布施饿鬼邪魔，以身躯为资粮，舍断执着和占有，以施身之功德，报偿世世的轮回。天葬就是以施身喂禽兽，结正善果。"

我哪里听得明白，还是哭，哭到第二天天亮，眼睛都睁不开，还生了一场大病，纠结在天葬、土葬以及死亡这些重大的问题里面久久的好不了。

我母亲照看着我，带我去过医院，吃过药，打过针，都不见好。无可奈何最后只得从清真寺里面请来一位阿訇看我，阿訇当时问了什么，做了什么我都忘了，但掂髯说的一番话，我到现在都记得，他说："身体是灵魂和精神的载体，若没有气息，失去意识，与随处可见的泥土、大地又有什么不同，人死之后，肉体并没有想象得那么尊贵，痛苦、幸福也都随肉体消失了，只有活过的尊严，留下的知识，永远都跟灵魂在一起，所以最重要的是灵魂最终的归宿。"

后来我上学读书了，也没再去镇外的草原，没见过卓玛阿佳，她的事我都是听我母亲说的。卓玛阿佳跟与她订婚的男人结婚了，那家牛羊多，草场也大，卓玛阿佳自然得多操心，期间还因劳累过度流产几次，再加上高原的天气,二十几岁的姑娘,活脱脱褪了一层皮,苍老得不像样子。然后也不跟我们家来往了,偶尔她进镇里来,与我母亲见了,也是匆匆忙忙的,没说话的工夫,更没法请到家里来坐坐。

哦,还有一件事,也是后来我母亲告诉我的。那年卓玛阿佳在我家一直住到来年春天,才回的草原,是两个没见过的生疏的人来接的她,一问才知是与她订了婚的那边的人,母亲自然是吃惊的,之前竟一点消息也不晓得。我母亲说,后来在一个大雨滂沱的下午,街门被人敲得咣咣响,她听了,忙忙撑伞去开,门外是卓玛阿佳,藏袍被雨淋得完全湿透,冷得瑟缩,说是即将要结婚了,来镇里置办一些东西,顺便过来看看我,见我不在,家里只有我母亲一个人,也就没进来,我母亲还想问清楚卓玛阿佳结婚的具体日期,好去尽一番情意,但卓玛阿佳脚步匆匆的,在大雨中听也没听见就走了。

七

有一年冬天,我想我已经是读完小学了,刚上初中吧。我母亲去菜市场买菜,遇见卓玛阿佳的丈夫,说卓玛阿佳肺里有问题,带起很多症候,饮食不进,在医院里面住着,有今天没明天的状态。

我母亲立刻回家煮了一些粥给送了过去,因为是寒假,没什么事做,我每天跟着我母亲家里医院来回地跑。

躺在病床上的卓玛阿佳,看上去已经老了,一咳嗽起来,咳得气都要断掉,浓痰一口一口地吐不尽,十分痛苦。病里的她记起曾在我们家里的日子,想要来我们家跟我再住几天,将死之人的要求,大家都尽力应允着。她来我们家依然和我住在一个屋子里,这次我们没怎么聊天,有时她会耐不住寂静,说:"麦尔彦,你说说话吧,你说说我听。"

有一天,屋外的阳光很明亮,屋子里比平时更寂静,只有窗外雕栏里的枯树枝,将寂寞细瘦的影投进来,在墙上因着风细细地摇晃着。卓玛阿佳从沉睡中清醒过来像是有话要对我说,半天又没说,不好说的样子,重新翻了个身,对着墙壁静静的。

那时我叔叔已经娶了妻,有了孩子,与我们分家过的,听说了卓玛阿佳住在我们家还生着病,就前来探望,刚走进屋,靠近炕楞边儿,卓玛阿佳就仰躺了过来,蓬松干燥的发辫压在枕头上,看是我叔叔,伸出手指抓住叔叔的衣襟,抓得再不能紧,欲说话说不出来,只将汪汪的眼泪涌出一眼窝,顺着鬓角往下流。

叔叔茫然不知道说什么,直直地站着,只等到卓玛阿佳精神耗散,松了手,才从屋子里走出来,在廊檐下蜷缩起身体泣不成声。一个男人是泣不成声的,我就那么眼睁睁地看着,我的母亲也看着。

叔叔走后,母亲对着我说:"假若我知道,当初她心里念着你叔叔,你叔叔也有这个心,给我说也是可以的……可是……当时她想都没想就拒绝了你太太,我们都以为是她信佛，信得太虔诚。后来才知道那时她已经订婚了。可是现在看，说她信佛也说不通，说她订婚也说不通，她心里是有你叔叔的，可是又说不通了，她那时来我们家住了那么长时间，淡然得让人猜疑都猜疑不到。她是年轻的女孩儿不好说，但你叔叔可以说，也没说。两个人都没说，到今天这一步又这样的绊人心。"

母亲想了很久，想不明白这里边到底是怎么一回事，问我想不想得明白。我是知道卓玛阿佳的心情的，而且想起了很多事，但又说不明白，只摇着头，脑子里"信念"与"爱情"两个词，被摇得咣当咣当乱响。

卓玛阿佳是在医院去世的，她的遗体被她的丈夫带回草原的那个早晨，我心中怅然如有所失，就一个人心里沉沉的坐在楼顶上向下看。太阳刚露头，整个镇子，跟往日没什么两样，还是跟卓玛阿佳或者罗尔布大叔一样的藏族人驾着马车载来一麻袋一麻袋烧炕的羊粪和牛粪，绕着盘山的路，一圈儿一圈儿绕进来，站在西门十字口卖掉，卖空了车，再买了蔬菜，水果，粮油米面，装进那车里，一圈一圈又绕着盘山的路，绕出去。西门十字的一边站着服装各异的男女，腰掮镰刀，手握铁锨，锄头，驾着放着农具的马车。另一边站着头戴盖头，身穿斜襟盘花扣齐膝长衫，提着茶壶卖牛奶的回族女人。还有头裹大包巾的女人，穿着独特的西湖水颜色的对襟圆领大襟上衣，黑绸扎绑裤腿，脚蹬凤头绣花鞋，从街面上走过，脸上有像打了充足腮红的高原红，轮廓清晰，身姿好看。

还有一座横贯东西的通市之桥，上面都是卖豆腐、卖蔬菜、卖水果、修拉链、修鞋、修自行车、踏三轮车、磨剪刀戕菜刀的人，高大的马驾着两个轮子的车，带着泥土和大葱的气息从桥上嗒嗒穿过。再过去满眼都是店铺门面，生意招牌，人流车流喧嚣不止。

而远处的雪山是淡淡的蓝色，是寂静的，雪山半腰里的云雾也是寂静的，缓缓悠悠地飘过来，堆成烟，堆成愁，这里一片那里一片，雾腾腾，无数重，笼罩在镇子的上头，也笼罩住世人的心，长恨着，感觉这也不对那也不对，这也要坚守那也要坚守，真正是一种像刑罚一样的痛苦。

尘封的灯

一

这趟兰州至拉萨的火车，晚了二十几分钟。想到人的一生也就像这火车沿着轨道向前，有时候早几分钟，有时候晚几分钟，有时候又停在原地完全不能动，就不由得扭头看了看坐我旁边，跟我一起等车的叔叔。

火车来了，候车厅里大部分人都站起来，移动成长长的一个队伍，一个跟一个过去检票。等我检完票走上月台时，车厢的旁边也已经排了长长一队人，在门口乘务员的注目下缓缓往车厢里移。叔叔走在我的前面，穿的大概是十几年前的旧夹克，与自身与周围都不太协调。我忽然放慢了脚步。头顶的天空灰闷闷的，天气很冷，再加上这凛冽而安静的氛围，仿佛已经提前进入了冷寂的高原。

走在我前面的叔叔回头看了一眼，已经有三个年龄跟体形差不多的女人争相插队到我前面。叔叔睁大眼睛，眼神里尽是局促，直到看见我，才又放心地回过头去向前移动。

队伍里面叔叔个子很高，还将一顶泛灰的黑色棉线帽子支在头顶上，显得更加高耸，也许他再年轻十几岁，这样的个子这样的打扮应该会很不错，可惜现在他背有点驼，又干又瘦，还灰尘尘的，像是要去逃难。

我走进车厢时，叔叔已经在过道里面找到包厢向我招手。我将手里的箱子举起来给叔叔时，狭窄的过道里一个男人突然向前一走，肩膀"咣"一声撞在箱子角上，又面无表情地说了一声"不好意思"，匆忙走过。叔叔忙将箱子接过去举在头顶问我："里面的灯不会碎吧？"

"应该不会，装的时候垫了不少东西。"

我这样答着，心里却想碎了才好呢。不用这么多麻烦事。

为了将一盏灯送还给他的主人或者主人的后人，在这样的冬季我被折腾到又坐客车又坐火车，还要跟叔叔一起，真的是太气人了。更加气人的是，这事好像一开始就是我自己找出来的。

妈妈让我去地下室给叔叔找他多年前穿过的翻毛大头皮鞋，鞋没找到，倒是从堆积杂物的柜子深处，翻出一个铁皮包角的奇怪木盒子，盖子不知道哪儿去了，只剩下链接盖子的转轴，螺丝拧在盒子一边，里面是一盏灯，准确来说是一盏可以用手提的马灯，上面全是灰尘，吹净后，简架、提手、底座都是古旧的黄铜，但玻璃罩子上厚厚的尘垢，别说吹了，用力抹都抹不掉。

我好奇连同盒子一起抱上来，放在客厅的茶几上，又去找螺丝刀，准备拆开来研究一下。妈妈看见了，吃惊不小，问我是从哪里找到的，说着忙从我眼前小心移过去，宝贝似的放在自己面前，说："你不能拆它，这是别人家的。"

"别人家的？"

"是别人忘在我们家的，后来想起来来拿，放的日子久了，挪挪放放的，给放忘了，我跟你阿婆两个人一起找，将家里翻了个底朝天都没找到。"

"那他们现在也应该不要了吧？"

"怎么可能？他们家人说是古董，来要过一次，我们是没找到，但他们以为我们故意昧下了，走的时候一脸的不高兴。"

"这么烂的灯，覆在上面的灰尘刮都刮不下来，怎么可能是古董？"

"谁知道呢？他们说是古董，阿婆临去世前还惦记着这事，说找到了无论如何都要还给人家，此世的账债拖到后世就更说不清了。"

"阿婆去世前？不是十六七年前的事了吗？"我想起童年时祖母的葬礼，我那时才六岁。

"是啊。时间可真快，射出的箭般的。"妈妈看着灯感叹了起来。

"这灯是谁家的？"

"具体我也说不上，应该是你爷爷的一个朋友的，年轻时一起跑藏区做生意，有防风隔雨的灯罩，夜行路上就拿它挂在马鞍子上照明。"

"那怎么还给人家呀?"

"都是爷爷辈里的旧相识,你爸爸一清二楚,我去问问。"

终于找到了,妈妈兴冲冲给爸爸打电话,问到那家人住在拉萨,回过头叫我拿笔来记详细地址。

"正好,你叔叔要去拉萨。你跟他同路走一趟,把这灯给还了。"

"让叔叔直接带过去不就好了,为什么还要搭上我?"

"你叔叔……不行的……"妈妈边说边摇头,犹豫了会儿,又打电话同爸爸商量。"不行不行。"爸爸完全不同意,高出一节的声量,让没开免提的电话像开了免提。

叔叔刚大学毕业那年,年轻气盛跟人打群架,打出人命,被判了十五年有期徒刑。我们都觉得爸爸要不是受叔叔的影响,估计会比现在好一点。当年爸爸在政府部门工作,叔叔刚被判刑,爸爸就被调任到县城五十公里外的乡镇,然后就一直留在那里任职,跟他一起参加工作的人,升迁的升迁,调任的调任,就只有爸爸头顶的头发都秃没了,还在那里做办公室主任。

但爸爸坚持这事跟那事没关系,依然兄弟情深,各方面都很照顾叔叔,简直不可思议。

"他才出来几天,需要适应各种新的环境,要不是他自己执意,我都不放心让他现在就上拉萨,你再让他去还灯,巷巷道道,找来找去,不是在为难他吗?"

在监狱里十五年,刚出狱不到半个月的叔叔,在爸爸眼里是改造成新的一张白纸。叔叔在客厅外的廊檐台子上坐着，还在等他的大头翻毛皮鞋。我紧张地从窗口看了一眼，生怕电话里的声音给他听见。以前每次想起有个坐监狱的叔叔，都认为是奇耻大辱，但现在一见到他，反而觉得挺可怜，沉默寡言，眼神里全是跟不上社会节奏的冷淡、不屑、小心、紧张……反正挺复杂。

"还是得你去。"妈妈挂了电话看着我。

"为什么是我去？"我立刻皱起眉头，千百个不愿意。

妈妈完全不理会，继续说："问一下你叔叔什么时间走，一起去，一路上还可以照应一下。"

我听得既好气又好笑："照应一下？我一个小姑娘照应他一个大男人？他是坐不了车还是认不得路？"

妈妈呆住，继而叹口气："别总黄熟梅子卖青，是互相照应。"

"我不要坐火车，火车有二十五个小时的车程。我要坐飞机。这么冷的冬天。"

"你要坐飞机，那叔叔也得坐飞机，叔叔现在坐火车的钱都是从我手里借的，两张机票钱，你要自己出的话，那坐飞机没问题。"妈妈明知道我刚大学毕业，没找到工作，身无分文。

"去吧，你不是一直想要再进青藏旅行吗？这下可以如愿了。"

"去青藏旅行？大冬天？还要跟一个刚出狱，还像是没缓过神的人一起……"

妈妈一脸紧张，连忙做了一个"嘘"的手势。我吓得噤了声,舌头吐得老长。关于叔叔进监狱这件事,在叔叔出狱前,爸爸就千叮万嘱,不许提半个字,要善待叔叔。我一着急给忘了,声音还那么大。

妈妈将那盏灯重新放进盒子,在里面塞了旧毛衣,旧羽绒服之类的东西,将灯裹在中间,稳稳当当,再将盒子放进一个纸箱子里面,又垫进去两件旧毛衣。

"那是我的毛衣。"竟拿我的马海毛毛衣垫箱子。

"旧成这样,没见你穿过。"妈妈说着,又拿宽胶带过来,将整个纸盒子粘了又粘,缠了又缠。

我看着好烦。妈妈问:"你发呆干什么?快去订票收拾行李。"

"非得要现在去吗?已经在家里放了这么多年了,要不再放到夏天草绿花开时再去送,天气好人也轻松。"

"不行,既然找出来了,就得趁热打铁。"

二

墨绿色的火车已整装待发。车厢内充满青藏风情,唐卡、堆绣、盘绣、绒毛画等装饰随处可见,乘务员的工作服也满含民族风情,袖口及边沿嵌一条藏式的七彩绸布。火车包厢很干净,按着号码我是上铺。叔叔是我对面的下铺。四人包厢没坐满,我下铺是一位白发苍苍的老人,穿地道藏服,戴茶色眼镜。从车窗里观赏沿途的高原风景还不错,但持续观赏二十五六个小时,这样白茫茫的季节,眼睛估计得瞎掉。

二十五六个小时呀,我解下围巾,脱下大衣,爬上上铺深深叹息一声,被叔叔听见,仰头看了我一眼。

早晨还在家里吃早餐时,妈妈问我票都买好了没有,买的什么票。早前叔叔为了省钱,买的是六人一包厢的硬卧,我为了跟叔叔一起,也买了同样包厢的硬卧。

妈妈说:"还是退了重新买吧,你爸跟我说让你们俩都买火车软卧,票钱他来出,一天一夜,轻松一点。"

我如蒙皇恩大赏,连忙道谢,但叔叔跟那天跟妈妈借钱时一样,坚持自己的票钱自己出,继续跟妈妈借钱,妈妈无奈,摇头说:"你叔叔这些年已经僵掉了。"拿手机转钱给叔叔,叔叔学会用智能机没几天,又转钱给我,转来转去,实在滑稽。

我边拿手机退票重新购票边偷偷发笑。

火车启动了,叔叔在下铺的床头坐着,床头的小桌子,经历过无数的陌生人,被摩擦出数不清的细小纹痕,叔叔手放在桌面上,摸了摸那些纹痕,又定睛在桌面上那些杂志、水果、水杯之类的东西上,静静的,不知道在想什么。

火车疾驰向前,窗外被白雪覆盖的景色一掠而过,在窗玻璃上像拉丝的龙须糖。

我往嘴里丢了两粒薄荷糖,正踌躇要不要将糖盒递给叔叔,让他也来两粒,火车播音员突然用悦耳的女低音开始介绍行程、天气,还有食物,中餐,西餐,藏餐,清真餐以及地方特餐,有肉没肉,荤的素的,一个一个详解。

过了西宁,火车贴着青海湖畔飞驰,漫无边际的水面像死去的老人的脸，安详宁静。一瞬间青海湖边大片油菜花盛放的情景在我脑海里泛滥。我曾走过这条路好几次，一次一次都不一样。记忆最深的应该还是第一次。

那年刚大学二年级，最多愁善感的年纪，得来一笔奖学金，一下被学校全额打进银行卡，父母让我自由支配，另外因为获奖学金，父母也给了奖赏，钱上加钱，沉甸甸的一笔巨款。我可能不善守财，向来有点今朝有酒今朝醉。

插着耳机在图书馆用手机听了一个上午的《天路》——那是一条神奇的天路，带我们走进人间天堂。一冲动，课也不去上，直接背着书包，拎一水杯去火车站买了去拉萨的火车票。进车厢的时候，一颗心跳得我胸腔里面隐隐生痛。

记得那次火车到达拉萨时，天已经全黑了，星光璀璨，天空特别漂亮。想到这里，我伸头下去，没修养地偷看了一眼我下铺的老人，他正盘腿坐在床位上掐数珠，茶色的眼镜依然罩在眼睛上，一副好奇怪的模样。

窗外寂静的田野上还是苍茫的白雪，偶尔有一处黑色的土壤不知什么原因而裸露，像雪白肌肤上的一粒黑痣，有让人跑去抠掉的冲动。

我看向寂静的叔叔，不禁有点好奇，这个人，到底怎么会搞成这个样子？进监狱前，高大英俊，开得一手好车，人开朗朋友也多，书念得好，又擅运动，一上篮球场，一身的主角光环，映得我童年记忆特别灿烂美丽。要么光彩夺目，要么不伦不类。还真让人怅惘。

时间一点一点在过，窗外天际浅淡深浓逐次变化至一片漆黑。一个车厢里叔叔不说话,下铺的老人也不说话,温热的暖气和长途的孤寂,让我有些黯然。

又看到一个万家灯火的地方。有长长的街道和高耸的楼层。火车停站了,来包厢入住的是一位孕妇,脚步蹒跚,满脸妊娠斑,手里的票是上铺。听说近几年智能售票按身份证上的年龄人性化分配上下铺,四五十岁的人下铺,二十出头的孕妇还是上铺。

孕妇穿的是鼓鼓囊囊的厚羽绒服,又拎一个巨大的行李箱,一进来,感觉整个包厢都被她填满了。叔叔突然一下子站起来问:"需要帮忙吗?"那孕妇有点不好意思,问:"能不能跟你换下铺位,我这个样子爬不上去。"

"可以。"叔叔动作敏捷地帮孕妇将行李箱放进行李架,又脱了鞋很轻便地爬到上铺。这一情节太强烈了,近乎刺激到我,我坐在上铺简直无法正视它,转头看着窗子外面寥落的灯火自问:这真的是第一次见叔叔这样伶俐迅速地做某件事吗?答案是:是。不过,若是将回忆再放远一点,放到在十五年前,叔叔一定这样伶俐迅速过无数次。

到底是孕妇,谁也会多加体谅几分。她一开口,跟她对铺的老人放下手里的数珠出去帮她接开水,还跟她聊天。孕妇声音中带苦涩,生活不愉快,经济状况也不好,所以即使怀孕也还得路途遥遥上拉萨跟丈夫一起打工赚钱。唉,这个社会女人跟男人一样,要经济独立要赚钱养家,潮流如此,凡人只得随波逐流,否则如何实现共同富裕。我在上铺不由叹了一声,起身下去洗漱。

窗外天色越来越暗,最终漆黑如墨,偶尔的几点光亮一瞬而过。走廊里各种声响，洗漱、如厕、咳嗽。人人都在卸除睡觉之前的负累。一切声音渐趋减弱，车厢内灯光黯淡。一轮黄色的月亮圆而寂静，像是被剪贴在了飞驰火车的玻璃窗上。孕妇将一种白色的膏体往脸上涂，一层又一层，涂完了顶着一张石膏一样的脸，平躺在枕头上一动不动。走进天堂的火车，人死之后入殓师给化的大白妆容。天呐，我在乱想什么，伸手拉上窗帘，也在铺位上平躺了下来。

　　黑夜中疾驰在铁轨上的火车像是宇宙中的一个微小星球。相同的事情总在循环往复。在遥远的先知努哈的时代，地球上暴虐横行，造物主用洪水将大地淹没，只有努哈所造的方舟载着一些被选择的生命航行于山岳般的波涛之间……

　　闭着眼睛就这样乱想着，也渐渐沉入了睡眠。梦里我看见了一盏灯，古老的，里面有灯火闪烁，又发现那盏灯就是我带上火车的那盏马灯，厚厚的灰尘附着在上面，灯芯在里面燃烧，但从外面却看不清楚，一说是有灯芯的，一说又没有灯芯，里面不知道是什么东西。我提起马灯上下左右，摇来摇去地看，就是看不清楚里面有什么。

　　"你怎么了？"睁开眼睛，看见叔叔正站在我床边伸手用力推醒我，"你做噩梦了吗？"

　　"没有，不是噩梦。"我坐起来，摸摸面孔，情绪还从梦里出不来。

　　"我买了早餐，你下去吃点。"叔叔边说边爬上了自己的铺位。

空气里都是食物的味道,但我坐着没动。天已经亮了,窗外是一座又一座被洁白的大雪覆盖的雪山。尘封的灯,雪封的大山,被时间封了十五年的叔叔,孕妇封在子宫里的孩子,都在岁月苍凉的阴暗中发酵变化,最后是什么,会成为什么……我继续胡乱地想着。

火车又停站了。不远处有一座藏式建筑,上端是"格尔木站"四个大字。火车会在这里停留半个小时,叔叔要出去透口气,问我要不要一起,我摇摇头,高原低温,寒风凛冽,出去脸都会被吹麻。

我脑袋昏沉沉,感觉自己像进入高海拔区膨胀起来的食品包装袋,鼓鼓的,四肢够不着地。

叔叔轻声问我是不是不舒服,我摇摇头,又见他眼睛很担心地看着我,就说:"我梦见了一盏尘封的灯。"

"尘封的灯?"

"嗯,跟我们箱子里的那盏马灯差不多的样子,被厚厚的尘土覆盖。"

"有什么说法吗?尘封的灯。"

"让我感觉,所有的东西都跟尘封的灯差不多,时间一点一点在它上面堆积,堆积太多,原来的都被封盖住了,变成了不一样的,但里面的还是一样的。反正就都是这样的。"我感觉我一时表达不清楚。

"嗯,尘封的灯,还是灯。"

"大概就是这个意思,里面有什么,大概都忘了,但的确有,一直有。"

"量变引不起质变,本质不变,是这个意思吗?"

"也是也不是,比如说,尘封的记忆,这个也不太好说,就比如说大雪覆盖的雪山吧,外面是一年一年沉积下来的白雪,但最里面呢,里面可能就是地质变化之前封存的很多种鱼类,变成鱼的化石,携存千万年前的记忆。"

叔叔再没说什么,沉默了很久。火车启动了,叔叔因为跟我聊天的缘故也没有下去透气。我一直躺在铺位上,车厢明显地倾斜,一种说不上的感觉充斥着我,而且阳光已经跃出云层,暴躁强烈的光线使人口干舌燥。窗外是纯天然的高原冬景,一条漫长公路一直伴随着火车一路向前,铁路两旁伫立着水泥柱般的杆子,一对一对也与铁路相随,火车播音介绍说是用来解决青藏铁路冻土层的热棒。

叔叔从上铺爬了下去,在地上找鞋,应该是想要去上厕所。那孕妇将叔叔的鞋子从桌子那边用脚拨了过来。

叔叔站在地上,一只脚抬起来套鞋,另一只脚踩在鞋面上站不稳,左摇右晃,一手过去挂在那孕妇搁在床边的包裹上,又迅速收回手,不停地低头致歉,那孕妇将包裹往旁挪了挪,笑着说:"你穿鞋坐着穿啊,火车上站不稳,摔一跤,可不是轻的。"

我看着心酸鼻子酸,跟叔叔说:"你下去就坐下铺,下铺的人是不会介意的。"

孕妇也说:"对啊,没关系的。"叔叔很窘迫,在床铺边坐下来系鞋带,面孔一阵比一阵红。孕妇仰起头跟我说:"话不多,斯文含蓄得过分,我猜他是画家,要不就是诗人。"眼中大有欣赏之色。

我强忍住笑,即时回复:"都不是,他最擅长打篮球。"

猛一低头,看到叔叔正盯着我。我立即收回头,平躺下来突然想到,叔叔虽然很早之前是去过拉萨,但十五年前青藏铁路还没有开通,叔叔这是第一次坐火车到拉萨,看他这个样子很可能还是第一次坐火车。十五年,一个人在十五年间到底会错过多少事。我看着火车白晃晃的上顶,心里竟有点沉重。

火车又开了很久,我下铺的老人应该是掐完了该掐的数珠,开始食人间烟火,掀起包厢内的聊天高潮。他先讲青藏铁路修得实在辛苦,每一公里就埋有一位修路者的遗体。又讲以前藏民将牛粪打成饼子的模样贴墙上晒干用做煮茶的燃料,一位酷爱喝茶的文化人进藏旅游,买了几饼回去当藏茶喝了半年有余……

"再好的牛粪也不可能喝出茶的味道啊。"

听了一半,我忍不住反驳。孕妇那边也附和着:"是啊,茶是香的,牛粪是臭的。哪有人香臭不分的。"老人不再讲了,只自己哈哈笑个没完。我借眼角瞄一瞄完全不说笑的叔叔,他低着头在上铺坐着,侧脸上有一点笑意,偷偷笑过也说不定。

我收回眼神,装作什么都没看见,但心底里却替他快乐。

一路的蓝天,云朵,巍巍雪山,河水,湖泊,白雪覆盖的苍茫原野,隔着一个玻璃,像看一场浮光掠影的无人电影,看着看着,看出视觉疲劳,还给看睡了过去。直到火车播音里传来,请各位旅客注意,拉萨马上就要到了,才惊醒坐起来。

摇摇晃晃，终于是到了，长长吁出一口气。孕妇听见，嗤地一声笑出来，说："终点站都到了，为什么唉声叹气？"

我边沿梯向下爬边说："拉萨到了，事还没完。"

孕妇诧异："我以为你们是来拉萨游玩。"

"活得太俗，模仿不了背包客或艺术家。"

孕妇呵呵地笑："但你男朋友，看上去极具那类人的气质。"

我一下无比惊愕，忙解释："他是我叔叔，亲叔叔。"

"哈哈哈……"孕妇大笑，"在这条路上来来去去，遇见过好多奇葩事，不好意思。"

我强笑，不怪孕妇，我一路虽没刻意疏远叔叔但也保持着距离，没将叔叔当作"叔叔"，好在过唐古拉山口时，叔叔出去过道看风景没回来，不然孕妇这话被他听到是得有多尴尬。

三

下车时所有人都很安静，一个一个鱼贯走出车厢。阳光从顶棚的空隙一束一束下来，穿透寂寥的尘埃打在白色的站台上。出站大厅灯光悠悠，憋闷着一股酥油的浓郁气息。地面上的防滑石像是已经厌倦了人来人往，无力地保持着鲜艳的色泽。装灯的纸箱子由叔叔提着，我只背一个随身的小包随人流慢慢往出口走。走出来，火车站外面空旷肃清，广场上的松树一棵一棵静谧悠然。仰视天空，湛蓝,风很大,天空中流云翻卷。

两天的车程,一整列火车的人都各奔东西。冬日午后高原的阳光很冰冷也很慵懒,远方高坡上的布达拉宫,在这样的阳光照耀下,简直不像它本身。四周群山苍茫,更远处的雪山峰顶是那种白底的蓝,闪着微光。我想那些雪山以及上千年的布达拉宫上面也应该覆盖了不少东西吧,人眼看不见的或者被忽视的,不知上千年前的人们跟现在的人们看到的是不是一个样子?

跟叔叔转过几站公交车之后到了大昭寺广场附近。叔叔朋友的商铺在八廓街,八廓街围绕着大昭寺。夕阳还未散尽,空气中混合着酥油和藏香的味道,街上人来人往,穿藏袍发辫乌黑的妇女,一步一叩磕长头向前的修行人,手摇经轮缓步向前的老人。

比起别处,拉萨真是凡人修心的地方:缓慢、温和、明朗、坦率。我四肢完全松弛下来,缓缓地走,叔叔和我并排走在一起,也缓缓地,看不出一点潦倒落魄,也没一点突兀或跟不上节奏。真没想过这样的地方,连色彩与情调也都有包容性。

我想象着叔叔在这里会怎样生活下去?会不会谈恋爱?会不会结婚生子?会跟怎样的女性谈恋爱?是比他小十五岁的还是跟他一样年纪的?没想完答案已经出来了:叔叔谈不了恋爱。小他十五岁的看不上这种与时代脱节的落魄大叔,跟叔叔同龄的早就有家有室,即使是那些离异的也不会找上叔叔这样的人,众生都渴望得到世间幸福,得人照顾,而叔叔现在不苟言笑,很沉默,除了个子高点,长得周正之外，一穷二白一无所有。

这样分析了一番之后，我又不由得同情起叔叔来。街边商店里，地摊上全是商品，木雕面具，骨制项链，藏毡，藏衣，唐卡，药材，银器铜器数之不尽。大昭寺门前的烧炉里燃烧着柏叶，一张张虔诚的脸合着梵音的韵律，重重地叩向地面。当看一眼，再看一眼，整个世界又不一样了。

沿着铺在路面上的一排排水管样的管道一直往前走，前面的夕阳即将沉下去，藏式的屋顶上无数的经幡在晚风中翻飞，一群鸽子掠过晚霞的亮光落在大昭寺的屋檐上，坐在街边台阶上的女人，黑色羽绒服上面套藏袍，一头发辫蓬松干燥，将馒头嚼碎后喂给怀里的婴儿。我因饿产生累，什么都不说也不问，就只跟着叔叔走。在一家商铺前，一个男人早已迎出来站在门口，个子跟叔叔一样高，一副过眼即忘的平庸相貌，年龄大概也跟叔叔一样，见到叔叔，直接上来，张开手抱住肩膀寒暄。

夜幕已经降临，各色灯光照亮了大街，对面一家烤肉店，烤箱放在门口，火焰呼呼，老板很胖，戴着白色无沿小圆帽，眼睛微眯，身体稍斜过火焰，翻烤一大把铁丝上的肉串，空气中升腾起一股又一股呛人的孜然味。

那人抱着叔叔的肩膀不放，眼睛鼻子全红了，一把一把拍在背脊上，像是在迎接自己失散多年的孩子。一个人在不得意的时候是很难有朋友的，我看着愁肠百结间也透出一丝安慰。夜色灯火中，一位母亲戴着绿松石的藏式耳环，鼻梁挺拔，发髻高高挽起，手牵着孩子从我旁边走过，好不美丽。我正惊叹着，就听见叔叔说："这是我侄女。"

那人打量我一眼，极友善："请进请进。"

早有耳闻，是叔叔少年时的朋友，在拉萨开店多年，有自己的店铺，六间三层的藏式楼房，一楼店铺，二楼住房，三楼当作仓库，储存货物。

店里全都是货物，货架简洁，塞满民族用品，旅游品，绸缎，藏毯，氆氇以及各种小东西，一片灰沉沉。

走上二楼，两个二十出头的伙计正站在饭桌前包饺子，手上都是冻裂的脓疮，饺子和着人的脓血包起来煮熟吃下去，实在可怕。

叔叔应他邀请也来这里做伙计，住的地方由他提供，是之前伙计的铺位，东西样样都现成，不十分合意，但很过得去，叔叔当晚就住了进去。

应着叔叔的面子，也提供给我住宿，是二楼的客房，换洗的枕头，棉被，床单，条件比叔叔那边好太多。

晚上一大桌子饭菜，为叔叔接风洗尘。我素来一上火车就吃不下东西，空腹许久，又见过这里的饺子加工，就伸筷子专挑没经深度加工的肉和菜来吃，一口一口像个饥民。

叔叔的朋友往我杯子里添了点水，问叔叔："这就是你哥的那个女儿吧？这丫头都长这么大了。"又问我："你对我还有印象吗？十五年前，我来过你家。"

我摇摇头，确实没印象。

叔叔说："那会儿她还是个小孩子，哪里能记得。"

"时间过得真够快的，一晃十五年就没了。"叔叔的朋友叹息完之后，目光落在了叔叔脸上，有点寂静，我也跟那目光过去看叔叔，叔叔的脸很平静，但不是一般的平静，是酸楚的。叔叔的朋友看着，沉默了一会儿，说："当年群架是大家一起打的，人是大家一起放倒乱拳乱脚打死的，最后却让你一个人背了人命案子……"又往叔叔肩头拍了两把，说："对不住啊。大家都对不住。"

叔叔很沉默，什么都没说，一桌子人也都跟着沉默了。在家里不知道什么原因从来也没有谁说过叔叔的这个案子，即使叔叔出狱了，爸爸也不让提这件事，没想到在这里，我却意外得知了它的详情，但是又能怎么样呢？十五年过去了，一切都已尘埃落定。

深夜楼下有汽车喇叭大响，刚刚睡着的我，被硬生生吵醒，开亮灯拉开窗帘看下去，两辆大货车停在店铺前，车厢货物高耸，车灯未熄，三位伙计正在昏暗的光中爬上车卸货，另三位从一楼扛货到三楼，用力过度，额上青筋直现。

我被扰得瞌睡虫全部跑光，就裹了羽绒服下到一楼看情况。室内暖气充足，户外寒风凛凛，立马吃不消，又随扛货的伙计一路上到三楼，发现叔叔正在里面接货，干瘦身板，一件又一件，不知疲倦。刚来就上任，我又一次同情起叔叔来。但叔叔接货的动作比在火车上帮孕妇放行李的动作还敏捷利落，而且也偶尔能接住伙计们嘻嘻哈哈开过去的一两句玩笑，这转性转得也太快了，我像看荒凉沙漠里突然出来一眼泉水，泉水周围又生出绿植开出来朵朵红花一样看着叔叔。

叔叔将一个木箱子一脚拨过来示意我坐，问我："是不是吵得睡不着？"

"有点。"

反正已无睡意，就一直坐在木箱上当观光客，到他们卸完货，关好仓库门，拉下门上卷闸上了锁。

下楼时我问叔叔："为什么一定要来这里？饮食起居一切都在一起，没日没夜，会很辛苦。"

"有这样一份工作已经是幸运，而且这里生活节奏慢，可能适合我。"

客厅里是落地的窗，天际边的山脉像油墨般黑黢黢一片，我没话可讲。

刚要进屋我突然想起来就问："灯你放在了哪里？我天一亮就送过去，送完就走。"

叔叔从客厅一角将纸箱提出来，问："要不要拆掉外面的这个纸箱。"

"一定要拆掉。"我可不想提一个被胶带五花大绑的纸箱，出去寻找陌生人的家门。

叔叔找来一把剪刀将纸箱连胶带一起连撕带剪一顿拆，拆完后叹息了一声。

我一听觉得不对劲，立马跑跟前看。盒子里的灯歪一边，灯的提手也变形歪一边。

叔叔从伙计那里找来工具想掰正，又怕用力过猛打碎玻璃灯罩，就先旋开几处螺丝钉，将玻璃灯罩取了出来。被厚厚尘垢包裹的灯罩单看着更脏，我挽起衣袖拿到厨房滴洗涤剂一顿刷洗，亮堂堂，里外通透。再放回提手架子里面时，新旧差异巨大，好不相称，不如再卸下来将灯架也刷洗干净。

叔叔想了很久，才说："不用了吧，就一盏旧灯。"

"可是，我已经将灯罩给洗干净了。"

"这个灯洗干净了也用不了。现在到处都是电灯，谁还用这种灯。"

"洗干净可以拿来做艺术品啊。何况干干净净给人送过去不是更好吗？"

"不洗看上去更像一件艺术品。"

也许是因为叔叔的推脱，我忽然想到自己都已经大学毕业了，却还这般幼稚，居然想要洗干净一盏一无用处的旧马灯。这一点于我来说就好像是一种治不好的顽疾，小时候墨水用完了，要将墨水瓶洗干净了才去扔，跟男朋友逛街喝奶茶，喝完遇一处洗手间，进去将盛奶茶的塑料杯洗到一尘不染，才扔进旁边的垃圾筒，男朋友知道了大呼受不了，直接跟我提了分手。很多次明知道已经没什么用处了，但就是愿意浪费时间在它们上面。

见我黯然，叔叔又拿起改锥将所有的螺丝都一一卸了下来。

灯架，灯座都是黄铜，没有灯罩好洗，洗完尘垢，黑的斑点绿的铜锈稳如泰山，又找来一大片砂纸，一遍一遍打磨擦洗，出力过度连手指何时被磨破也没发现，冲洗的时候，水槽里面一股血流，还好随身的包里有两贴放久未用的创可贴。

"你们在干什么？"叔叔的朋友早起过来围观，说不如将那黑如墨斗的油皿和螺丝盖都打开来洗干净，换新的灯油和灯芯进去，店里都有。再崭崭新一盏灯送过去。

三人合力将一盏旧马灯，折腾成了一副玻璃肠肚，水晶心肝。送过去，不知给对方多少惊喜。

我掩住嘴，大大打一个哈欠，伏在桌上，心情大好。

四

拉萨的中心，现如今依然是大昭寺，八廓街与其说是商业街，不如说是拉萨市民的生活区，在外围一层商店后面就是大片居民区，更多的是深宅大院。至今保留的噶林厦、索康府等大院落里，一边是两层高的仆人房，一边是三层高的主人房，中间是宽大的养马区。我前几次来的时候进去过。

我一手提着装马灯的盒子，一手放羽绒服口袋里沿一条商铺密集的街道向前走，街上行人不少，有个叫花子，在拉萨是很有名的，我前几次来都见过他，常常蓬头垢面坐在马路边伸手乞讨，他的生命，同那些五体投地磕头向前的修行人以及来拉萨寻求生活乐趣的、拍照的、旅游的、讨生活的人的生命是一样的。每个人在这个可爱的阳光下都只能活一次，活法却是这样的不同。

我慢腾腾地看着寻找着，穿了几个巷子，在一座座藏式独立小院中，也终于找到了爸爸所说的那个地址，大门是柏木的，雕琢精美的门框，框住一个大白海螺，看上去甚至有一两分浪漫气息。

我敲门敲了半天,才见一个鼻尖有几颗雀斑,脸颊带红蔷薇色彩的年轻女人来开门,我跟她说:"我找格桑爷爷。"

她说:"你等一等。"又匆忙进去,叫出来一位老妇人,发辫灰白,皱纹千沟万壑。我自我介绍一番,都对上了号。这老夫人是格桑的妻子,格桑年轻时跟我爷爷一起跑藏区生意,现在已不在人世。

我想将马灯还了就走,但老妇人百分之一百开心见诚,硬拉着我的手,一路拉上台阶,拉到客厅里面,客厅里都是藏式的老旧厚重的家具,被擦拭得干干净净。

"央金,央金。"老妇人叫来刚为我开门的那个年轻女人说:"来的是回族家的女儿,你先倒个茶,再出去到清真馍馍铺买两个新鲜馍馍回来。"

"不用不用,我吃了早饭才过来的。"我一路一句话也插不上,此时只急得手乱摆。

"要不你端酥油、炒面和白糖上来。再去煮几个鸡蛋。"

叫央金的年轻女人不知道是这家的什么人,反正低着头下去都照办了。

"我是来还马灯的。"我说。

"马灯?"

"嗯,格桑爷爷和我爷爷年轻时骑马行夜路用过的马灯。"

"是吗?"

"是的,我妈妈说你们之前来我家要过。"

"嗯,想起来了,是有这么一回事。但也是多少年以前了，不提起都忘了。"

"它放在我们家的地下室里，现在才找到。"

我将盒子里面的灯取出来放在老妇人面前。

"是这个马灯吗？"老妇人看着，语气中有许多诧异。

"是的。"

"这也太新了。"

"是……是我将它洗干净的。"

"洗干净？灯芯也是新的。"

"灯油，灯芯也都是新换上去的。"

"这是我们家的那个马灯吗？"老妇人低下头一阵端详，又一次问我。

"是的，是你们家的。"

"可……完全不像啊。"

我张大嘴一会儿，忍不住为自己申辩："真的是你们家的马灯，是我从我们家地下室里找出来的，找出来的时候又油又脏可难看了……我就拆洗了它。"

"我家的是一盏很旧的马灯，老古董。"

"是这个马灯。"

"不是不是，不是它。"

"真的是这个马灯，真的是它。"

"不是不是，底座也不太像，它不会有这么新。"

老妇人拿起来马灯看了一番，直摇头。

"真的是这个马灯，新是因为我拆洗了它。"

我一遍一遍解释，快要解释哭了。最后想留下它走人，但老妇人非常执着，一定要我带走它，不是她家的马灯她就坚决不能收。

太固执了，我无奈只能提着盒子从那个家里出来，出来的时候，那老妇人还送我至门口，挥手说："闲了再来玩儿啊。"鬼才要再来玩儿。我心里沉沉的，连围好围巾的心情都没有，一路走一路寒风割面。怎么可能不是他们家的灯？我千里迢迢送过来，怎么可能不是？一股火直往上蹿。真恨不得将提在手里的盒子从脚底这条坡路上滚下去，滚个稀巴烂一了百了。

不过，我还是提着盒子原路返回，回到了店铺。

店铺右手边是一块用来放车的空地，叔叔和他那个朋友在那里练篮球，两个人一人防一人攻，扑来扑去，各用左手右手翻身转弯起跳将球抛入篮筐。十五年前，叔叔就是这样在球场打球的，但今年是什么岁数，还跟十五年前一样身手活跃，跳腾闪跃，将精力发挥到淋漓尽致。叔叔的朋友尽管肚子发福，头顶心头发稀落，但也尽全力配合。

我走近了一点，叔叔转身将篮球抛给他的朋友，看了一眼我提在手里的盒子，问："地址没找到吗？"

"找到了，还进去了坐了一会儿。"

我沮丧到极点，将发生的事给叔叔细讲了一遍。叔叔怅然将马灯从盒子里拿出来，端详了一阵，讶异得说不出话。

没办法只能打电话给妈妈讲明这件事。

"啊？"

"我看它太脏，就好心将它擦洗干净了。"

"擦洗干净了也是他们家的灯，怎么会不收呢？"

"就是不收，说是太新了不是他们家的。"

"你再去一趟。怎么回事跟他们都讲明白，灯一定送还给人家。"

"我都讲明白了，讲了好多次，她就是不收。"

"再去一次，一定讲明白就是他们家的灯，一定要让人将灯给收了。"

"要是还不收怎么办？"

"自己想办法。"

"我……"

"但是灯一定要还掉，还不掉别回家。"

妈妈命令一下，就挂了电话，真要命。我后悔死了，以为是化腐朽为神奇，没想到是多此一举给自己找麻烦，眼睛盯着装灯的盒子，越想越气恼。叔叔走过来安慰："别太担心，下午我再陪你去还一次，不是什么大事。"我点点头，表面真装出一副没大不了的事的样子，但当背过人，还是看着创可贴上渗出血迹的手指，为自己哀哀戚戚哭了一场。

下午三点多跟叔叔一起出门时，大雪纷飞，整个拉萨被覆盖得没棱没角，在平时这应该是很浪漫的场景吧，但经历了寒冷落魄的一早上之后，我看着它们，只觉得寒冷刺骨，在打滑的路面上，小心翼翼提装灯的盒子慢慢走，心时刻悬着。

"给我，我来提。"叔叔伸手将我手里的盒子接了过去。

刚接过去没几步，我脚下就滑了一下，一只膝盖直接跪地上。疼倒没疼，心里先咯噔一下，还好灯在叔叔手里，摔碎了可不是玩的。

"小心。"叔叔一把抓住我的手臂,提我站了起来。

"谢谢。"我拍掉膝盖上的雪,闷闷不乐地说。

"你好像心情很不好啊?"

"怎么会好?两边人都是农业社会情结,我被夹在中间,没完没了。"

"凡事尽力,不去想后果,可能会好点。"

"我还不够尽力吗?"

"那就不用不开心啊。"

迎面走来四五个一步一叩头千里迢迢来拉萨的朝圣者,衣衫不洁,头发纷乱,模样几乎已成乞丐,但眼睛和套在手上的屉具都又黑又亮。都是心甘情愿的,看着真让人感动,我跟他们一比,好像还真的不够尽力。

这一次,再去送灯,来开门的是老妇人,我一看见她,心里就有点不自在。可是她倒比上次更热情了,跟叔叔话也更多。那位叫央金的年轻女人又给我们倒了茶,又端来酥油白糖和炒面放在茶几上。经老妇人的言语得知她是老妇人的子女请来照顾她的保姆,老妇人的子女都在离市区有一定距离的乡镇工作。

"我们是来还马灯的。"我颓然坐一边,终于听到叔叔聊到了正题上。

"这不是我们家的那盏灯呀。"老妇人都不愿意再正眼瞧我拿出来放在茶几上的灯。

"是这盏灯。"叔叔笑着说。

"不是。它不是。"

"你觉得它是太新了对吗?"

"我家的灯我认识。还有一盏,它们是一对,我去拿给你们看看。"

老妇人起身去了另一间屋子,一阵翻箱倒柜声后,提来一盏一身油污的马灯。两盏灯放在茶几上高低大小一样,一盏拙朴厚重很有历史感,一盏黄铜泛光像裸奔的小丑,我一下子难过起来,竟费力扭曲和抹煞掉了一盏马灯的真实本性。

"我们拿来的是你们家的马灯,拿来之前拆开给清洗了一番。"叔叔眼睛里都是渴望老妇人能理解的神情。

"你看看这盏灯。"老妇人提起油污一身的那盏马灯给叔叔看,"你别看它又脏又旧,它的底座上可是有字的。"

叔叔接过来对着窗外的亮光细看起来,我也凑过去看,的确有字,绿漆喷上去的1918,还有英文。

"1918年英国生产的马灯吗?"叔叔惊讶地转头问老妇人。

"是啊,一百多年的灯,哪有这么新?"

我呆住,我提来的那盏马灯原来比这一盏更旧更脏,我用砂纸打磨灯座的时候没细看,将那些被污垢附着成斑点的字当成钢锈打磨掉了。

"这盏灯上的字,被我连同污垢一起擦洗掉了。"我十分抱歉,惭愧得面孔辣红,耳朵烫热,历久不散。

"太新了,不是我家的灯,我不能收。"

"是你们家的灯。"

"不是,是就是是,不是就是不是,不是的东西我不能违背良心说是。"老妇人加重了语气。

"怎么办?"我一脸惆怅,回头问叔叔。

"要不您就收下这盏灯,当我们将你家的灯弄丢了赔给你们的。"叔叔恳求老妇人。

"我要的是跟这盏灯一对的灯,没有了就不用赔了。"老妇人依然固执。

"那我们不是一直都欠着你们家一盏灯吗?"

"你们来还了,我就当你们还过了,你们这里已经还了。"老妇人右手摸着自己心脏的位置,语气相当的愉快。

我沉默了一会儿,将灯推到老妇人面前,说:"那这盏灯您留着吧。"

"不留不留,不是我的灯,我不留。"老妇人摆着手,固执到底。

从老妇人家里出来时,雪已经停了,烟火尘世一片洁白,我看着心里空荡荡的,边走边打电话给妈妈,说灯没有还掉。

"一定要还给人家啊。"

"那家只有一个老阿婆,心理很奇怪……"

"你都给说明白了吗?"妈妈在那边焦急到不等我将话说完。

"都说明白了,她说不是她的灯她不要,但我们去给她还,心到了,就当是还了。"

"她真这么说的?"

"真的。"

"那就没事了,只要她欢喜了,这件事就皆大欢喜了。"

我重重地吐了一口气,如释重负,但心里还是空荡荡的，像是被自己使劲清洗过的一样。

"那你什么时候回来？"

我赌气如一个孩子，没回答就挂了电话。

街上的黄昏几乎快要被夜色代替，我是得必须决定要不要在这里继续再过一夜。但现下此刻我冷得要命，最要紧的是先找个火锅店，辣辣地吃一顿，出一身汗。

尾声

火锅咕嘟咕嘟，香喷喷冒热泡，我大口吃着涮羊肉，干巴巴笑了两声。

"在笑什么？"叔叔布好火锅，将一筷子面条送进嘴里，盯着我的脸问我。

"我将一件古董拆洗成了一件惹人嫌的东西。"

"是啊。它上面的油垢锈斑字迹，都是它的历史，你清除了它们。"

吃火锅吃到天黑透才出来，结账的时候，我见柜台上有打火机，便顺手借过来点着了马灯的灯芯。在华灯的夜晚，提一个火苗跃动的马灯走路，也不过是给失落落的自己解闷。叔叔不理会，看戏人总比演戏人矜贵一点，但我演得认真，心平气和，几乎忘了为什么要来拉萨。

路过一个批发市场时，有藏大的学生在市场门口摆了小地摊，卖小纪念品，摊位一角放一盏充电台灯照明，灯光昏暗暗，估计电已经快耗光了。我不知什么心理，故意走过去,将手里的马灯往充电台灯旁一放,荒诞得只想笑。

"你要干什么?"叔叔很不解。

"想买件礼物送给自己,酬劳自己劳苦功高。"

我在摊位上磨磨蹭蹭挑东挑西很久,只想那盏充电台灯快将电耗光熄掉。叔叔很沉默,站在摊位旁边等我。充电台灯一直都是那样的暗光,倒是摆摊的学生从一开始的热情推销到后来的爱答不理,再到后来很有敌意地问我:"你到底买不买?不买我们收摊了。"

我扛不住,随便买了一对镶仿红珊瑚的银耳环。雪下得很厚,我提起马灯继续走,专踩在人行道边没人踩过的雪上走,一脚一脚都很松软。

叔叔边走边微微仰起脸,淡淡而苍凉地叹气。

寒冷的空气使我心里更加空荡荡,对叔叔的苍凉感更有体悟,便劝他:"叔叔,你要是这样下去,以后一辈子就都这样了。"

"能这样下去也挺好啊。"

"时间很快,过了三十就是四十,立刻就会望五十,你一直这样活着,以后日子会越来越难过。"

叔叔眼睛看着远处,沉默了一会儿才说:"要去对岸,要渡河,不小心浸湿的鞋,得烤干才能再正常行路啊。"

说完,叔叔将目光收回来,看在我脸上,微微笑了一下。

我琢磨着叔叔的话,心里一阵难过。提在手里的马灯不知道什么时候已经将灯油烧没自己熄了,不过,街灯齐亮,一盏被打磨擦洗到泛光的马灯亮不亮的,不仔细看真看不出来。

尽管如此，我还是一路都紧紧地提着它，我将它从地下室里面找出来，一路带到拉萨，洗刷打磨掉它上面的陈迹和污垢，使它失去本身的历史和价值，使它平庸到连拿来照明都多余。

当我再一次低下头，觉得特别对不起它时，却见两三片雪花飘落在了它上面，又开始下雪了。我忽然想到，从这一刻开始，又有新的历史开始镌刻在这盏灯上面，一层又一层，一年又一年。我看着它，又看到叔叔身上去，叔叔的黑色夹克上也落了雪花，在灯光下仿佛湿漉漉的黑树枝上长出了数点白花瓣。

六月伤寒

一

整个火车站都被笼罩在小雨里面。

一大群男男女女拎着行李，握着车票，往月台的方向走。一段类似内弧形的路，站在尽头处看下去，人群中少数民族男人们戴在头顶的白色无沿小圆帽随着脚步一起一伏，像漂浮在灰暗水面上的白色泡沫，缓缓向前推进。

用嘴衔着车票，将双肩包拉过来找耳机，想在上火车之前给五哥打个电话，这里太嘈杂了，不用耳机是不行的。

打通之后，如实告诉他："我按你说的买了票，下午七点钟就到站。"

"好，穿热一点，我来接你。"

"我穿的是羽绒服。"说着顺手将羽绒服的帽子兜在了头上，凉飕飕的，也只有青藏这地方到了夏天还得穿棉衣防着天气。

"路上自己小心，有事给我打电话。"

"好。"

耳机和衣帽上的带子好巧不巧地缠在一起，一时磨磨蹭蹭没挂电话。五哥也没挂，在那边问道："有没有什么要紧的事，我提前做好安排。"

除了死人之外，其他事对我来说应该都不是什么要紧事，精神松弛下来对着耳机淡淡地讲："没有什么特别要紧的事，有些无聊就想进藏区逛一圈。"

六七月份，高原多雨，这个时候坐火车进西藏真有点找罪受。天空的颜色愈加变得深浓，有嘈杂的雨声和喧嚣，可能这雨会越下越大。地面上湿漉漉的，泛着光，火车是从兰州开过来的，像一艘航行在大雨的海面上的巨大的航船。车厢里气氛温暖，散发着的酥油发酵的脂肪酸的味道，鼻子不由得耸了耸，有些黯然。

将手指伸向车窗，隔着玻璃一丝丝雨点都触摸不到。

邻座是个男人，眼睛很深，眉毛平直浓黑。他对我微笑，帮我将旅行包放在了行李舱里，像所有有教养的男人，照顾一个独自出行的女孩子。

和我一样去西藏，但下车的地点不同，我的终点站在格尔木，这个男人要去拉萨。靠着车窗听他讲起自己的经历，很早就离开家出来走南闯北，做过很多事情。说话的同时他为自己泡了泡面，拿矿泉水和苹果给我，还挺友好。

我摇头："我在闭斋。"

"你是回族，你们的斋月已经到了？"他问道。

我点头说是。

他很善谈，吃着面继续在讲："其实进藏独自生活很长时间，人会变得很孤独，想念家人又不能立即见到的感觉能将人逼疯，有时甚至会突发奇想在西藏有个家也是可以的。"笑着轻轻地呼出一口气，说："一直想着有一天能挣到足够的钱，结束这般的奔波和风尘，不愁吃，不愁穿，什么都不愁，什么都不用操心，安安静静地跟家人每天都在一起，日出而作，日落而息。"

说着他又笑了，这回我也笑出了声，一个男人的终极梦想，比小学生的梦想还幼稚可怜。

他问我："你去格尔木，旅行？"

我摇摇头，又点点头，回答他："可以算是旅行。"

在陌生人面前我还是有所顾忌的。这个季节，去西藏旅行感觉有点傻。西藏是什么地方，海拔高，紫外线强烈，不出半日会将整个人吹晒成一只烤熟的面包，黑光油亮的，贴多少张面膜都别想再白回来。

"一个人旅行，姑娘家恐怕不安全。"听他的话音，好像是在担心我，又说："我给你我的手机号码，实在遇到什么事，可以打电话给我。"这个年纪的姑娘一个人出外旅行，常会遇见这种认真的让人招架不住的关心，不过习惯以后也就无所谓了。

我说："我哥哥会来接我，家里有人在藏区做生意。"

"我也在藏区做生意，很多年了，现在在做虫草这一行，你家人做的什么，旅游品？药材？或者说也是纯粹的虫草？"

话题总是这样被打开，没完没了，我笑看着他，什么也没说。

　　说实在的我对家里的生意不关心也没兴趣，几位叔叔也有做虫草生意的，虫草季亲自上高原收集、带回来刷土、挑拣、分类、包装，让每一根神奇的草实现兑换物质的价值，应该就是这样。

　　买火车票之前，我一个人在西宁逛了一圈，经常来，也都熟门熟路的，勤奋巷里有很多家卖虫草的商店，人群中可以看见很多戴着白色无沿小圆帽的回族男人，叔叔们就在其中。楼群中狭长的天空，沉默幽静，做生意的这些男人们也没有太多喧嚣，一切沧桑而平静，犹如叔叔们被高原强烈的紫外线照得严重脱色的衣服肩头。

　　隐隐感觉叔叔们的生意像一个混沌的梦想，虔诚淳朴、自足感强，虽然有深厚的社会底蕴，是顺着历史的脉络延续下来的，但与数字化的商业大时代早已脱节，似乎始终在自己的小天地里散漫温和地行进。

　　我曾看报纸时看到有评论家评论：临潭人在做藏区生意这一块上有特别的天赋。

　　哪有什么特别的天赋，所有被称为天赋的东西，其实都是被生存逼出来的。临潭这地方不养人，只能反过来让人养地方，好在离藏区近，我家祖上从迁徙到临潭开始就跑藏区做生意了，细细算下来也有几百年的历史了，其中因战乱动荡中断过好几次。

　　我手支着脸，望着窗外发呆，天色由明渐暗发生着变化。火车晚点了，草原完全昏暗了下来。看看表，已经过了七点半，在家一般就在这个时候开斋。我开斋用了矿泉水,但什么食物都没有,便撕了一桶泡面,不放调料包,用开水只泡了面来吃。

邻座的男人笑我:"你这种吃法我还是头一次见。"

我的脸被泡面的热气氤氲,笑着说:"人总得要有点自己的坚持。"

慢慢悠悠吃完一碗泡面,火车就停站了,与邻座的男人道别后下车,走出车站出口的时候,天空寂静,刺骨的冷风几近让人瞬间倒地。远远看到五哥站在那里,身材高大,干净的短发,眉目轮廓深刻,英气逼人。要不是自己的哥哥,被这样的男生远远地这样的看着,一定会难为情的吧。感觉自己的心脏在扑通扑通乱跳。

毕竟是多年不见,在相隔千里的地方,各自陌生地活着,所以刚见面两个人之间的气氛有点冷僵,连寒暄都没有,只是笑,两个人都在笑,五哥的笑容像阳光一样恣意,我觉得自己笑得有些傻。幸好自家兄妹,不用在意太多。

二

七岁的时候,第一次见到五哥。

皮肤比家里的其他孩子黑几个色号,眼睛很亮,不爱笑也不爱说话,讲一口纯正的藏语,跟他汉语讲太快,他就会懵,满脸茫然,也不爱跟大家一起玩,但跟养在家里的藏獒关系格外好。叔叔们从藏区买回来的藏獒,养在家里两年,愣是一声都不叫,大家都怀疑是哑巴狗。但五哥的到来，使这只狗格外兴奋起来，看见五哥就叫得欢喜，所以五哥当时在家里跟那只狗的关系最好。

二哥叹口气，说："五哥这个人眼里根本就没有我们这群兄妹，归根结底就是血统不一样。"

五哥在学校也是独来独往的，浑身散发着孤僻与野气，不多话，也不交朋友，更不像家里其他孩子那样三天两头出风头惹事，像是一棵独自生长在悬崖间的安静的树。

我仔细观察、认真琢磨过这位被称为血统不一样的哥哥，其结果是长相等先天条件自不必说，论聪明、体育天赋以及语言能力也是能甩其他哥哥几条街，后来甚至在寒暑假被送去经学堂学习《古兰经》，他都比别人学得快。我近乎有些盲目地欣赏他。有一次拿了水果去他房间找他，敲他的房门，不见任何反应，怀里抱着水果，只好用肩膀将门拱开，发现他自来卷的头发东翘西翘的，眼睛泛着红，但牙齿很白，也判断不出他是在哭还是在笑，反正不似常态。问他怎么了，他也不说，将水果一股脑放在他面前，苹果太圆直接滚到地上，两个人一起低头去捡，头撞在一起，我摸着自己的额头连忙说对不起，五哥埋着头，半响都没有抬起来。眼泪一滴一滴往地板上掉，不得不承认，那次我是真的撞疼了五哥。

五哥载着我往安多走，高原的雨水说来就来，细碎的雨滴打在车窗上凌凌乱乱的，十五年后的今天，在车里说起这件事，没想到五哥也还记得。

我问他："当时真的很痛吗？我自己倒没痛，可能我的额头硬。"

"不是，当时很不喜欢临潭，适应不了，又很想我妈，你的一大堆水果，让我感动之余又觉得悲凉，心里一委屈眼泪就控制不住了。"

五哥这样说，弄得我不知道接下来该说什么了。

临潭，临潭，到底是一个怎样的地方呢，夏天下冬雪，街边的树木长不出绿叶，俗气的城镇、寒冷凛冽，很多暴发户，还有出名的人，祖籍在这里。因为出走的人都充满倔强，他们皮肤黝黑但很聪明，习惯有钱、习惯放肆、习惯自由。

家族里的多位叔叔也是出生在这里的性格倔强的人，常年穿梭往来于藏区，死的死，伤的伤，残的残，二十多年里我对他们似懂非懂，若以后离开临潭，我想我会随着时间丧失掉自己的历史、记忆、感情以及庞大的家族给我的血统和命脉，唯一能留在心里的也只有他们一张一张消逝的或者活着的棱角分明的面孔。

"原来是被我感动哭的，到现在你还是不喜欢临潭，还是不想回去？"我问得小心翼翼。

"冷吗？暖气要不要再开大一点。"五哥装没听见，转移了话题。

我安静下来也不再跟五哥说话。说什么好呢，身世不是他能选择的，却要他背负一生。

青藏铁路还没有修通之前，叔叔们在藏区合伙开大车，运货物，修商栈，卖商品，那时候小学老师上课时忧心忡忡地跟我们说："孩子们，尤其是男生们，你们要好好读书，现在国家正在修青藏铁路，一旦修通，什么货都能运到西藏，临潭人就做不上藏区的生意了。"

但这些对于那个年纪的孩子来说并不重要，进藏的大货车开回来，卸下一个一个的鼓鼓的麻袋，我们骑在上面翻滚、踩踏、玩乐。当叔叔们忙完回来，麻袋被抬进房间打开倒出来的时候，是一捆一捆的钱币。

后来我还跟人开玩笑说："若要培养一个孩子不计较钱财，视金钱如粪土的好品质，可以在他小的时候将钱装满麻袋让他骑在上面玩。"

什么都缺乏的地方，信仰是永恒的、广博的、无法抵抗、深深如愿的力量，每次那堆钱里的天课都是如数出的。我们动用小学刚学会的倍数关系，从每次出的天课里面，就会知道叔叔们这一次又赚了多少钱，伸手要零花钱的时候，心里也好有个底数。

那时候叔叔们给家里带来的不仅仅是钱，有时候可能也是一个孩子。

三叔年轻时在藏区跟一位藏族姑娘有过一段刻骨的恋情，对方为他生下一个男孩，就是现在的五哥，但在已有妻室的家里这段感情得不到承认。三婶气得浑身乱颤，沉着脸色说："我豁得出去，靠着年轻美貌，我看她还能撑几年。"一个受伤的女人的话语，狠狠的，让空气都变得冰冷寂静。

一个女人，再大度再善良，遇着丈夫出轨这种事应该都是会恨的吧。

原以为阴暗的爱情会丧失在脆弱的时间里面，但三叔始终态度不明确，问究竟要怎样时，也是一声不吭，一股危险的暗流在家里压抑地涌动。一次是在三更半夜,我被摔东西的声音吵醒,翻起身立刻跑出去看,三叔三婶两人从房间纠缠厮打到庭院,愤怒的三婶揪着三叔的头发,家里劝的人、骂的人、哭的人、不做声的人都有。

后来每一次打架都一样,鸡飞狗跳。

三婶态度非常强硬,为了让三叔断了对藏区这边的念想,想了长久之计,进藏强行将五哥直接从藏区抢夺了回来,没念过一天书,一个字都不识的三婶真正是狠角色,是独自进的藏,进藏之前将自己所有的金银细软都翻出来卖掉,得来的一大笔钱拿去全留给五哥的母亲,脸上居然带着笑,说让孩子认祖归宗是正事,但别人也不能白生一个儿子。

就这样一来二去五哥的藏族母亲被踢出局,三婶也因奔波而神情憔悴,有点两败俱伤,不久后三叔也去世了,家族里的人都说这是三婶闹的,闹出了灾难。

接回来的男孩虽被我叫成五哥,但年龄跟我差不多,一个大家庭,叔伯们的生意在一块儿,也就没有分家,都住在一个大宅里,家里孩子多,大哥、二哥、三哥的叫,但年龄都差不了多少,三哥跟四哥还是同一天生的,隔得几小时确定了他俩老三老四的地位。

五哥从来家里的那一天起就显得特殊,经常沉默不合群,好像就是故意让家人觉得他是一个微不足道的存在。到底他是有意为之还是无意之举,此时此刻,大概已经无关紧要了吧。

三

我感觉有些憋闷,开了车窗,大风吹来时像沙粒一样粗糙,身体缩了起来。

"好冷啊。"

"嗯,高原上的六月是挺冷的,海拔再高一点,大地都被冻得咯吱吱响。"五哥说。

"我不喜欢这样的六月份,不仅冷还很伤人。"

五哥转过头往我脸上看了一眼。

"六叔和七叔都是在六月里出的事故。"我说。

"我爸爸去世的时间也是在六月份。"五哥说。

"所有惨事都发生在六月,像个魔咒。"

"别这么迷信,六月份高原上春草萌动,人们赶季节进藏做生意,发生事故的概率就大一点。"

路很长,没什么可聊的,我就试着又提起:"三叔当年是不是在这条路上出事的?"

"不是,还要往前面走。"

"唔……"

"你饿不饿,再走一段路,就是一个乡镇,有四川人在那里开了清真面馆,我们进去吃点面,提下精神再走。"

"我在火车上吃了一桶泡面,不太饿。你车里有矿泉水吗?"

"有,在后备箱,我拿给你。"五哥停车下去,从后备箱拿了一瓶矿泉水从窗玻璃外面递给了我。

自己悠悠然衔起一支烟，打火机的火苗闪了闪，烟雾缭绕起来。

"在抽烟啊……拜托，抽烟别离我太近，烟味儿过敏，待会儿吐你一车。"

五哥含混地笑了笑，噗地长长吐出一口烟，往马路边走去。黑夜中的他全身的轮廓更加黑暗，我在车子里面默默地审视着这个轮廓。心里突然惆怅起来。

要说抽烟，在穆斯林的生活里也算不上什么。但对于一些对信仰虔诚到极致的家庭来说，清静的空气里面突然烟雾缭绕起来也是非常受不了的。

突然想起来七叔就是在五哥这样的年纪里去世的。周围都是黑黢黢的山脉，仿佛都在盯着我看，几乎要让人窒息。

五哥抽完烟，在附近转悠了一会儿。散尽烟味儿后坐进车里面继续开车上路。一瓶矿泉水，我已经喝掉了一半，瓶子搓在手里，塑料标签也被搓了下来，留下一道胶水的印记。

"今晚我们住哪儿啊？"迎面开来的汽车的头灯照射过来，我眯起了眼睛。

"一个熟人开的宾馆，我订了房间。"

"这样啊，这里离那曲还有多远？"

"这样走下去，明天才会到。"

"我想……要不我们别去住宾馆了，就这样一路开下去，你开累了，换我来开。"

"也好。"就这样，我们在黑夜里一路加速向前行驶，一路上什么都没有。超速了也没人管，这使我很高兴。

"这种感觉，才叫活着呢。"我不由自主说出这样一句话，漂浮在空气中，听起来简直就像是在胡言乱语。

五哥突然就像接到了某种讯号一样，将车子减挡，想要慢一点，安静下来……

观望来路，笑和泪都有，但痛是多一点的，有时甚至会让人丧失掉对美好生活的希望。在狡诈的生意场上受到欺弄、抢劫是常有的事，生意亏本不算什么大事，只要不遇祸患，人活着就万全。我记得那时候几个弟弟蹲在后院的土堆上玩耍，堆了很多小土包，稚嫩的声音说这是爸爸的坟，这是三叔的坟，这是四叔的坟，这是六叔的……这样的画面和语言现在想起来，心痛得仿佛要炸裂。

在我的记忆里最早去世的是三叔，说是开着装满货物的货车翻越唐古拉山时，高寒缺氧，货车发动机燃料不充分，失去控制，缓慢后退，坠入山崖，驾驶室里的三个人中两人当即遇难身亡，货物洒落散失，货车报废，家庭失去砥柱，妻儿陷入一摊烂泥之中。好在后来凭着家族庞大，互相接济照顾，活得也不是太薄凉。

去世的七叔在记忆里最深，被他背在背上时，能闻到他皮肤上淡淡的青草味道，是我的祖母最宠爱的儿子，也是当时我们那群小孩子最喜欢的一位叔叔，不仅慷慨而且还很温和。进藏的道路上，遇到劫匪，在双方的对峙中，劫匪开了枪，七叔头部被击中，当场丧命。在草木开始发芽的六月里突然传来这样的消息，所有人都像一下子被塞进了冰箱里面冰冻了起来。

运回七叔遗体的那个晚上，院子里灯火通明，门外人声嘈杂，也有轰隆隆的汽车的声音，祖母将所有的孩子都关在屋子里，拉了窗帘，嘱咐千万不能出来。一个孩子哭起来，其他的孩子跟着哭。屋内是孩子们的哭声，屋外是狗吠声，眼泪让眼睛模糊。

大人们整夜未归，哭累的孩子，睡的睡，趴的趴。第二天打开房门时灼热的阳光直射下来，闻到刮来的风里带有潮湿的血腥味。停在巷子口的大卡车的车厢装满沙子，七叔的遗体是埋在细沙中被运回来的。后来我总觉得我的心里装满了沙子，风一吹就洒满地，沙子里有一块黑暗的东西，像干枯的血迹。这也是我上大学那几年，捞着时间就跑往藏区的原因，没什么目的，只是想去看看让家人洒落血水的到底是一个怎样的地方。

那些年家里祸事连着祸事，七叔去世之后，五哥坚决不念书了，执意要进藏区做生意，家里人都反对，还是念书要紧，但我反而希望五哥能够去藏区，五哥在家里沉默寡言，出去之后他可能会变得快乐一点。

初中毕业开完毕业典礼的那个下午，五哥从高中部跑过来带我出去吃饭，说："这次离开之后，我不会再来临潭的。"

说得过分平静，我紧张起来，问他："为什么？家里没有人特殊对待你，真的，我们都爱你。"

五哥低着头说："我很孤独，我要去找我妈。"

这句话当时让我难过极了，红了眼眶。

五哥要离开这里了，只与我一个人吃饭、道别，有点凄凉。五哥诚实洒脱，他说自己孤独，那就真的是孤独。想想看没有人不渴望被爱和温暖包围，可是在这里他却偏偏一无所有。

时过经年，我总会想起那次一起吃饭的情景，也总会难过。五哥的孤独，让我多多少少理解了家里那些男孩子青春发育期时或多或少产生的那些颓废叛逆的性格的原因。叔叔们常年在外奔波，家族里的男孩子几乎都是在父爱的缺失和孤独中长大的，对男孩子来说，缺失父爱跟女孩子缺失母爱是一样的，爱与理解对他们来说奢侈至极。

就说多年前我还没读书时的一件事吧，那次堂叔的儿子来找祖母，一头用电击过的蓬松张扬的头发，在祖母跟前显得有些拘谨，说话时底气不足。

"阿婆，您今天能给我去开家长会吗？临近高考的家长会家人必须参加，但我妈回了娘家，一时半会儿来不了。"

祖母诧异道："你爸这几天不是回来了吗？你妈不在你爸去也可以啊。"

哥哥露出洁白牙齿的笑容，一脸的无奈："我说什么好呢，我爸说初中还没毕业的孩子，开什么家长会，太麻烦，不去。我爸连我读几年级都不清楚。"

后来这位哥哥也没考上大学，跟着他的父亲进藏区做起了生意，之后结婚，现在已是两个孩子的父亲，在生意场上崭露头角。

我想了想，将这件事完完整整地讲给了五哥听，希望五哥能理解少年时代孤独的不止是他一个人，这个家整体就这样，希望他理解。

四

到那曲时刚好中午,天空的云朵被风吹得迅速移动,地面上时而晴时而阴。商贩们在街边三个一堆五个一伙地聊天。整个城区多处都在搞修建,藏式的房屋有一种天真张狂的艳丽。衣衫破脏的乞丐蜷缩在台阶上,伸出黑污的手,小小的繁华街道沉浸在尘土飞扬的喧嚣中,好几处因修路而禁行。再好的车,开到这样的路面上,也不会成为什么风景。

"今年这里怎么这般光景,鲜草时季还没到吗?"我问五哥。

"冬虫夏草野生资源越来越稀缺,年产值二十亿的冬虫夏草农牧产业对那曲来说已经是过去式了。"五哥说。

五哥突然将车停在路边,跟我说:"走,下车去看看。"五哥熟门熟路地跟路边做生意的各路人打招呼。我也跟着下车,陡然撞到的剧烈阳光,使我眼睛紧缩。

二哥?定睛细看,真的是二哥,穿着最普通的黑色夹克,在人群中高高瘦瘦的。

二哥回过头,一脸错愕:"伊曼?"

……

平日里见面总不安宁的我们,此刻反倒是相顾无言,我也不知道该怎么解释,委实让人难堪。

说来五哥离开家之后,算是音讯全无的,连祖母去世,五哥都没有出现，虽然有一段时间兄妹们加了微信、QQ，互通有无，但绝对不会熟悉到坐在他的车里一同逛高原城镇。我意识到，我已经没有办法解释清楚了。

我站在五哥旁边，疑疑惑惑地看着二哥将手搭在五哥肩膀上笑着说话，开口就是藏语，说说笑笑，关系好得不一般。

"你们俩……你们俩一直都有联系对不对？"我突然感觉自己像是被什么给噎住，有点恍惚。

二哥轻描淡写地说："对啊，我们一直都在一起。"

明白了，原来这些年五哥只对住在家里的女性来说是音讯全无的。

二哥的嘴角浮起一丝怪笑，我默默瞧着这丝怪笑要将他的嘴角提升到什么程度。

"你怎么跑到这儿来了？"二哥提着嘴角问我。

"想来就来了啊，过来逛一圈，正好五哥也在格尔木，就一起了。"五哥只是笑嘻嘻地听着，并不说话。

二哥好像意识到我的不大对劲，歪着头看我，然后哈哈大笑起来："你这次进藏干什么来了我们都知道，你这叫瞎操心，趟浑水。"

这是我再所熟悉不过的哈哈大笑，二哥从小到大一直都是这种自以为是的笑，犹如绽放的烟花，熄灭的尘灰掉落在我的脸上，招架不住，只好换一口气，对五哥坦白。

我说："好吧，我实话跟你说了吧，这一次我不是来藏区玩儿的，我是专门来找你的，三婶要我劝你回家，可怜的三婶还以为这些年你跟家里人都断绝了关系。"

五哥早就是将我一眼看穿的样子，一脸认真地说："伊曼，没有人像你这么热心，你回去跟三婶说这个开斋节我回临潭过。"

悬起的心终于放了下来。早知道这么简单，我就不用一路小心翼翼，挖空心思地劝五哥了。

再回到车上我才想起问二哥："你在那曲干嘛？"

"今年我负责收那曲这一带的虫草。"二哥说。

看样子二哥也开始独当一面了。叔叔们都已人过中年，无心生意，但当初在藏区饼画得太大，现在严重缺人手，所以这一代已长大的，不爱读书的孩子，也就顺理成章地踏入了生意场。小学老师上课时跟我们说的你们要好好读书，现在国家正在修青藏铁路，一旦修通，什么货运不到西藏，临潭人就做不上藏区的生意了的话好像并不是真的。

只是这一刻我在想这一条已经被开通多年的铁路是否能结束生命里永恒的等待和注定的离散。很多事情不是想怎样就能怎样的。

过了当雄就是拉萨，一路上我们三人收着虫草走走停停，十分悠闲。从断断续续的谈话中我这才清楚，原来西藏这一块儿的生意现在是由二哥和五哥接手打理。那天我跟五哥在微信上说闷得慌，要来西藏逛逛，顺便见见五哥的话时，二哥就在五哥旁边，二哥从小就是人精，以二哥当时的话说："这丫头这次来见你，肯定是劝你回家的，不信我们打赌。"果不其然，我就是来帮三婶劝五哥回家的，二哥赢了，所以才笑成那副鬼样子。

我说："你们两个奸商都比我厉害，就我一个人看上去挺傻,还专挑让你们一眼识破的傻事来做。"

远处雪山的盛大与微茫,近处草地的壮阔和平凡,在三人的一言一语中远了又近,近了又远。一条长路在夏季高原绵绸的细雨和灿烂的阳光之间不断切换,一段平静的时光,像电影里的某个长镜头。到拉萨时已近傍晚,夕阳在广场上逶迤一地,布达拉宫熠熠生辉,带着奇异而悲壮的美丽。

"今晚去我家吃饭,我已经打电话跟我妈说好了。"五哥邀我们去他家里吃开斋饭。

"你家啊……"我皱眉反问,这都已经在拉萨了。

五哥用食指敲了一下我的额头,笑着说:"怎么,怕不清真啊,放心吧,我妈信佛吃素,不带荤腥,连我自己吃肉都要去外面。"

五哥完全误会了我的意思,我之前见过他的母亲,也吃过她母亲做的饭。那时候他的母亲是住在那曲的。

五

一个多小时的车程,到达时正好到开斋的时间,五哥的母亲完全藏式的着装,正忙着做饭,含笑出来招呼我们,比之前老了几岁,眼睛周围有了皱纹,但浑身散发的气质依然令我一凛。屋内檀香袅袅,藏式家具样样精致。我有一种感觉,这样的女人年轻的时候肯定是数一数二的绝顶美人,要是哪个男人不小心和她四目相对,那这个男人一定会被她迷得七荤八素，彻头彻尾成为她的俘虏。

一桌子素菜，电饭煲搬过来放在桌上，一人一碗米饭，简单朴素的饭食。

"第一次和伊曼一起吃饭还是在那曲的庭院里呢。"

"你们之前见过吗？"五哥惊讶地问道。

"嗯，伊曼跟你九叔来的那天还下着大雨呢。"

那天的确下着大雨。那段时间，我刚刚进入大学，厌学得要命。常常一个人不管不顾地跑到藏区去消磨时光。从西宁出发要么走向青海三江源的方向，要么沿唐古拉山脉走向西藏，什么挂科或者奖学金之类的根本妨碍不到我。只是，每当在途中遇到临潭相熟的人或者自己的家人就会感到莫名的尴尬。

那一次我遇见的是九叔的进藏区的货车，货已经卸掉了，一个人开着一个空车厢。途经那曲时已近中午，天空是广阔的灰色，下着雨，街道上是冰冷的大雨和偶尔疾驶而过的车辆。九叔接了一个电话，说的是藏语，我完全听不懂。车开到一家超市门口停下来，由于天暗超市里面提早开了灯，灯光印在水汪汪的地面上，狡黠地闪烁着。九叔让我稍微等一会儿，自己开了车门冲进了对面的超市，一会儿帮一个女人拎着两大袋沉重的购物袋走出来，那个女人给我的第一印象是——

哇，太漂亮了。

个子高挑，有漆黑的长发，裹着流苏纯羊毛披肩。九叔脱下外套一边盖住女人的头遮挡雨水，一边拎起女人的一大堆东西，带着女人跑过来，说，快上车。

女人没来由地笑着上了车,忽然收住笑容,眼睛亮亮地看着我问九叔:"这是?"九叔一边用手擦脸上潮湿的水汽,一边得意地说:"我哥的女儿伊曼,自家人。"

那一刻我心里咯噔一下,马上猜到这是九叔外面的女人,细细打量她。当年三叔这样,现在的九叔也这样,这个家里的男人们都是一个样子。

九叔跟藏族女人用藏语说话,语气和和善善的。我半失望半疑惑地听他们二人对话,全程藏语半句也没听懂。细细地打量坐在九叔旁边的女人,觉得自己像一只灼热的大灯泡,温度太高,火辣辣地晃动着裂出歪七扭八的裂纹。

货车停在一家独门独院的外面,九叔推开门犹如回到了自己的家一样惯常,外套脱下来挂上衣架,说:"我先去洗一下,做个沙目。"

女人正在放买来的蔬菜和水果,敞着冰箱门问道:"你俩想吃点什么?"

九叔边上楼边说:"你问伊曼她要吃什么,我随便都可以。"

"伊曼,你要吃什么?"用藏语的音腔说出来的汉语,就像是将汉字的横平竖直,拐了弯儿,加了飞云的音调。

我正端着女人倒给我的一杯白开水,边焐手边仔细地打量着这个家。朝女人瞟了一眼,也学着九叔说道:"我随便都可以。"

女人边系围裙边冲我微微一笑,我也尽力翘了翘嘴唇,强迫自己回她一笑。

"你做的都不知道能不能吃。"我一边走出房门继续打量着庭院，一边自言自语地嘀咕着。红砖围墙，干净空敞的庭院南面一溜都是搭起的敞篷屋，里面竟然放着一辆黄色跑车，我吃了一惊，扭头去看在厨房忙碌的女人。这车跟这个女人的气质倒是挺相配。我一时可怜起我的九婶来，在家生儿育女，也没见九叔给她买跑车的。庭院里有花园，房屋不多，宽宽的廊檐下，很多盆绿色植物，都是寻常的花草，但可能是养的精致，看上去花朵繁盛，绿色的枝叶在雨中呼吸，发出"嘀嘀嗒嗒"雨打芭蕉的那种好听声音。

等九叔做完礼拜下来的时候，餐桌上已经是满满一桌饭食了，在灯光下闪烁着光泽。吃过饭走的时候九叔还留给藏族女人一笔生活费用。

货车缓慢地在寂静漫长的青藏公路上穿行了一夜，早晨睁开眼时太阳的光芒洒的到处都是，但很奇异，那种光芒像病人脸上的绒毛，微微发抖，苍白的底色让人觉得冷，在车里用毯子将自己裹起来，背对九叔望着窗口一直流眼泪，家里不是第一次发生这种事，这一次我反而更不能接受，更难过。

心里一股悸动的风暴，压也压不住，我终于还是爆发了，一把掀掉毯子，坐直身体跟九叔争吵起来："你结婚了，有家有室……你又在外面养了一支红玫瑰，真够可以的。"

九叔圆睁着眼睛看着我，眼角周围都是沧桑岁月雕刻上去的痕迹。稍显不高兴地诘问道："红玫瑰？什么红玫瑰？"

"还装，装得还挺像的。"我控制不住心里的失望，泪如雨下:"当年三叔这样,现在的你也这样。"

我记得当时九叔安静地看着我,一只手伸过来拍了拍我的头发,说:"你这孩子……乱七八糟地说的这些都是什么,那跑车是你五哥的,我俩昨晚见的那是你五哥的母亲,你没听见我叫她嫂子吗?"

"你俩一直讲藏语我哪听得懂你们说什么?"我心里有气,瞪了九叔一眼,耸耸肩,将毯子扯过来继续盖在身上做失语状。

九叔说:"你三叔娶了她,她就是你三叔的妻子,你三叔去世后,她没有改嫁,既然没改嫁那依然是我们家里的一个人,我们不能不管她的生活,我刚才只是去给她送生活费。"

"三叔都已经去世这么多年了,你们还有联系,不怕家里再起矛盾吗?"我问。

"男人娶了女人,就得承担责任。你三叔在像你这么大时在唐古拉山口翻车,头部被石块砸中,整个人被血泊淹没,血污堵住呼吸道,没有医疗设备,医生束手无策,我们几个兄弟都在旁打转,最后是你五哥的母亲帮他用嘴将那些血污吸出来他才活下来的。"

"三叔和那个女人在此之前就认识吗?"

"当然认识,在一起很久了,但没怎么当真。"

"可是后来怎么又当真了呢?"

"自那次活过来之后,就不一样了,动了真感情,给了她婚姻,在那曲安了家,之后还有了你五哥。"

"她救了三叔的命。"

……

九叔说的责任让我对婚姻这个东西又多了一层思考，与始乱终弃比起来，这样的责任感好像更能让人好接受一点。

那次所接触的人烟和俗世的气味，让我明白了一个道理，生命那么短又有那么多磨难，若在人性的意义上将幸福定了标准，一定会显得过于荒凉。人活着或许知道自己应该如何做选择就可以了，所以回家之后，关于五哥母亲的事我只字未提，家里人也不知道五哥的母亲我是见过一次的。

六

晚上三人一起做完宵礼，又做斋月的副功拜。五哥做的时候有高念，嗓音高亢，静静的房间里回荡着赞颂词，真好听。五哥从小就有能唱高音的天赋，骨血里带来的东西不是别人想模仿就能模仿到的。

看着五哥如此虔诚的样子，我又糊涂了起来，抽烟的是五哥，做礼拜的也是五哥，或许人的生活就是这样的吧，一半黑暗一半光明，一半魔鬼一半天使，每天都在这一半一半的罪与善之间撕扯。

记得那天做完宵礼，我去餐厅喝水，顺手将餐桌上一些用过的杯盘收拾起来端到厨房，交给婶婶们洗涮。进去的时候，厨房里只有三婶一个人。

"伊曼。"

我赶紧放下手里的木托盘，向三婶走过去。三婶盯着我的眼睛，一副温柔的表情，说："婶婶想让你帮我一个忙。"我一惊，一瞬间产生了一种"又完了"的感觉。三婶自从三叔去世之后，很平静，当初那些挣扎过的、据理力争过的连痕迹都看不见，她好像是一下子变老的，老得有时连话都不想跟人说，婆媳妯娌们说话聊天的时候，她常常一个人倒在一头，安安静静地假寐或者真睡。从来不开口找人帮忙的三婶，要我帮她做什么呢，还是这种神情。我一边胡思乱想着，一边等三婶继续说下去。三婶的眼睛泪汪汪的像是快要哭出来了。

"抱歉啊，这件事我想了很久，我也不知道怎么跟你说，我……我是想让你去帮我找回你五哥。"三婶抹了一把眼泪，眼睛红了，让人看着心酸。面对三婶的这个要求，我着实不知道该怎么办，然而也没有拒绝的理由。在大宅里我父亲早逝，母亲改嫁，是靠着祖母和几位婶婶长大的，这些婶婶里面当然也包括三婶，她曾给过我母爱，我现在理应像对待母亲一样地对待她。

"小时候就你跟他关系最好，这些年他一直没有着家，我也没有过问，可是现在你们都已经长大了，你五哥眼看着就要过二十五了，到了成家立业的年龄，他虽不是我亲生的，但他是你三叔的儿子，我也算他母亲，孩子大了我不能不操这个心。他在那边生活了这么多年，信仰是怎样的可想而知，若再娶个藏民丫头做媳妇就真的规劝不过来了。"

"五哥不喜欢临潭,他进藏区就是为了躲开我们,你当初实在不应该让他跟他的母亲分开。"话一说出来,我就感觉自己曾经真这么想过一样,一时有些抱歉。

三婶彻底地哭了,抓着我的手,呜呜咽咽地说:"为什么你们这些孩子偏偏要参与进大人之间剪不断理还乱的爱恨里面来。我让他回来也是一片善心,这个家几辈子人都是心诚意善的穆民,到了这一辈出一个信佛的或者什么都不信的,你让地底下的先人们怎么过?"

我恍惚看见去世的祖母的慈眉善目的脸,连忙从三婶的手里抽出手来,说:"你别哭了,别再哭了,我去,我明天就去劝他回家。"

生活在同一屋檐下,信着同一种信仰,三婶的想法有时如同我自己的想法,所以我就轻易地理解了她。

三婶突然嚎啕大哭起来,我抱了抱她的肩膀。眨眼睛的时候,眼泪也跟着掉了出来。我答应了三婶的请求,一时感觉全身被什么紧紧地捆绑着,焦躁感无声无息地充满了我的全身。我试着进一步理解三婶,但不管怎样努力,也还是弄不懂她。但我愿意帮她,因为这些年来受到伤害的不仅仅是三婶一个人。帮她让很多人都有个心安又有何不可呢。

五哥的母亲带着我走上二楼的卧室。我感觉自己有些感冒,眼睛发花,趴在楼护栏上说:"五哥,明天我要回家。"

"不多待几天吗?"五哥在楼下客厅抬着头问我。

"不了,斋月里不方便。"

"你要坐火车还是飞机,我帮你订票?"

"飞机,我不想再坐火车。"来的时候坐的火车,满车厢的泡面味儿,想起来头不免有些发沉。

一个整洁简单的房间,原是五哥的卧室,今晚让给我睡,二哥和五哥睡在客厅里面的沙发床上。我看见立在写字台上的小相框里放着一张合照,阳光明亮的碧绿草滩,五哥站在中间,一边的女人跟我一样的年纪,扎着辫子朝镜头快乐地笑,另一边是用白纸遮掉的,不用想也能知道是去世的三叔,心里竟然微微地痛起来,慌忙将相框放回原处,差不多应该是二十年前的照片,五哥还那么小……

似睡未睡地度过了几个小时,听见楼梯上响起脚步声,也就起来进浴室洗脸,穿好衣服将窗帘拉开时,凌晨的暗蓝天空一眼望不到边,繁星闪烁,离得格外近,仿似开了窗子伸手出去就能触到。

客厅里亮着灯,他们都已经起来了,各自已收拾妥当,餐桌上杯子、筷子、茶水、牛奶也都已摆好,五哥的母亲在厨房准备斋饭,清洗、切碎、下锅、放料……一样一样慢慢地做,手指上的水在日光灯下亮晶晶的。五哥帮忙往餐桌上端,奔进奔出地做帮手,我和二哥坐着等,感觉挺温馨。

吃斋饭的时候,五哥的母亲温柔地笑着提醒我:"今天就别封斋了吧,路途上不吃不喝,恐怕不行。"

我还没来得及说什么。五哥先笑着说:"闭斋也是修行,越苦越要坚持。"

橙色灯光下,暖融融的一丝温情,我沉默地喝汤,目光落在五哥的脸上,他与他的母亲的交流如此直接,不用任何迂回曲折,这种方式在我的生命里是没有过的。虽说我是大宅里的唯一一个女孩儿,哥哥弟弟们都让着我,众星捧月般地长大。

这一刻我竟是羡慕五哥的。

尾声

是二哥和五哥一起送我去的机场。三个人坐在车子里有一搭无一搭地聊着一些无关紧要的话。

"你这些年也用不着彻底不回来,也不打电话给家里人,连阿婆去世你都不来,心真够硬的。"

五哥静默半晌,意味深长地说道:"你们都不懂。"

二哥笑着说:"我们都懂,你是跑来尽孝心的。生意一做大,就立马换大房子,将你妈从那曲搬到拉萨。"二哥又转过来问我:"你刚来就走,要不再逛几天?"

我笑:"你知道的我大学几乎是在这边逛出来的,太荒凉不喜欢。"我继续问五哥:"你将来怎么打算的,想过结婚的事没有?"

五哥握着方向盘,对于我的提问,只是呵呵地笑,好像不好回答。

"这有什么不好说的,我也是问清楚了回去告诉家人,好早作准备。"

二哥打趣我:"你是不是瞎操心趟浑水都上瘾了。"

五哥还是在笑，说："我生活全凭喜爱，没有那么多的长远计划，一步一步来。"

　　一辆大货车丝毫不减速地从我们车边驶过，根本不将我们的小汽车当一回事。过去之后掀起的尘土仿似一阵沙尘暴，我赶忙关严了之前开了一条缝的车窗玻璃，再裹紧羽绒服到身上，真够冷的。车窗外很远的地方，有农人好像是在犁地，或者播撒种子，只是一瞬而过，耕牛驾着犁杠我看得很清楚。五哥好像将心思都放在了开车这件事上，车内一时静默无言，唯闻引擎轰鸣的声音，我别着头怅然地望着窗外，就像放幻灯似的，一张一张的脸浮现、消失、消失、浮现，一张一张熟悉的表情下，掩埋着的是一颗一颗的心，装在里面的全都是俗世里的爱和牵绊。

早婚

努尔是镇上最富有人家的女儿，因生得貌美，脾气又温良，小小年纪就被人做媒订了婚。有钱就是这点好，活得自由，不用对自己有计划，也用不着对未来做过分复杂的设想，一切都顺其自然得可顺手拈来。

努尔房间的窗子向着花园，有时候坐在窗前绣花的时候，风将窗外大海棠树的花瓣吹进来，飘落在她的竹箍绷起的缎面上，她用手指拈起粉白的花瓣，看阳光闪烁在上面。

是这样温暖而寂静的春天的阳光，透过白色的花瓣，变成蝴蝶飞落在眼睛上面。

很多时候，努尔是不喜欢说话，不喜欢出外走动的人。唯一出过的一次远门，是去麦加朝觐，九岁的时候父母带她过去，那次朝觐之后她对白色有了一种过分的敏感。大朝夜宿在米纳山谷里的情景她一再想起，几百万来自世界各个民族的朝觐者支起的帐篷仿似将米纳变成了白色的海，海上是一个一个的波浪，敬畏的圣白，善良的洁白，包容的柔白。

　　这一年的春天，对努尔比较重要的事情有两件，一件是她订了婚，努尔不清楚婚姻与生活之间的关系，但她知道婚姻是生活中重要的一部分，所以这算得上是一件重要的事。

　　另一件重要的事情是，她去镇上买绣花用的绸缎时认识了绸缎铺里的哈伦。

　　有谁能够设想自己会在某时某地遇见某个人。如果不是意外，努尔想自己不会一个人去那个绸缎铺挑绸缎。绸缎铺的老板打电话到家里来，说来了一批苏杭的新缎子，平时都是努尔的母亲前去取来的，但这一次母亲要去参加一个宴席，便让努尔自己去绸缎铺挑，反正也是努尔在绣花。然后哈伦是绸缎铺老板的小儿子。

　　见面的时候，哈伦只是一个突然的影子，好像在黑暗中隐藏了很久，出现的时候光线有些刺眼。

　　哈伦从柜台后面的里间掀了门帘出来，问努尔要什么样的绸子，在里间还有人在说话聊天，隐隐的，有笑声传过来。努尔挑着绸缎，摸了摸面颊，她在太阳下走了很久，脸已经被晒得发红。

　　那天的阳光非常明亮。很久以后，每次努尔回想起和哈伦的第一次相遇，首先控制她脑海的，就是这样一片明亮得刺眼的阳光。那一瞬间，在微微的催眠般的光线中，努尔感觉自己的脸上浮现出笑容，心思是愉快的。

　　挑好的一大摞绸缎，哈伦帮她抱回家，一路走在她的身边，蔚蓝的天空洒下来的阳光，丝丝缕缕地浮现在他的脸上，连发丝也闪烁着光泽。

努尔又笑，她的笑淡淡地浮现在唇角。

哈伦说："大部分缎子都偏白，你喜欢白色吗？"

"是，喜欢白色。"

在庭院的巷门前，努尔拿钥匙开了门，将绸缎从哈伦的怀里接过去，道了一声谢谢，抱着绸缎进去，关了门。

努尔从门缝里悄悄看出去，就在那一刻一个离去的背影在她的心里留下了一个无痕的烙印。

她抱着一大摞绸缎，下巴抵在上面看向外面，走远的哈伦又折回到大门前，在街门一块幽凉的阴影里面拍起门环，年轻的容颜，轮廓清晰，眉眼深邃。他穿着一件中山装式的立领上衣，领口和袖口用丝线绣着循环的土耳其花纹。

努尔的心怦怦地跳了起来，抱着绸缎，慌忙开了门。

"我叫哈伦。"他低声地说，"我……我……"涨红了脸，像是说不出话，努尔虽然意外，但仍然淡淡地看着他，看着他转过身，朝街道的喧嚣走去。

努尔将绸缎抱回屋刚放下，又听见敲门声，这一次开门还是哈伦，眼睛灼亮地，在阳光下注视着她。

"你忘了付钱。"

"昂，你等一下。"努尔进去拿了钱如数递给他。看出了一些底细，微笑了："你头一次敲门，也是想要提醒我给钱吧。"哈伦淡淡地笑着，看了看努尔的眼睛，又红了脸。

他慌慌张张的从衣服下面掏出一本画册，说："一本绸缎的册子，你拿进去看看，这批绸缎过几天到，我会打电话过来，若有喜欢的，你可以再过来看。"努尔顿在门前，稍稍犹豫了一下，然后接过画册。

半个月以后接到哈伦打来的电话，新的绸缎到了。

半个月里面，努尔每天如常地饮食起居做家务，过着平静的生活，并没有任何期待。只是在窗前绣花的时候，抬头看天空觉得阳光比以往刺眼了不少，努尔怀疑自己是盯着绣花太久的缘故，她想，应该停歇一段时间了，那么多的刺绣已经做好，嫁妆应该够了吧。

常听人说结婚是以爱情为前提的，但她不知道爱情是什么，就像她不知道为什么出嫁之前愿意给自己绣这么多的鸳鸯枕、牡丹图。

接到电话的那天，天下着雨，天空灰暗，她坐车去绸缎铺，雨滴从车窗玻璃上滑落的样子，像一个人的欲言又止，蒙蒙细雨里人来人往的街道，陌生人与陌生人擦肩而过，她透过玻璃注意他们的细节，猜测他们的人生。觉得每一丝空气里面都有故事。

她一直看着窗外，直到绸缎店。大概是十五分钟左右。

下车的时候，她发现自己的眼睛像是被刺眼的阳光已经照盲了。

很多时候，她一直觉得那个午后的阳光一直跟着她，世界寂静得让她觉得很难受，为什么会觉得自己说不出话来呢……

她将绸缎拿回来，真实的绸缎摸上去是冰凉的，远没有画册上的好看，画册上绸缎美丽得过分了些，可能假的触摸不到的东西原都比真的美吧。

认识哈伦对努尔来说，是生活中一件重要的事情。

这个重要是因为努尔发现她时常会想起他，安静的，像夜晚无声无息飘落的花瓣，她不清楚为什么那个雨天，她专门去拿绸缎却没有看见他。她是从一个女人手里拿的绸缎。

努尔感觉骨骼日益增长，身体蓬蓬生长，也常常觉得孤独，有时候甚至觉得自己和父母似乎都已经没有关系了，她的眼睛很像年轻时候的母亲，但她常常不想见到父母，可她心里也是清楚不过，她是爱着父母的。

爱他们，爱得自己心里发疼，一想到他们越来越老，老得会从这个世界上消失，撇下她孤孤零零在世上苦度光阴，她就感觉非常的寒冷……

有时候又似乎感觉不到孤独，就好像在房间里绣花，她会一个人在整整一天的时间里不和任何人说话。

自然她也想起过与她订婚的那个男人，她见过那个男人，记得他的容貌，他的声音，他的微笑。

……她和他同住在这个镇子里，之前彼此从没有见过。有时候努尔想她和这个男人可能都是季节转换中的昆虫，都蜗居在黑暗潮湿的泥土深处，不等太阳出来照开一点裂缝，单靠他们自己爬是爬不出来的。

一个夜晚努尔在梦里恍惚看到她婚后的生活，犹如他们见面时一样相对无言，然后开始吵架，那个男人不停地花钱，所以努尔感觉到很重的压力，她必须不停地不停地绣花来挣钱，她也只会绣花了，她怕他们会饿死。

不过现实中她好像总是被幸运星照耀，从来不对自己有计划，也不争取任何东西，来家里做客的远族的舅父，和她的父母谈起这件事，这个男孩在外面留学，再一年就毕业了回来了，学历品性家世都很好，不如给努尔做个媒。大家都觉得是个好事。

努尔的母亲问："男方有多大？"

客人说："刚满二十二。"

"让他们见个面再说，应该让彼此见个面。"

女儿稍微长大，做母亲的急着脱卸责任已经不是一天两天了。但也不能乱来，要女儿自己满意才行，不然过后的麻烦数不清楚。

等到他们真的见面，已经过去了半年。努尔能够感觉到两家人都为了促成这次见面做了些努力，克服了一些难以描述却确凿存在的阻碍。

努尔比他哥哥先结了婚。积谷防饥，养儿防老，天下做父母的多半指望的都是儿子，女儿只是生活里的调味剂，养大了，好好嫁出去也就心安了。努尔的母亲还说了许多旁的话，努尔记不清楚了，总之她嫁出去，她母亲就放了心了。婚礼那天空气里都是阳光和玫瑰花香，努尔得来很多的祝福，她抚摸着穿在身上的柔软的缀满珍珠的红缎吉服。心里充满甜蜜。很多年以后，努尔才知道这是她一生中最幸福的时间。

从婚车下来刚落脚婆家被扶进新房的时候，新婚的夫婿好像照着民间的流传，有意在她的头上拍了一巴掌，那一巴掌拍得太重，她盖在红纱下面的眼睛里闪出了金星。

婚后生活跟婚前是一样的，简单、寂静，唯一的变化是她从一位懵懂的少女变成了一位要操持家务的妇人，一头长长的秀发盘成发髻，规规矩矩放在头纱下面。

婆婆年轻，脾气也好，时常帮着她分担家务。努尔趁着闲还在家里养了很多花，很多花都开了，但努尔依然是孤独的。

婆婆并不将她养的花当花看待，要折就折，要连根拔也都随随便便。家里不仅婆婆这样，连其他人也是没有一个爱护这些花的。从来不注意，要想从上面踩过去也就踩过去了。

花儿死了，太阳落下去，风吹着树叶摇起来，好像童年时曾听到过的外婆的歌谣，萦绕在周围，她的心在平常的日子里渐渐地平静了下去。

丈夫胡迪工作加班没有回来的夜晚，她推开房门看了好几次，又都把房门关上，她又打开门向上房看看，上房是公婆的房间，早灭了灯。月色朦胧在云雾中，院子空无所有，只有西厢房隔着窗帘还亮通通的，窗里传出咯咯的笑声，这笑的是她的大姑子，婆婆的大女儿，胡迪的姐姐，只因在外求学没有出嫁，偶尔回家来住，这笑声让院子越显得异常寂静，努尔又关了门，窗里的笑声好像还能听到，使她的心也沉静起来，她想也许大姑子是在跟某个人谈恋爱吧。

婆家有一位大姑子，有一位小叔子，大姑子读书没结婚，小叔子还小没结婚，都住在一起。胡迪说："努尔，父母要与我们分家，让我们搬出去住。房子是早年买好的，在中街，虽然有点热闹但很美丽。露台上装了落地窗，可以在里面再养一些花草。"

努尔想反正迟早是要跟公婆分开过的,那早点独立也是好的。他们搬过去睡觉的第一个夜晚,听到楼下嘈杂的声音,每次车辆经过时,都有一道亮光划过玻璃。努尔生活中的一些标准已经被现实摧毁。

胡迪和努尔一起回娘家去过节,胡迪是一个圆脸的、笑容特别纯净的男人,因为是夫妻,所以彼此一直很温情平和地相处着。

胡迪说:"努尔,最近你有些愣愣的,是不是突然搬进新的住宅楼里有些不适应?"

努尔说:"可能没休息好。"

胡迪笑了:"还是多出外晒晒太阳,在房间里待久了,人会变笨的。"

努尔说:"好的。"

她坐在车里,看着阳光照进来,于是她摊开手心,让阳光从手指缝隙穿过。

突然她觉得心里很难受。第一次,努尔发现自己感受到一种生活的痛苦。

"努尔,你与胡迪之间相处不好吗?"她的母亲担心地看着她问。

"妈妈,我活的很困惑。"她将脸靠在母亲的肩头,隐隐地哭了。

"有困惑,说明你有在成长。"母亲宽慰她。

回到家里,努尔继续绣花。这一次她意识到,再用心绣出来的花朵,再漂亮,也不会发出什么香气,所以蜜蜂、蝴蝶永远都不会飞过来停落。但也有好处,即使到了冬天也都不会枯谢凋零。

"晚上你一个人吃饭好吗?我要去参加一个朋友的晚宴。"胡迪说。

努尔的心跳停顿了七八秒钟,然后她笑了,说:"好啊。"她发现自己的声音其实是故作轻松。

胡迪没有吃家里已经准备好的晚饭,穿上西装和皮鞋出了门,努尔也没有吃,她心情暗暗的,穿了大衣,一个人走上闹哄哄的大街。沿着路灯走,不知不觉走到了绸缎铺的门前。突然她觉得自己有些可笑。为什么要来这里呢?家里的那些绸缎够她绣一两年了。

但是在看到哈伦的时候,她发现自己的心平静了下来。哈伦在柜台里面忙碌,灯光笼罩着他的脸,在暗淡的光线下面,他的脸部轮廓依然清晰,依然穿着中山装式的立领上衣,领口和袖口用丝线绣着循环的土耳其花纹。

哈伦就在她的对面,一直边打着哈欠边整理架子上的绸缎,她远远地站着,眼睛很安静地看向他。

街边两个醉酒的男人突然吵了起来,越吵越激烈,因为脏话和酒精的刺激,扭打在一起,酒瓶摔在地上,发出刺耳的破碎声音。

努尔受到了惊吓,赶紧离开,走得非常快,街上除了偶尔穿过的车辆,几乎已经没有什么行人了,终于走到家门前的台阶下,她停了下来,淡淡地,仰起头看着天空,星光模糊不清,但空气很清爽。

她从来没有这么晚还在外面逗留过。一种沉默在她的身体里，不停地膨胀，不停地膨胀，却无法炸开，无法流泻。

她一个人陷在沙发里看电视，胡迪在凌晨1点才回到家里，她将头埋到胡迪的怀里，发出受了伤般的呜咽。

她已经不去探究爱与不爱这个问题了。胡迪现在是她的丈夫，一个女人和一个男人的相处，可能不需要与爱情有关。就像黑暗中看不到对方，但能感受到安慰。

……她的眼泪又掉了下来，她发现自己有些许烦躁。

"你会在夜幕降临时去看一个人吗，悄悄地去看，悄悄地离开？"努尔低声询问胡迪，在寂静的房间里面。

"不会。"胡迪疑惑地想了一下，"或者，可能会吧，在开罗读书的时候，有次跟朋友在外面聚餐，从窗边看到一个过路的女孩子，很吸引我，手边正好有相机，就顺手拍了下来，后来洗出照片，朋友告诉我是冰店老板的女儿，我就常常一个人悄悄去看她。"胡迪笑起来，"但说真的，现在想起来感觉挺傻的。"

"是吗？"努尔看着胡迪的眼睛，"是不是所有的喜欢都是这样的。"

胡迪嗯了一声，开始不说话。

努尔忍不住又去看他的眼睛。

"努尔，如果你有什么疑惑，可以详细地告诉我，我们可以无话不说的，对吗？"

"我看的电视剧里在那样演。"努尔转移了话题。

胡迪身上有一种难能可贵的品质，那种称得上是智慧的东西，他和哈伦是不一样的，哈伦是她在一条河边走的时候，听到的歌声，来自对岸，却没有船。

她知道婚姻生活是合理的，为了让自己余生有一个合理的落脚点，能够吃饱穿暖，为了这些目的，她必须得做一个好妻子，她想生命也许就是如此而已。某一刻，她也问过自己，这样的活着，活下去又是为了什么呢？

她将脸侧过去，感觉从门的缝隙里有阳光涌进来，在她的眼睛上方闪耀。温暖的阳光。努尔将自己的脸沉浸在里面，感受着它的游移。

胡迪每天晚上都出去，忙完工作还要忙应酬。

努尔发现自己怀孕了，她打电话给胡迪，外面下着很大的雨，她听到手机里声音很杂乱。

手机挂断了，努尔看着玻璃外面的大雨，看到雨滴从玻璃上急促地滑落，又突然停止，像极了一个人的欲言又止。

她躺在沙发上心中十分悲凉，在雨声里将这两年来的生活都回想了一遍，也发觉自己有些胖了，以前秀丽的瓜子脸现在有些变圆，人也长高了许多。

……昏昏沉沉的刚要睡着，却又被惊醒，好几次都是这样，最后彻底唤醒她的是胡迪回来开门的声音，她第一眼看见的是一捧鲜红的玫瑰，胡迪抱着一怀鲜红的玫瑰进来，笑盈盈地说："努尔，谢谢你，谢谢你让我有机会成为一个父亲。"

努尔很重的心忽而轻松了，去厨房找了一个大口杯，将花放了进去。

他们一起做了晚饭，以示庆祝，窗外雨声大作，发出哗哗的声音。不知不觉到了十点多。两个人都是安静温和的人,遇到这样的喜事,也都安静温和。胡迪说明天依然有繁重的工作要做,不如及早休息的好。

因为有了身孕,努尔出去买菜时常会沿着街向前多走几步。窄窄的街道,灰土沉重,街边落满雨迹的民居,穿着偏襟盘纽扣齐膝长衫的老人在阳台上安闲地晒太阳,眉目温柔,仪态端庄。

这个古镇一直在变,但底蕴里的富裕美丽一直也未曾改变。她悠闲地走着,平静的午后,红色的屋顶,肃穆的寺院,晒满衣服的院子,墙壁上丰茂的植物,白杨树的叶片闪烁着阳光。

都是熟悉的景物,一年又一年,人们来来去去平淡而知足的生活。一阵风刮过去,青黄色树叶在她面前纷纷扬扬,像是某种突然而至的舞蹈,她看着它,呼吸的空气在寒冷中扩散成了白雾。

"啊,下雨了。"

高原的秋天常常就是这样,突然就会有大雨倾倒,努尔站在店铺的廊檐下等了一会儿。马路对面站着一个撑伞的男人,很像哈伦的模样,她的心突然跳得很快。男人走了过来,也走到廊檐下避雨,收了伞抬起脸冷冷地看了努尔一眼,原来只是相似的人,她一时回过神来,其实她本也不愿意与这样的一个男人在同一个屋檐下避雨,但是雨真的是太大了,何况是她先站在这里避雨的。

她抚摸着自己的手指,怔怔地想:为什么我又突然想起他。

她一直无法解开她时不时想起哈伦的这个问题。

十八岁到二十八岁,十年时间一晃而过,生活像一条经过的河流,依然平和而安宁,胡迪姐姐的冗长繁重的婚礼喜宴到了最后的高潮,空中大放烟火,地上炮仗乱飞,努尔胃里泛酸一阵紧似一阵,莫名其妙地呕吐起来,去医院检查,原来已是两个月的身孕,别人的新婚才开始,她却好像已经经历完了一生,再没什么新鲜的事值得关注。

在医院努尔做完一系列检查后有些疲倦了,让胡迪一个人去拿药,她坐在过道的长椅上等。

哈伦先看到努尔,愣了一下,然后笑着说:"你好。"声音很轻。

努尔点头:"你也在这里。"他看上去疲倦,脸上有岁月流经的痕迹,带着模糊的笑容。

"生病了吗?"他问努尔。

"做产检。你怎么样,还开绸缎铺吗?"

"早不开了,换了一个营生,也已经很多年了。"

"我也不做刺绣很多年了。"

"我知道,绸缎铺关掉的时候,剩下一匹白色的绸缎,是你喜欢的白色,打电话去你家,你母亲说家里已没人再做刺绣,你已经嫁人了。"

原来这些年哈伦跟她一样也结了婚,有了一个儿子,接着又有了第二个。

胡迪带着努尔走下楼梯的时候,哈伦独自坐在医院的长椅上,努尔回头深深地看了他一眼,然后笑着跟他点头道别。

在车里，胡迪笑笑地对努尔说："怀孕两个月了，你自己竟然不知道，活得怎么这么糊涂。"她微笑着轻轻叹了口气。终于还是忍不住，问努尔："你跟那个男人以前认识吗？"努尔点点头："很久以前在他的绸缎铺买过缎子。"除此之外无法再做出更多的解释。

胡迪又送了她一捧鲜红的玫瑰。

回到家里以后，努尔有一点点无措地站着，她看着那束玫瑰，眼睛愣愣的，伸出手，小心翼翼地去抚摸鲜红的花瓣。

她记得她跟胡迪第一次见面的时候，胡迪送给她的也是这样一束鲜红的玫瑰，很多年前，努尔第一次见他，非常非常害羞，她不知道应该怎么说话，胡迪的微笑很快乐，分开的时候胡迪送了她一束玫瑰，她就乖乖抱在怀里，啊！那都已经是十几年前的事情了，哪怕现在想来都觉得还在害羞。

"你爱我吗，胡迪？"努尔听到自己平静的声音。

胡迪沉默，然后说："我不知道，我从来都没有想过这个问题。"

努尔不说话，胡迪走过去，抱住她的头，亲吻她的额头，她的眼泪热热地流淌下来，紧紧地，紧紧地将脸贴在那温热的胸口上。

努尔想，他们其实都已经老了，但彼此间却仿佛刚刚才学会用成年人的方式交往。她不再细究这种感情，也不再对爱情下任何定义，生命里该有的她似乎都有了。

屋子里有温暖的灯光和已经熟睡的丈夫，岁月纷纷，铆足了劲儿往前跑，人紧追慢追，无论怎样都会掉了队，他们的一个孩子已经长大，一个孩子正孕育在腹中。努尔又想起十六岁那年春天那一片明亮得刺眼的阳光，笑淡淡浮现嘴角，原来那个男孩也已经结婚了，也如丈夫一般有了青色的胡茬，在倒数上去的十二年间她只见过他三次，说过两次话，从没有和任何人谈起过他。

这么多年了他竟然记得她喜欢白色，朦胧间她又淡淡地笑了笑。

东乡篇

大东乡

东乡位于甘肃省中部西南面。

一路一个拐弯儿又一个拐弯儿,全是起起伏伏的黄土山峦。山峦间隙里面还有零落分布的村庄,土黄土黄的,不仔细看,大概是看不出来的。我坐着客车里,呆呆地看着车窗外,感觉再没有任何一个地方,能比这里更使人觉得荒凉和哀愁。

"锁南坝到了,想要下车的就从这里下车。"

客车司机这样喊着,将车停下来,边用戴着脏手套的手拧开杯子喝水,边回头看了一眼车里的乘客,随后按了开关打开了车门。

我穿的是厚厚的羽绒服,鼓鼓囊囊地站起来,伸手从货架上拿书包的时候,一个男人站起来帮了我。书包塞得满满的,他帮我往下拿的时候一使劲儿,书包侧口袋里的烟盒就倒了出来,"啪嗒"一声掉在地上。弄得我很不好意思,慌里慌张地捡起来,也没跟他说一声谢谢,就出了车门。

天空是清澈的蓝，但风势凌厉，我捂起了口罩。天气怪冷的。背着书包一个人默默地走路，几个男人从我身边走过，走得比我快多了，都带着白色无沿小圆帽，看上去很清洁。这时传来了呼唤人们做礼拜的声音，一声一声地飘过来。我不反感这个声音，反而有些怀念。之前每次这样的声音响过之后，爷爷都会起身做礼拜，高低起伏的赞词常常让我感受到一种生存的谦卑和尊严。我突然觉得孤独起来，放在衣服口袋的手，将衣服的里衬攥得紧紧的。我一直这样，好像很缺乏安全感和存在感似的，常常一阵晴一阵阴。那几个男人越走越远，几乎快要变成黑点消失了，我这才发现他们的前面是一座叠檐重角的清真寺，天空异常清澈，宣礼塔顶的月牙被一个宝瓶一样的东西支起，像极了一株坚强又闪亮的山中花蕾带着灵魂在呼吸。

　　走在一段上坡路上面，身后是西斜的太阳，身前是一条腿长身短头小的暗影，越走越慢，越走越累，不由自主地念叨起来——好大的坡呀，累死我了。

　　其实这里并不大，一个镇子，二十四个乡，这些地名我都能一一背出来。我一直叫它大东乡是因为很小的时候跟爷爷奶奶一起过来时，总会情不自禁地尖叫："好大的山呀，好大的沟呀，好大的坡呀。"

　　它四面环水，中间的山峦却很高很粗糙，很深很大的沟壑随时都能挡住去路，对面看得见，但若想要过去，得走很久，得穿过很多弯弯曲曲的羊肠小道才行。

　　但对于一个没有出生在这里却有机会来这里的孩子来说，这一切算得上是一种机遇吧。高山、沟壑、土墙木梁、燕子衔泥筑在屋檐上的巢，在她生活过的城市里始终是没有的。

走完上坡路，再穿过一条马路，拐个弯儿，爷爷奶奶的老房子就到了。

我从乱七八糟的书包里面掏了好一会儿，才掏出钥匙来，正准备开门的时候，门"吱呀"一声从里面被人打开，吓了我一跳，我连忙倒退了一步。

"我听见门外有动静，想是你到来了，就赶快跑来开门了。"

是太奶奶，她半个身子从门里面探出来，乔其纱的白盖头白花花的，一张慈祥的脸容，嘴唇四周都是皱纹，一笑眼睛就陷进深眼窝里去了。

"快进来，冻坏了吧。"

说完，她将一扇门全打开，像是迎宾一样立在门旁，让我进去。

这么老，要是这样戴着白盖头去饭店门前做迎宾，挣不到工资不说可能还会让饭店倒闭的吧。我这样想着，心里倒是快乐了不少。

太奶奶带我沿着院中的小道径直去了她和太爷爷住的北屋。太爷爷双膝跪在炕头，抬着头，胡子白花花，一脸的盼望。

"阿塞娅来了啊，快，快到炕上来，炕热得很呐。"

他放平膝盖盘腿坐起来，眉开眼笑地看着我，掀起盖毯，示意我上去坐。我鼻子有点发酸，但也不知道说什么。烤箱里的火烧得很旺，整个屋子里暖腾腾的，还有一股诱人的鸡肉的香味。

"你妈妈打电话过来说你今天要来,你太爷就专门宰了一只肉鸡让我收拾干净煮了等你来。"

太奶奶说道。她还是笑着,脸上的皱纹跟我刚见过的那些大山一样,千沟万壑。

怪不得……刚才我还在想太奶奶怎么会知道我今天过来。我来的时候,并没有通知他们。都没想起来要跟他们说一声。

我觉得自己现在已经跟个孤儿差不多了吧。

早晨先送妈妈去的机场,然后才坐客车来的这里。估计是飞机还没起飞前妈妈给这边打的电话。我跟妈妈坐在车里一路都没话,斜斜的晨光打在车玻璃上,像一些遗失掉的语言,安安静静的。而我像一只昆虫一样,在开满暖气的车厢里,微微晕眩着蜷缩起自己的目光,生怕一不小心掩藏在面具之下的真情实感就被裸露出来。

过安检前,妈妈将脸贴在我的耳边:"自己一个人生活要开心啊,你已经是成年人了。"又拍了拍我的脸,将手放在了我的肩膀上。我似乎觉得一切又在重演,心里有阴暗的错觉。于是边点头边有意避开了妈妈的手。看妈妈黑头巾裹起来的脸容还这么年轻,而我在她眼里已经是成年人了。十九岁,成年人。我常常看到自己的年龄,像云朵那样被大风吹动,大片大片地蔓延过天空,很迅速的那样。感觉十九岁已经是个很老的年龄了,什么都懂得都明白。

有时候又觉得自己依然是个孩子,那些曾经想让自己快速长大,快要将心脏顶得破碎的祈祷,以及拼命长大的努力好像都白费了，依然会害怕会伤心，依然不懂事，依然需要人提醒，需要人照顾。

机场一层一层的，大大小小的人缀在里面，好像繁花满枝丫的花树，电梯起起落落，闭起眼睛都能感受到的光，让人陡生恨意。妈妈排在安检队列的尾端，转身跟我摇手道别，"有事就给我打电话啊。"我听到了，但装作完全没听见，转身快步走向出口。斜挎在肩头的小包在屁股上一拍一拍的，像一个黑暗的影子跟在我身后，弄得我步子都不会迈了。

脱掉棉靴上了炕之后，太奶奶将炕桌搬上了炕，接着端来葡萄干、花卷儿、花馃子、点心、馓子，一样一样摆在炕桌上，问我要喝什么茶，我说白水。她一手拿着杯子一手握着电茶壶又问我要不要加点冰糖，我说不要。她说要不少放点茶叶吧，白水怎么喝得下去。我深深吸了一口气，鼓起脸颊吐了出去，感觉所有的老人都是这样的，总是啰里啰嗦得让人招架不住，以前我奶奶也是这样的。我摇着头告诉她只要白开水，心里直琢磨，我来这里每天会不会被太奶奶各种问，问到直吐血。

趁着太奶奶和太爷爷做礼拜的工夫，我一个人看了院子。

院门开在南墙上面，旁边是厕所和放煤炭杂物的房间。北屋和东西厢房都是古老的纯木结构的青瓦房，门窗和梁上华丽精细的木雕，都被阳光照得褪了色，暗淡却又栩栩如生。站在廊檐下从墙头望出去，近处的半山腰上有一座静谧的拱北，飞檐翘角上的琉璃瓦闪烁着光亮，恍若有光自天堂的缝隙渗漏。远处都是一层一层的黄土山梁，没完没了，像极了被剥光了肉，裸出来的一条一条的肋骨，被阳光晒去了血色，暗中带黄，显得格外险峻。要是长年累月住在这样的地方，大概是要窒息的吧，我心里暗想。

院子里的三棵桃杏树从我小时候起就一直那个样子，好像从来就没有再往高往大生长过，也不知道之前它们是怎么长到这么高这么大的。桃杏树的周围有几丛牡丹的枯枝，在寒风中瑟瑟发抖，这要是在五六月，定会有大簇大簇的牡丹层层叠叠地开放在这里。以前用来收集雨水的水窖，自从有了自来水之后就废弃在那里，窖口处长了不少苔藓。生命甜美而坚强，即使在很干旱的地方，只要这些苔藓愿意活着，那它便会活下去，从阳光里面使劲使劲吸收水分，活出墨绿墨绿的一大片。

放土豆的地窖口盖了盖子，上面又附了一层厚厚的羊皮。我掀开之后，一个梯子直通窖底，能看到幽暗中的土豆，是冬天的储粮。年复一年，这个地窖不知已这样储存过多少次。我想起童年时地窖对面有个羊圈。一个夏天，我光着脚抱了一抱麦草，走向羊圈，想学着大人的样子给羊槽里面添些草，麦草遮挡住眼睛，一不小心，就一脚踩空，陡然落进了地窖，随之而来的是纷纷下落的麦草，凌乱地搭在我的头上。我想一个正常的孩子掉进清凉黑暗的地穴一定会号啕大哭的，但我没有，我只闻到土豆发芽时所释放出来的那种浓稠的气味。

我大概是从那个时候发现，自己是一个不大爱哭的人。哭给谁看呢，既没有爸爸也没有妈妈的孩子。

满园都凉飕飕的，十二月份在我的观念里一直都是最冷的季节，一年里的最后一个月，过完就可以起死回生了。完全是心理作用，事实上十二月过完之后，一月很冷，二月比一月更冷，三月常常有飞雪。

八面临风，实在冷得站不住的时候，我又进了房间。太爷爷和太奶奶还在做礼拜，不过也快结束了，他们都跪在拜毯上掐念珠。我围在烤箱跟前，边烤我已经被冻得变了色的双手，边等开饭。

可能是因为我到来的缘故，晚饭看上去好丰盛。馍馍还是刚才摆上桌的那些馍馍，太奶奶又炒了三个小菜，手擀的面条，煮熟的白水鸡也被卸开之后，装盘端上了桌。一张小炕桌上杯盘碗筷都快要搁不下了。

"再吃一块。"

太爷爷将一个鸡腿夹进了我的碗里。

"我已经吃了好几块鸡肉了，鸡翅膀啊，鸡脯肉之类的。"一只鸡被大卸八块之后，竟然有这么多。"将心里的话这么说出来，怪不好意思的。我常常这样不小心将心里想的话给讲出来，然后吓自己一跳，怎么会这样。

"不是八块，是十三块，卸鸡也是有技巧的，沿着骨节卸开，除掉鸡头、脖子、爪子，就刚好十三块。"

太奶奶用筷子拨着盘子里的鸡肉对我说。

"这个鸡尖今天归我们的阿塞娅吃哦。"

说着，她将一块三角状的鸡尾夹在了我的碗里。我一直叫它鸡屁股。爷爷曾跟我说过，在东乡人的家里，这只鸡是给谁刀宰的，鸡尾就归谁吃。所以这个风俗我知道。

鸡尾是属于座上客的，听上去最珍贵，但其实一点都不好吃。我咬了一口，悄悄搁在了桌子上。

"怎么了？"

太奶奶问我。

"一口油。"说着，我连咬在嘴里的那一口也都吐出来放在桌子上了，实在太难吃。

"嗯，鸡尾的确难吃，是鸡身上最油腻的部位。"

太爷爷好像已经吃好了，用纸巾擦手，消瘦的手指骨节突起，静脉很明显，摸着他那雪白而漂亮的胡须说。

"那为什么还要专门让给客人吃呢？"我完全不能理解地问道。

"可能吃鸡的时候，一整只鸡都被吃光了，剩下鸡尾嫌难吃没人吃，就找出这样一个借口让客人来吃，活跃一下气氛，次数多了，慢慢就由玩笑变成了风俗。"

我听着差点没笑出来，这样为难客人，东乡人还真是幽默呢。

太奶奶吃饭很轻，吃得也不多。鸡肉一口都没吃，只吃掉了自己碗里的一碗浆水面条，连汤带面的。兴许上了年纪的人，消化系统不好，就不大吃肉了吧。

她将桌子上空掉的碗盘摞起来，放在桌子一角，然后将我咬了一口扔在桌子上面的鸡尾，用筷子拨过去，吃了起来，一口一口地吃，细细地嚼咽，说："还是我来吃掉它吧，真主创造的生命，人结果了它的性命，又浪费掉它，总感觉不应该。"太爷爷喝的是盖碗茶，青花薄瓷盖碗，用盖子一下一下刮着碗子，茶叶都刮下去了，就吹吹气，啜一口,看上去还挺悠闲自在的。

饭后,太爷爷喝了一会儿茶,就去了厕所,然后再没来房间,从窗口看出去,南面浴室里的灯昏昏黄黄的,估计是去洗漱了。太奶奶收拾了炕桌,就将它从炕上搬了下去,然后在屋子里走来走去,洗锅刷碗扫地,在烤箱里面加碳,灌开水进热水瓶,脚步慢吞吞,却很干净,一种从外表联结到内心的干净。我心不在焉地抱着手机玩了一会儿,就听见从清真寺里传来呼唤人们做礼拜的声音。我下了炕,踩着棉靴过去坐在烤箱跟前取暖。太爷爷和太奶奶前后上了炕,穿上长长的礼拜服,铺展开拜毯开始做礼拜。

屋外不止一个清真寺,这个寺里的呼拜声结束之后,那个寺里的又传来。虽说自己几乎从不做礼拜,对此并无热情,可是这会儿在两个颤颤巍巍,虔诚礼拜的老人后面静静地坐着听它,还挺不自在的。就像上课铃声响了,别人都进教室去上课了,我却像没事人一样无动于衷地在教室外面偷着闲。

我不由自主地叹了一口气,以后要怎样跟这样两位很老很老的老人生活下去,心里为此而生出一丝伤感的惆怅。

"阿塞娅,今晚你跟我睡一个炕可以吗?"

听到太奶奶这么突然的话,我吃了一惊。为什么要跟她睡在一个炕上面,家里又不是只有一座炕。

"我去睡我的西厢房就好了。"心情虽忐忑,但也说得直截了当。尽管不怎么来东乡住,但西厢房一直都是我的屋子。

"西厢房没住人,炕也一直没烧,今天你妈妈打来电话之后,我才添了些炭屑进去,烧着了火。"

"没事,冷的话,我插电热毯就好了。"

"没住人的房间,炕烧着之后,会发潮,潮气散尽之前是不能睡人的。"

"啊?那太爷爷睡哪里?"我问道。

"今晚让你太爷爷睡沙发就好了。"

"什么?"

"让你太爷爷今晚去睡沙发,我跟你睡在炕上。"

说着,她跪起来,打开炕上的橱柜,从里面抽出一床毛毯,抱过去铺在了沙发上面,又抱了枕头和被子过去放在上面。

"还是我来睡沙发吧。"让这么老的老人睡沙发,有些说不过去。

"你太爷爷身体比你好,就让他睡沙发好了。"

我不好意思地笑了笑,脸有点僵,在老奶奶眼里九十多岁的老爷爷身体竟然比我好。鼓起脸颊,转头看向太爷爷的时候,他笑着说:"你们小孩子睡在沙发上容易掉下来,就让我来在沙发凑合一晚好了。"

抱着手机,百无聊赖地刷着一点意义都没有的各类讯息,直等到太爷爷和太奶奶做过宵礼之后,才开始上炕睡觉。我过来的时候,只在书包里背了洗漱用的东西,睡衣睡裤拖鞋之类的都没往这里拿。这些东西在我的西厢房里面都有,但太冷了,也就懒得换。去洗漱的时候,浴室里面的洗脸台竟然不见了,多出来好多汤瓶,都是塑料的,肚腹上一面是"清真",一面是"临夏",大概是临夏产的。

我在牛肉面馆里见过用它来装醋，也无伤大雅。我提着汤瓶洗了脸，然后回房间脱掉羽绒服，合着衣裤躺进早被太奶奶铺好的被褥里面。

灯明晃晃地亮着。沙发上的太爷爷好像已经进入了睡眠，呼吸声起伏。炕的这边，一面是棉麻混纺的灰格子窗帘，一面是三开门的炕柜，中间是抽屉，上面是玻璃橱窗，里面都是枕头。白色枕套上绣满了牡丹图，有含苞的、盛开的以及略微凋谢的。花瓣色度深浅变化。很多条被子摞在橱柜的上面，盖了苫单，苫单上面也都是手工细腻的牡丹图。虚实结合的图案，配色十分和谐，凸显在布面上，犹如浮雕。效果奇美。

烤箱里的火轰轰地燃烧着，为了防止煤炭中毒，房间的门窗关得都不是太严，有微微的冷气从缝隙渗进来。这种微微的冷热替换，就像躺在秋末被阳光照了一整天的田野之上，天气一会儿晴一会儿阴，反复无常，但非常舒服。

正对面墙壁上悬挂着的中国体的阿拉伯文书法，是用毛刷写的阿拉伯字母的仿汉草体，仰躺下来看格外壮观。中堂中心一笔像擎天大柱，两侧笔画蜿蜒曲折，一气呵成，渴墨枯笔时将线条拉出轻烟般的游丝飞白，起承转合轻重适度，空间感和立体感都极强，像一个悬挂在白墙上的葫芦瓶，因为风的原因快要荡起来。两面的对联都是由阿拉伯字母组成的方块儿状图形，对仗排列着。

直直地看着墙壁，仿佛看到小小的自己在到处乱跑，用铅笔在墙上乱涂乱画。又想起小的时候，太奶奶和奶奶每次见面都会睡在一座炕上，一夜倾谈，我睡在奶奶的旁边，炕暖暖的，但因为大人说话的声音睡得并不踏实。等我醒来时她们都已经起来了。悄悄爬起来将窗帘掀开一角望出去，庭院被淡淡的月光照亮，天空星星点点。

不知道为什么，想着想着心里竟无限落寞难过起来。这时太奶奶关了灯，眼前猛然降临的黑暗，像个漩涡一样快速旋转着，要将我吸进黑暗里面去。

我翻了身，侧着，将膝盖蜷缩上来，抱紧了自己。

"好久都没见你了，你不在学校吗？"

"我回东乡了。"

闵俊打来电话的时候，我正侧躺在炕上，用被子裹住自己，抱着手机玩儿。

来东乡一周过了，心思懒洋洋的，没给学校里的任何同学打过电话，也没有接到过任何一个同学打来的电话。闵俊算是第一个打电话过来的，我竟不知道自己要对他说些什么，只是将手机贴在耳朵上静静地听着，心里也很安静。

"一个人住在那里吗？"

"不是，跟我太爷爷太奶奶住在一起。"

"你还有太爷爷太奶奶吗？你好像没跟我讲过……"

"嗯，是我爷爷的叔叔和婶婶，不是很亲。"

在学校，因为长相，同学老师都以为我是维吾尔族人，对我生疏有礼，但我又不是真正的维吾尔族人，所以跟新疆过来的那些同学也玩儿不到一起，周末回到家，家里只有爷爷一个人，只是带我出去吃顿饭，再沿着黄河边走走，也没什么话要说。也可能这一切都源于我一直不懂得该如何与别人相处。生活圈子狭小封闭,常常没事的时候就一个人跑到学校图书馆的顶楼晒太阳,就是在那里认识的闵俊。他常常来图书馆顶楼抽烟,然后也教会了我抽烟。其实也不算教吧,我觉得自己好不容易得来了一个可以放纵的机会,而且无伤大雅,就跟他一起抽着玩儿。我想这要是被我那漂亮又爱洁净的妈妈知道,一定会很揪心的吧,不知道她会不会跑过来打我。

"你是混血儿吗?"

有次闵俊淡淡地抽着烟,这样问我。

"我是东乡人。"

除此之外,我没有再多做解释。事实上我自己也说不清楚这些。

我一直习惯将头发绑得很紧,有时扯得头皮生疼,十年如一日,始终是无刘海的浓密长发,自来卷遇到雨水马上呈现出爆炸的状态。我住在东乡的族人,都是自来卷,爷爷奶奶都是。爷爷曾跟我说,以前东乡人被称为"东乡回回",跟居住在附近的临夏回族人混同在一起,东乡人自称是来自中亚的"撒尔塔人",生活里面有很多保留下来的中亚古老先民原汁原味的民情风俗。在东乡很多地方也存在许多和中亚相似的地名。

东乡人没有自己的文字,语言里面的主要成分是蒙古语,也融合了阿拉伯语、波斯语、突厥语。但血缘却与维吾尔族人最近,与保安族、汉族接近,族源里面有阿拉伯人和中亚白种人的融入。十三世纪蒙古西征时金发而来的西域少数民族,一路被裹挟到中国,与吐蕃人、蒙古人、色目人、沙陀人、吐谷浑、突厥人都有接触与交流，最后征战结束了，他们也已经失去了回归故乡的机会，被官方安置在干旱贫瘠的东乡丘陵沟壑之中，在当地回族、汉族的接纳包容下，脉断枝枯的飘零者，又与汉文化融合，生根发芽，变成了中国百姓。

跟闵俊从大学一年级开始交往的，交往了一年多，可我们并不像其他校园情侣那样约会，一起去食堂吃饭或者互送小礼物。他比我高一届，学的专业是金融方面的。他好像对学习并不怎么上心，常常会来图书馆，抱一本书趴在那里睡觉，然后上到顶楼抽烟。我们一般也都是在图书馆顶楼见面，并没什么话可讲，就只是在那里很自在地抽烟。回想起来每次见面讲的话还没有在打电话时讲的多。

跟闵俊分手是我提出来的，凭直觉他迟早会离开我。妈妈离开我的那年我只有四岁，抚摸我的头发，将额头贴在我的脸上流了眼泪，然后就离开了。那是我第一次感觉到心痛的滋味，从胸腔穿透而过的闷闷的、发不出声音的痛。心里有了恐惧，长大以后就暗下决心，在别人准备离开我之前，我一定要先离开。

之后闵俊有一个星期没有给我打电话。后来又开始给我打电话，说可以做朋友。这样我们就常常电话打来打去地说一些有的没的。

"学校这周期末考试。"

闵俊停顿了一会儿，才这么跟我说。

"我知道。"

我说。离开学校的那天，辅导员建议我再坚持两周，

再坚持两周，就放寒假了。

打完电话，起身拉开窗帘时，才发现外面大雪纷飞。我裹了羽绒服，顶着漫天飞舞的大雪邋邋遢遢地往太爷爷太奶奶的北屋走去。

太奶奶正盘腿坐在炕中央绣花，被子平平整整地捂在炕的一边，上面放着线笸和剪刀。太爷爷不在，他一般中午的晌礼都会赶去清真寺里面做，因为中午的时候刚好是大白天，天也不太冷，又午休睡醒不久，精力也充沛。

"太奶奶。"

"嗯，外面的雪又下大了吗？"

太奶奶抬起头向窗外看了一眼。我拍干净头发和衣领上碎屑般的雪花，上炕坐在了她的旁边。

"西厢房冷吗？"

"不冷，炕暖烘烘的，烤箱里面的火也很旺。"

太奶奶将绣花针插在被竹箍绷紧的布面上，将放满彩线的竹笸抱过来放在怀里挑选彩线，挑出一束玫红的线，放在布面上看了看，重新放进竹笸里面，又挑出一束桃红的放在布面上比对。我也不由自主地靠近竹笸，翻看起那些彩线。看了半天觉得像小时候的水彩笔盒一样，一盒五颜六色的色彩。太奶奶白天一有闲时间就绣花，家里到处都有她的绣花，枕头上、门帘上、被罩上，太爷爷的鞋垫上，冰箱和电视的罩子上，还有东厢房和西厢房的墙上也都是。将绣好的各种各样的牡丹图，裱了框，挂在墙上。她都这么老了，视力却出奇地好，一支细小的绣花针在光滑的布面上穿来穿去，尽情发挥着无拘无束的灵性和创意。

"您现在绣的这是什么呀?"

"是一双鞋垫子。"

两只用炭墨画在布面上的鞋垫,一正一反颠倒着,像太极图一样,正好布满圆竹箍绷起来的整个布面。太奶奶将一束大红色的丝线挑选出来放在布面上,找出线头,对着窗外的亮光眯起眼睛穿进绣花针里面。她绣在鞋垫上的是一支梅花,戳绣在布面上,主枝用了墨绿色的线,侧枝是翠绿色,梅花的花瓣玫红色和粉红色叠用,花蕊用大红色点缀,色彩对比强烈,但也生动逼真。

"十岁学针线,十三进绣房,进了绣房绣牡丹,百花百鸟也都绣,小伙穿上做新郎,姑娘穿上做新娘。"

太奶奶用东乡话唱着说出来的,听上去还挺押韵。

"什么呀?"

"是我小时候学绣花时学来的歌谣。好听吗?"

"十岁学针线,十三绣牡丹……接下来是什么?"

"十岁学针线,十三进绣房,进了绣房绣牡丹,百花白鸟也都绣,小伙穿上做新郎,姑娘穿上做新娘。"

"哈哈,原来太奶奶做这么多刺绣是为了做新娘子呀。"

这么老的老人要是再做一次新娘子,那一定是很奇怪的吧,白盖头上面戴朵大红花,再抹一点口红,又瘦又小穿一双高跟鞋,想一想都想笑。太奶奶呵呵地笑了。

"我们那个时候,待出嫁的姑娘必须得有自己亲手制作的绣花鞋袜,绣花手绢、绣花床单,出嫁那天,连同嫁妆一起搬出来摆在院子里面,供人欣赏,以显示自己对生活的热爱,对美的追求。"

说完之后，太奶奶继续端着竹篦绣花，腰杆挺得直直的，像极了打坐的姿势。我坐在炕上，一直都没办法将腰挺直，坐一会儿腰就不自觉地垂下去，或者得靠在什么东西上才行，靠着靠着还会滑下去，半坐半躺起来，是那种典型的坐没坐相，站没站相。

清真寺里晌礼的呼拜声传来之后，太奶奶将针线、竹篦、剪刀之类的都收进线笸里面，用布包起来一股脑放进了炕柜里面，然后下炕拖着棉拖鞋去浴室洗漱去了。

对于这些我已经习惯了。太爷爷和太奶奶的时间观念特别强，他们每一天的生活，都沿着一天的五次礼拜有条不紊地行进。起床起得很早，也不用闹钟。天未亮，清真寺里的呼拜声传来，他们房间的灯也就跟着亮起来。等他们做完晨礼，窗外天色隐隐发亮，不一会儿太阳便从山头探出脑袋。一对都已年过八十的老人，内心的坚持和标准竟还如此强大。

早餐做好之后，太奶奶叫过我几次，我晚上睡得晚，叫也叫不起。后来太奶奶就不叫我了，将做好的早餐给我单独留一份，碟子盖在碗上面，再放在烤箱上面温着。每天早餐时的馍馍都是新鲜做的，有时是花卷儿，有时是薄薄的甜烙饼，炒菜时只用盐和花椒调味，清清淡淡的，要比学校食堂里的好吃几百倍。

好像就我来的第一个晚上，饭菜里面没有土豆，后来几乎每一餐里面都有土豆，蒸的、煮的、炒的、炸的，还有土豆饼和土豆搅团。土豆饼是将煮熟的土豆捣烂，擀成片，然后用模子压出来的。土豆搅团是将蒸熟的土豆剥皮、晾凉，放在兑窝里面，用木杵捣，直捣成柔韧细腻的团状，切块，装碗，调番茄酱和辣酱，像被晚霞半遮起来的白云。

有时候炕洞里的炭屑烧尽之后的炭灰还有热力，将装了土豆的铁焗锅深埋进炭灰堆里，焐一个早上，中午的时候将焗锅掏出来，吹净上面的灰土，里面是一锅灿若白兰花的土豆，连锅一起端到炕桌上，就着椒盐吃，非常烫，满口绵密。太奶奶太爷爷都爱吃。太爷爷边吃边赞道：洋芋是个好东西，它是养人的宝呐。

太奶奶特别爱干净。穿齐大腿面的灰布衫，柔软鬈曲的白发编成辫子再盘成发髻，发髻上插一根很旧的银簪子，戴上白色小圆帽，再在上面戴上白色的乔其纱盖头，精精神神的。每天都会在晨礼之后早餐之前的间隙，打扫院子，扫完院子，出去扫院门，扫巷子，连左右邻居家的大门前也都一起扫了。再进来，戴起棉线手套，擦窗台、玻璃、窗棂、打扫每个房子，每个柜子的棱棱角角都仔细用抹布抹一遍，每天都如此。来打扫我的西厢房的时候，我还沉浸在睡梦中，只听到她来回走动，发出细微的声响，心里挺尴尬的，这么老的老人来给我收拾屋子。因此每天晚上睡觉前就提前自己打扫整理一遍，即使这样，太奶奶有时还是会来再打扫一次。她好像不太满意我打扫的，但也不说什么，但这让我更加地尴尬。

天天睡到很晚才起，怪不好意思的。有一天早上，我好不容易强迫自己早起一次，刷牙的时候，迷迷糊糊地感觉眼睛都睁不开，一不小心还将牙刷掉进了下水池，便只好裹着羽绒服和围巾去小卖店买。出门往右手没几步，就有一家杂货店。我发现隔壁的邻居家的大婶，也是扫完自家大门，再扫巷子，然后连我家的院门，还有别家的几个院门也一起扫了。我一脸困惑地回来问太奶奶，她说谁出来得早，谁手勤就谁扫了。

有时早餐过后，太爷爷和太奶奶，还会睡个回笼觉，一直睡到中午十一二点才起来。太爷爷搬个小凳子出来，一边晒太阳一边拿小镜子和小剪刀修理自己的胡子或者拿出他那一套工具，戴着老花眼镜开始钉补一些破了的细瓷家什或者铁器。钉补的工具有小火炉、金刚钻、小铁锤、小铁砧。真考耐心，一坐两三个小时，叮叮当当的。

"打碎的瓷碗也能修好吗？"

"啊？"

"碎成片片的瓷碗也能修好对吧？"

"嗯，只要瓷片没缺失就能重新钉补在一起。"

他将修补好的瓷碗拿给我看，花瓷碗做了钉补的地方，就像是碗自身的裂纹，上面的铆钉像是粘上去的艺术点缀。我想若不说的话，大概没人会知道这只碗曾有过掉在地上摔成稀巴烂的经历。

"我也能试试吗？"我握起小铁锤问道。

"啊，当然可以。"

在太爷爷身边按着他教的在瓷片上砸蚂蝗钉，可能因为眼睛好，一下子就砸好了。

太爷爷高兴得不得了。

"你爷爷以前跟你教过如何砸蚂蝗钉对吗？"

"……"

"你爷爷蚂蝗钉砸得也特别好。"

"没有，没有教过我。"

我摇着头说。我完全不知道爷爷也会做钉补。

"年轻的时候，你爷爷跟我一起做过一段时间的钉匠，走街串巷的到处给人们做钉补，你爷爷年纪小，眼睛好，蚂蝗钉砸得比我快。"

我握着小锤子继续在碎瓷片上砸蚂蝗钉玩儿，心却突然沉了下来，有点儿痛。

我之前跟爷爷一起生活在距东乡六十公里外的兰州。爷爷咳血很多年了，两周前的一个早上，爷爷做晨礼的时候，突然又咳血，止不住地咳血，被救护车拉到医院，不一会儿就去世了。爷爷咳血是因为肺痨，年轻的时候落下的病根。爷爷说在他年轻的时候，兰州的小西湖是一个商业的旱码头。他常常将羊毛布从小腿裹到脚趾，再穿上麻鞋，将羊毛、毛毡、褐子、皮张、香料、药材、粮食等架在自行车上面，骑往兰州。有很多南北的商人在那里收购，他便从中赚取一些活命钱，养家度日。爷爷说现在兰州的房子还有那些可以收到可观租金的大块地皮都是早前他这样来回地用自行车踩出来的。

一天一个来回，下坡路的时候还好，一旦遇到上坡路，又架着货物，胸腔里面烟熏火燎，破裂一般地疼痛。长年累月下来，肺就不行了。

我爸爸在我没出世之前就因急症去世。妈妈在我不到四岁的时候改嫁出了国，奶奶是高考那一年去世的，唯一在身边的爷爷也去世了。一个亲人都没有了，我一下子觉得自己好可怜。爷爷奶奶只生了爸爸一个儿子，要举行葬礼，我只好打电话给妈妈。妈妈自从改嫁之后，就像消失了一样，从没有再见过她，但奶奶去世的时候她有来参加葬礼。

不是东乡人的妈妈，也就只会讲一两句东乡话，像你好吗、你吃饭了吗、谢谢之类的。在东乡人的葬礼上完全不够用，所以大家因为有她在，讲话的时候都用汉语。

"你什么时候放寒假？"葬礼过后亲戚们都走了，妈妈一边收拾厨房，一边问我。

"学校还没通知，大概也就到两个星期以后了。"

"本想带你过去住一段时间，两个星期太长了，我恐怕等不住。"

"你什么时候走？"

"明天陪你待一天，后天走可以吗？我那边也挺忙的。"

这么快就走。这一次爷爷去世比以往其他人去世更让我难以承担，是让心抓狂的那种恐慌。

"可以。"

"那你就在这里好好读书，放寒假了可以过来找我。"

"我不想再继续读书了。"

"嗯……为什么？"

搞不清楚自己突然为何要说出不想读书这样的话，可能就只是想跟妈妈反着来，她说你就在这里好好读书。

"我想回东乡，不想在这里一个人住在这样一座房子里面。"

"你去东乡还不是一个人吗？在这里住学校，宿舍里还有舍友。"

"东乡的家里有太爷爷太奶奶。"

"哪里来的太爷爷太奶奶?"

"就是爷爷最小的叔叔和婶婶。"

"他们不是有自己的家吗?他们自己的家呢?"

"他们的儿子将他们家给卖掉了,在临夏换了一套楼房。"

"啊,是这样啊。"妈妈沉吟了片刻,开口道:"要不我明天带你去临夏转转,顺便看看外公外婆舅舅他们。"

"不想去。"

"走吧,明天我开车,一路过去散散心。"

"不去。"

妈妈是出生在临夏的回族人。外公外婆姨娘舅舅们也都住在临夏。临夏对我来说是有血缘但不容易亲近的城市。人群面目表面喜悦,但性情保守刻薄。被称为中国"小麦加"的它,建筑极具异域情调,实质并没多少穆斯林的端庄和大气风范,所以看过去似乎很委屈。

我去看望外公外婆的次数不多,几次都是细雨霏霏的气候,雨水使人倦怠。独自坐客车穿过它的时候,雨中最显眼的是清真寺,一座接着一座,清冷轮廓湮没于茫然的水雾之中,能看见戴着白色无沿小圆帽的穆斯林。我不喜欢它,却常常又与它纠缠不清。

"我的建议是,你还是在这里好好读书,东乡先不回了。"

妈妈从厨房过来的时候,倒了两杯水,一杯递给了我。

我看见对楼的邻居又裸着上身放完鸽子后抽闷烟，没好气地一下子拉上窗帘之后问妈妈："为什么先不回……"

"你现在才大学二年级，之后的生活还长得很呢。"

"我就是要回东乡。"

"那你回东乡干什么呢？"

"种地，闲时在果园的树荫下写诗。"说这话完全就是为了气妈妈。

"你这孩子也太天真了。校园生活才是最轻松，最与世无争的。"

见我没反驳，妈妈终于像是松了一口气一样，在沙发上换了一个坐姿。

"实话跟你说吧，你现在读不读书，关系到以后你选择生活还是生活选择你。"

"有什么区别吗？"

问完，觉得好没劲。

妈妈没离开我之前，一直在大学读书。回家睡在大双人床的左侧，早晨起来阳光若很好的话，会坐在窗边听一会儿音乐。从窗口望出去是黄河上最古老也最著名的铁桥，还有活肉生鲜的市集。当妈妈每次穿裙子，穿长筒袜，踩着高跟鞋，噔噔噔地去上学的时候，我看着她的背影，不禁发出：哇，我的妈妈好棒呀。

就是这么棒的妈妈最后却不要我了，研究生一毕业就改嫁离开。我小时候一直喝的都是羊奶，妈妈离开后，我就给自己编了顺口溜：羖鹿（山羊）爸爸，羊妈妈。后来上幼儿园，常常会看见楼下的菜摊上，一对卖菜的夫妇有一个小女儿，跟我一般大，常常被她爸爸举起来，架在肩膀上玩儿。小学时学校做家庭调查，我心里黯然，踌躇半天才跟做登记的老师说，我的爸爸妈妈是菜市场上卖菜的。我想我是羡慕那个小女孩的吧。后来要开家长会，我又跟老师说，我卖菜的父母都被运菜的大卡车砸死了。

想起自己说过的这些话，感觉自己不仅是个感情上有欠缺的人，而且在心理上也有欠缺。

几年前，一个偶然的机会，我发现那些小时候渗入我耳朵的音乐，都是柴可夫斯基的弦乐，妈妈听得最多的是《佛罗伦萨的回忆》。

我特别讨厌柴可夫斯基的弦乐，一点都不好听，但又常常忍不住会去听。这种感觉就像手臂上被蚊子咬了一个包，明知道不停地去挠，会被挠发炎，但还是忍不住地要去挠。

小时候妈妈一直叫我 candy，说我是她的小甜心。我一直在想，为什么是小甜心，而不是小棉袄。后来柴可夫斯基听多了，也就明白了。甜心是饭后甜点，已经吃饱饭了，有没有大概都可以，但小棉袄是冬天的必备品，没有的话会被冻僵。所以妈妈离开我离开得那么随便。

心里挺不痛快的。妈妈劝我要好好读书劝了好一会儿，见我一直不吭声，只好叹着气说道："你要真去东乡，我也没有理由拦你，随你吧。"我以为最后妈妈会因为我不读书的事，而生气，数落我一顿，甚至跟我大吵一架，但都没有，就这样结束了。妈妈可能觉得自己已经尽力了吧。我低下头，脑袋里乱七八糟的，喝了一口温吞的白开水，心里一阵落寞难过。

算了，一个人过就一个人过吧。我想当时间过去，一切都会恢复原状，我一样会像忘记妈妈的离开，奶奶的去世那样忘记爷爷的去世，忘记当时那一刻的恐惧和孤独。感觉人世间死亡才是最隆重最盛大的离开，若这种离开也可以做选择的话，那我也一定会选在爷爷奶奶或者其他人的前面离开，留下来的人怎么害怕怎么孤独，我才不管呢。

阳光灿烂的日子里面，待在廊檐上，时不时会看见有人向对面半山腰上的拱北走去，大多都是白长袍，白缠头，高鼻深目，满脸浓须的老人。尤其是在星期五——主麻日的时候，人特别多。拱北作为先贤的墓庐、一个纪念地，像一座承载着精神的坚毅坐标一样直挺在那里，每一天都有日光和云影，在它上面变幻着无法数算的层次和节奏。成群的鸽子在空中飞行，哨音回旋不绝。我常常搬来小凳子坐在太爷爷身边晒太阳，同时细数着那些走在半山腰上的人，偶尔会和突然转头看过来的人四目相对，我若瞪眼睛，对方必然慌忙移开目光。我若微笑着点下头，对方也会移开目光。还挺好玩儿的。

"太爷爷，您有从东乡到兰州骑过自行车吗？像我爷爷那样的。"

"没有，在你爷爷们从东乡到兰州骑自行车的年代里，太爷爷已经老了，骑不动了。"

"哦。"

被我这么一问，太爷爷将老花镜摘下来，折腿收入了眼镜盒，说："太爷爷的年代里是用骡马来驮货物的。"

"骡马啊？"

"赶驮的骡马都是专门训练调教过的。一两年，骡子的走势压出来就可以套嚼子上路了。"

"嚼子是什么？笼头吗？"

"嚼子是配在笼头上的，给不受调教的骡子套了大嚼子之后，还要套个小嚼子，勒紧小嚼子，骡子就不会不听话了。"

太爷爷说的这些我压根儿就没见过，听上去跟给不听话的孙悟空箍紧箍咒一样。

"那时候人们都喜欢给上路的骡马置办一套漂亮的行头，花费还不小呢。"

"嗯……"

"买得起骡马，置不起鞍。"

太爷爷在收拾他做钉补时用到的工具，我便将拿在手里玩儿的金刚钻还给了他。

"好的鞍子是镏金或者雕花的，上漆打蜡，黄铜的扣钉一排排装饰在上面。"

听上去这样的鞍子似乎真的比骡马贵重。可我还是没有见过。

"鞍子在骡子脊背上贴身的面，是用生长多年的牡丹根和葡萄根雕的，性凉，通风透汗，骡背不易生疮。年轻人有了骡子、鞭子、鞍子就可以走南闯北了……"

太爷爷还在说。我瞎想到眼前有一匹走骡，四蹄如风，脊背如船，携着一股汗味掠过去了。骡子上的骑手戴着墨镜，胡须飘逸，在街市上勒紧骡子的嚼子，放慢脚步。骡子头颅高昂，碎步而行，脖子上的环铃叮当作响。骑手也是胸膛高挺，像电视里面演得那样，好不威武。

"我用过的鞭子应该还在。你想不想看看？"

"想。"

太爷爷起身，向南面放杂物的房间走去。

"打马的鞭子蛇抱的蛋，我找出来给你看看。"

南房光线昏暗，太爷爷从杂物里面搬出一个木箱子，上面灰土沉沉的，是那种擦不掉的灰土，像一枚沉坠至静、褪色灰暗的果实。从箱子里面翻出一支鞭子来。鞭杆是约一尺长的硬木条，可能用的时间久了，看上去几乎是光滑透亮的。鞭杆的两端镶有铁制的套子，一端有环，环中套有三个小铁环，环上拴鞭梢，鞭梢好像是用牛皮条制成的。

"有的骑手喜欢马棒，铜条马棒比这个鞭杆粗，也比这长，硬木做成的，很柔韧。"

太爷爷的木箱子，就跟小孩子装玩具的百宝箱一样，里面都是磨得差不多的马掌啊、脖铃之类的乱七八糟的东西。不过对于太爷爷来说可能有意义吧。

"我们把它搬出去也晒晒太阳。"

太爷爷躬腰搬箱子到太阳底下，将箱子里面的东西都倒了出来。一样一样地看。红润慈善的脸上都是欢喜。

"这个是我们那时候做生意捏码时用来遮手的。"

太爷爷见我拿起一个像护袖一样，两面都通的牛皮袋子时，这样跟我说。

"你知道袖筒捏码吗？"

"知道。谈生意时中间人悄悄在袖筒里面跟人捏手指议价的么。捏食指代表一，捏食指和中指代表二，捏食指、中指、无名指代表三，再添上小拇指就代表四，五指全捏代表五，捏大拇指和小拇指代表六，捏大拇指、食指和中指代表七，捏大拇指和食指代表八，食指弯曲代表九，将食指单独一转表示十。"

我不停地变换着手指，一口气说完，眼睛一眨不眨地盯着太爷爷洋洋得意。太爷爷有点吃惊，笑着说："好厉害，还知道得这么清楚。"

"我爷爷教我的。"

小时候每次放学，爷爷来接我回家，我一边走路，一边手放在爷爷手里玩"袖筒捏码"的游戏，乐此不疲。有时要零花钱，也用这种方式。

"这是什么？"

我被吓到了，一把像麻绳又不像麻绳的东西，联想到蛇皮。

"这是筏子客们专门用来绑筏子的绳，过茅陇峡、刘家峡这些很危险峡口时，也将这绳一头系在腰间，一头系在筏子上，不然人会被大浪冲走。"

"太爷爷也放过筏子吗？"

"放过，在野送达板渡口、扎木池渡口、右丞桥渡口这些地方都放过。"

像船一样的筏子我并不陌生，兰州有些靠近黄河的公园里面有羊皮筏子供游客玩儿，经过特殊处理的羊皮做成皮胎，再将这些皮胎充满气，用木椽联结起来，漂浮在水面上，载人过黄河。

"我们那时候年轻得很呐,黄河桀骜,横冲直撞,我们撑筏摆渡,在上面大显身手。千里黄河上漂着浩浩荡荡、成群结队的羊皮筏子。"

"听上去像在赛龙舟一样的。"

"不是不是,是运送各式各样的货物,是惊险的营生。苦得很呐,波涛里筏子客们一边驾皮筏子,一边唱辛酸的花儿。"

"还唱花儿呀?"

我不由地吃惊起来,看向太爷爷的脸。

"嗯,走路走到一半儿,唱一唱花儿,人精神就来了。"

曾在电视上见过评论家说,东乡的花儿像野生的草丛一样随处生长,对于黄土地上出门的征夫、脚户、沙娃、打工者来说是伴随一路的苦曲儿,曲中的"大眼睛""白牡丹""水红花"火辣辣的可以照亮寒天长夜,可以烫伤人。

"那太爷爷现在还会唱吗?"

"会啊。"

"那您给我唱一个呗,我从来都没有听过您唱花儿呢。"

我死乞白赖地摇晃着太爷爷的胳膊,要他唱一个,太爷爷终于招架不住了:

"好好好,那就给你唱一个,唱个什么好呢……"

想了一会儿,便开口唱道:

"闯过了小河闯大河,
皮筏子开进了黄河。
风口浪尖上讨生活,

一辈子凶险中爬摸。"

音域宽广，像太阳底下簇簇涌动起来的火焰，豪放而嘹亮，惊到了坐在炕上绣花的太奶奶，她收拾好竹籁、线箩也下炕向院子走来，边走边说："一老一少竟坐在大太阳底下对着上拱北的人们唱起花儿来，没个正经的。"

见太奶奶走过来了。太爷爷连忙将箱子里面倒出来的那些玩意儿，又重新装回去，落在地上的一些碎屑，用脚一下一下全都抹在一起，将箱子放在上面，装成一副若无其事的样子。我嘻嘻地笑起来，估计他是怕太奶奶看见他弄脏了院子而骂他，才这样做的。老年人有时真的是跟小孩子一样的。

"感觉太爷爷年轻的时候什么事都干过。"

"是啊，人年轻的时候总是憋着一股劲儿，说不出来要做什么，但就是不愿意就这样了。"太爷爷说着眼睛里的光已经飘到很远很远的地方去了。

漫长的大雪，时断时续，我窝在温暖的房间里面开始长时间睡觉，睡醒之后看漫画、看剧、打游戏、刷手机，昏昏沉沉。跟闵俊也打过几次电话，他问我是不是没有参加期末考试。我告诉他我已经退学了。说完这话，倒也没感觉有什么，读书不就是为了以后找工作赚钱吗？我有爷爷留给我的大块的地皮，都能收到租金，做个躺着"刮地皮"的人又轻松又自在。钱是多么实在的东西，有时候走在路上，都感觉心神在荡漾。这是生活唯一对我好的地方。

晚上屋外的树枝被风吹得刷刷响。妈妈突然给我打来电话,说她联系了我学校的老师,帮我做了休学申请,我若以后想上学的话,可以继续去上。私自帮我做这些,算什么,母爱吗?真搞笑。挂了电话,透过玻璃窗能看到北屋里的灯光,有微妙的重量感,空荡荡的院子里,非常清晰。心里特别闷,将妈妈的电话号码拉了黑名单。

半夜我手心和额头滚烫,感觉像漂浮在巨热和巨冷交替的火灾现场,从皮肤从指甲缝里渗透出一种煎熬的痛苦。

可能是身体虚弱的缘故,稍微不注意就会发低烧。以前跟爷爷奶奶住在一起,低烧时喝些糖浆就会平息。若是很严重,额头烧得滚烫的时候,会打车被送去医院打吊针。可是在东乡,家里没有糖浆,也不想出去打吊针。

我蜷缩起身体,迷迷糊糊地睡着。房间被外面的雪映出一种奇异的白,像行走在月光下的森林里面,有沼泽,有冰块,有清泉。心里渺茫,不知道自己是在哪里,一开始以为是在学校宿舍,又觉得是在兰州的房子里面。又想起太爷爷太奶奶的北屋……所有住过的地方都被我混淆在了一起。

第二天早上太奶奶来叫我时,我头痛、鼻塞、浑身酸困,根本起不了床。太奶奶又伸手来摸我的脸,将我的头发推到额头上去,说:"阿塞娅,你发烧了。"

倒了白开水,拿了食物和一堆感冒药过来。

我不愿意吃药,用被子裹住了头,不再搭理太奶奶。

她没办法,就叫来了太爷爷。

"感冒了为什么不吃药呢?"太爷爷进来问我。

"不想吃。"

"要不，我们陪你去门诊打针。"

"也不想去。"

"我打电话叫门诊上的大夫来家里给你看看好吗？"

"不要。"

"……"

感觉太爷爷比太奶奶更烦人，睁开眼睛看了一眼，太爷爷白须飘飘，端坐在炕楞边儿看着我。对他们来说我简直就是一个负担，心里觉得过意不去。就起来吃了药。药刚吃下去一恶心又给吐了出来。

"要不你再去在土炕里面加些炭屑，将炕烧得烫烫的。"

太爷爷摸了一下我的炕，跟太奶奶说："让她盖上被子出身汗。"

太奶奶在炕洞里面加过炭屑之后，又给端来了一大杯姜糖水。

"喝了姜糖水，再在热炕上出一身汗，就不难受了。"

我将脸埋在红糖水上，深深吸气。鼻子堵塞得厉害，什么味儿都闻不着，但心里香甜香甜的。

那天晚上，太奶奶一直在我的西厢房里面，就睡在我的旁边，每隔几个小时就起来看我一次。我感觉很热，热得烦躁，想要掀掉被子，太奶奶却用手压住被子的边角，也不说什么。我悄悄地看着她，很久，她的眼睛是闭着的，呼吸均匀，像酣睡中的样子，我再次悄悄想要掀掉被子的时候，她的手却又伸了过来，死死地压紧被角。几次都一样，我只能忍受着滚烫的炕，闭起眼睛听外面下雪的声音。听着听着就睡了过去。

沉实的一夜，我出汗出得被子潮乎乎的。但还真的有效果，天亮后出过汗的身体如同沐浴后一样清爽。

　　吃早饭的时候精神很好，坐在太爷爷太奶奶的土炕上，从床单开始，一层一层往下掀。

　　"阿塞娅，你在找什么吗？"

　　太爷爷问我。

　　"啊，没有，没找什么，就是想看看铺的都是什么，感冒了不用吃药打吊针，在它上面睡一晚就好了。"

　　"对啊，走南闯北的东乡人，一身的硬气和刚毅，就是睡土炕，睡出来的，是土脉养育出的硬气。"

　　太爷爷刮着盖碗茶，似乎很自豪。

　　土炕上铺的还真多呢，床单、栽毛毯子、毛毯、羊毛毡、竹席，还有麦草，完了才是泥炕。跟太爷爷太奶奶生活在一个屋檐下快一个多月了，我就发现他们俩是离不了土炕的，虽说有太阳的时候他们会去庭院里晒太阳，太爷爷还会去清真寺。可大多时间都在土炕上面，在上面吃饭，睡觉，坐着聊天、休息、礼拜。想到人生中的很多事都是土炕上完成的，一代又一代的人在土炕上完成生命的延续，血脉的传递，最后睡在土炕上面去世，就不由得感到人的一生好简单，生老病死全都在一座炕上完成。唉。我不由得叹起气来。

　　大雪围门。树枝上的积雪风一刮就窸窸窣窣地下落一阵子。我跟太爷爷铲完雪，太奶奶用柴火煮在铁锅里的土豆也刚刚熟，黄灿灿热腾腾的。又用菜籽油泼了腌制的大白菜、花咸菜，炒了一盘酸菜。太奶奶爱惜食物，每一天的每一餐都做得细致用心，太爷爷也很配合地悉心品尝。好佩服他们俩这种简朴自律的生活方式，他们是打心眼里热爱享受着这种生活。

年纪都这么大了，还将平凡的日常生活过得如此津津有味。这要是我，活到这个岁数，一定会躺在炕上不想动的吧，尽量多一事不如少一事，躺着就好了。我茫然地想着。

"在这种天气里面，就应该凑份子钱吃拼伙。"

太爷爷望着窗外，我也转头望了出去，外面又是茫茫大雪，真傻啊，刚才的雪都白铲了。

"阿塞娅喜欢吃拼伙吗？"

"我就小时候吃过一次，几乎都忘记了。"

"那我们明天就吃一次拼伙吧？"

"你这个人啊，想起一出是一出。"

太奶奶咬着剥掉粗皮的土豆说，听口气像是在埋怨太爷爷，但看表情又不太像。

"这样冷野寒天的你要跟谁吃拼伙？"

太爷爷瞪圆眼睛，冲我做了个鬼脸，然后转向太奶奶，说："那这个主麻过了，周末吃吧，将穆萨、祖莱哈、艾米丽都叫过来。"

太爷爷说的都是自己儿子女儿的名字，他和太奶奶有两个女儿一个儿子。他们的儿子，我叫小爷爷，高高的个子，说是跟我爸爸差不多的岁数。奋斗读书好多年，最后将工作选择在了临夏市，为了方便自己工作和子女读书，又将东乡的老宅卖掉了，拿钱在临夏换了一套两室一厅的房子。在顶层，又高又狭窄，太爷爷太奶奶并不愿意去住，怄了气。于是爷爷将我们家给他俩住，反正也是闲置的房子。太爷爷的女儿儿子至少一周会来看望他们一次，每次都会劝他俩搬过去一起住。太爷爷太奶奶都无动于衷。再劝几句，太爷爷便说：金窝银窝，比不了自己的土窝，我还是要生活在这里，天清地阔，出了门就是清真寺。

大概人老了都是有乡愁的吧，爷爷活着时候也说过："住哪里都比不上住自己的家里，要不是你在这里读书，需要人照顾，我就回东乡去了。"

早饭过后，太奶奶坐在座机旁分别给儿子女儿打电话过去，告知他们太爷爷要吃"拼伙"。

星期六是个晴天，雪消融之后，沿着屋瓦往下滴，到处都是滴滴答答的声音，天空像被清洗过的一样清爽。这种天气带着雪水与黄土的浓重气味，真让人来精神。因为太爷爷要吃拼伙的事，白日里空落冷清的家里热闹了不少。小爷爷和他妻子，以及两个姑奶奶都按时赶来。还有几个小孩子，我不太对得上号。小爷爷买来的是一只活羊，眼睛毛茸茸的。太爷爷刀宰之前颂了一段经文，刀宰的时候，也很郑重。从小到大，经历的刀宰场面都是这样——在结束掉一个生命之前，先给它的创造者一个交代。

太奶奶今天格外忙碌。两位姑奶奶和小爷爷的妻子，也都脚步迅疾。将宰完收拾好的羊完整地下入冷水锅，火灶里面干柴塞进去，灶火在暗中跳动，发出噼啪脆裂的声响。将羊心、羊肝、羊肺之类的都在水槽里面清洗干净之后，放到砧板上当当当地剁起来。我已经长这么大了，但这气味，这声响，却跟小时候一样，没有任何改变。

"他要接你们去临夏住，你们就过去呗。"

煮肉的锅内汤汁沸腾，年长一点的姑奶奶边用纱布般的细漏勺打浮水面上的白沫，边对太奶奶说。

"楼上统共两间卧室，两个孩子睡的还是高低床，我们过去住哪儿？"

太奶奶将花椒、葱段、姜片、草果、青盐等作料一一下进锅里面。关掉了火灶上的风门，火一下子变小了不少。

"你们若过去了，他总有解决的办法。"

"不去了，见着他的心意就行了，我们都是土掩到脖子的人了，生活在哪里都可以。"

听到这样的对话，我一时觉得太奶奶太爷爷跟我一样可怜。我的妈妈不要我，而他们的儿子不要他们，但我不明白的是太奶奶为什么会说得这么淡，这么骄傲。"嗨，我生活在哪里都可以。"若是有一天我妈妈来接我过去同她一起住，我也要这样骄傲地跟她说。我感觉自己从来都没有骄傲地抬起头说过什么或者做过什么。而且我跟妈妈也应该不会有这样的对话的，妈妈压根儿就不想要我，小时候不要我，爷爷奶奶去世之后还是不要我。我就这样胡思乱想起来，心里满是惆怅。

"阿塞娅，你有没有空闲？你小奶奶叫你过去帮她。"小爷爷来厨房问我。

他的妻子正蹲在檐台上戴着塑胶手套洗羊肠和羊肚。让我将汤瓶里的清水，往羊肠里面灌。弯曲高翘的壶嘴像优雅的天鹅颈，我一出神，便连同汤瓶的盖子一起倒了出去。

"你这孩子……"

她好像很无奈似的,从盛了粪泽的脸盆里面捞出壶盖,用水管里的清水冲洗。

"杨妈妈,好臭啊。"我嘿嘿地笑。

"嘿,洗干净就不臭了。"小奶奶看了我一眼,脸上笑意也上来了。

这位小奶奶是太奶奶的儿媳妇,跟我奶奶同辈,但我一直叫她杨妈妈。从小我就有爱乱叫人妈妈的毛病。当然都是些彼此之间非常熟悉的,跟妈妈年纪差不了多少的人。她们温柔对待我,我便在她们的姓氏后面加上妈妈,像范妈妈、王妈妈、马妈妈之类的。这成为我小小年纪里面最得意的事,别人只有一个妈妈,而我可以有很多个妈妈,只要我自己愿意。我靠这样乱叫人妈妈来消除自己没有妈妈的自卑感。我叫的时候,她们像真的妈妈一样给出的应答更使我洋洋得意。同时,也不由得生起气来,怎么叫她们妈妈的时候,她们看上去都要比我的妈妈还快乐呢?

直到现在与那些曾被我叫过妈妈女人见了面,依然在前面加着姓氏叫他们妈妈。

在兰州那边的时候,她们可能觉得东乡人就是这么叫与自己的妈妈年纪差不多的女人的。在东乡就更好说了,东乡语里面将妈妈叫做"阿娜",所以没人在乎我这样叫她们。

偶尔我会一个人细细地想,这些"妈妈"里面哪一个最漂亮,哪一个最喜欢笑,哪一个不太爱说话,哪一个最能活跃气氛……沉浸在与她们相处过的回忆里面。想起她们和我的关系,我时而伤心落泪,时而傻傻地笑起来。有些被我叫做妈妈的女人,从辈分上来讲并不合适,我应该是要叫她们奶奶或者姐姐的。

这样想着想着,我又会骂自己没出息,见人就喊妈妈,真够寒碜的,陷入自我厌恶状态。

一边厌恶着自己,又一边安慰自己:没什么的,这真的没什么的,我自己的妈妈不要我,我这么做就是为了温柔地对待生活。

"这些让你大姐和二姐来收拾,你出去帮我们买些蔬菜和调味料来。"

太奶奶拿着一个单子出来跟杨妈妈说。

"需要的蔬菜和调味料我都写在上面了,你按着上面买来。"

见杨妈妈两只手都没闲着,就将单子用笔压在了窗台上。

"单子我给你放这儿了。"快要进到厨房里面去了,又回头说:"要不你带阿塞娅一起去吧,这孩子自从来这里,就没出过大门,你带她一起去。"

我绾了个松松散散的发髻,套上羽绒服,便跟着杨妈妈出门了。

人走下坡路总是容易的,不一会儿就到正街。

阳光出奇地耀眼,遇见的都是戴盖头的女人和戴白色无沿小圆帽的男人,其中最显眼的都是像太爷爷那般皓首银须,精神矍铄的老人,骑着摩托或驶向清真寺的方向或在后座上捎着孙子驶向集市。杨妈妈肤色白皙，戴的是丝绒的盖头，黑底上有墨绿色的大朵花影，她走在我前面，一个菜摊一个菜摊地认真挑选。我已经很久没来过这样的集市。集市里混杂着货物、牲畜、家禽、垃圾、灰尘的气味，很辛辣很厚实。似乎就是世间万象的气味，藏满了生命真相的艰辛。

"东乡人也有文字吗？"

"什么？"杨妈妈正按着单子往购物篮里面装调味料。看她这样，可能是不想回答我的问题。于是，我就继续提着快要勒断手指的两大袋子蔬菜跟在她的后面。

我们已经买了不少东西。但好像还要买，杨妈妈手指按在那个单子上从上面往下数。

"还要买很多吗？"

"嗯？"

"我说，还要，买，很多吗？我快提不动了。"

"菜都买齐了，再要买的都是调味料。你看……"

杨妈妈将我手里的一袋蔬菜接了过去，然后将菜单递到我眼前。

"我全都不认识……"

单子上的词汇我早注意到了，是由阿拉伯字母组成的词汇。阿拉伯字母我小的时候在经学堂里面学过，但单子上的这些我不知道该怎么读，看上去有点奇怪。

"这是小经，都很简单呐。"

"小经是什么？"

"就是用阿拉伯字母拼写的东乡语或汉语。"杨妈妈一边付钱，一边答道。

"原来是这样的啊。"

我试着在心里默默拼读了一下，还真拼读出了一个"小茴香"的汉语词和一个"香菜"的东乡语词。就是用阿拉伯字母拼写出来的东乡语或者汉语，只要读出来就能明白。但想想也没什么好大惊小怪的，文字本身就是意象的载体，人们在日常生活中总有自己的方法。

在回来的路上，杨妈妈想起要买毛毡的事，又提着蔬菜和调味料，带我去专门卖毛毡的店铺。我提着一袋子蔬菜，没声响地跟在她身后。心想，都已经买了这么多东西了，就不能换个时间再买吗……

买毛毡的店铺门头上悬挂着一个牌匾，上面字是：东乡非物质文化遗产。还有政府的盖章。灰沉沉的店面前，挂一个闪闪亮的牌匾，怎么看都很突兀。

店铺里面两个中年人正坐在条凳上，裤脚卷到膝盖处，手里各抓着一根麻绳，将卷成筒的一卷羊毛在一块木板上赤脚蹬过去，又用麻绳拉回来。看长相，应该是两兄弟。羊毛筒在木板上来回滚动发出吱吱呀呀的声音。

"有新毛擀好的毛毡吗？"

杨妈妈环顾着店铺问道。这时，一位戴着白色无沿小圆帽，胡须银白的老人从隔间出来了。

"都是新毛擀的毡，你进来看。"

"能铺在地板上的是哪一种？"

杨妈妈翻看着晾在木椽上的毛毡问道。

"要铺在地上的啊？"老人眼睛直视着杨妈妈的脸。

"嗯，毛毡铺在地板上又隔潮又防湿，上面直接铺块栽毛毯子就可以做榻榻米了。"

"那你就选沙毡，沙毡透气性好。"那个老人指着一块儿瓦青色的毛毡说。

"可是这个颜色……您还是给我挑一条纯白的绵毡吧，绒多的那种。"

店铺里的气味燥热而浑浊。猛一转头，擀毡匠人抓着麻绳的手吓到了我，那是一双苍老而布满青筋和老茧的双手，完全不像是正常人的手。羊毛筒像带着某种希望和憧憬，吱呀吱呀地来回滚动。那两双变形严重的手跟着羊毛筒来来回回不停反复。我看得开始难受的时候，回头向杨妈妈这边看了一眼。她还在挑毛毡，好像都不太满意。

"这是春毛毡还是秋毛毡？"

"这个啊……"银白胡须的老人摸着毛毡的边沿说："这是春毛毡，这毛都是我们用铡刀铡碎的。"

"那麻烦您了，我订一条纯白的秋毛绵毡。"

杨妈妈脱了手套，在老人拿过来的账簿上写了电话号码和毛毡的款型尺寸。

从店铺出来的时候我又回头看了一眼擀毡匠人的手。一双辛酸苦楚的手。感觉有什么东西在我心里已经破碎了。

在阳光的照耀下，到处的雪几乎都已经融化了，屋檐上也没有了滴水的声音。傍晚时分，空气特别湿润，这几乎很难得。

羊肉煮好之后，两位姑奶奶用擀面杖将全羊小心地从大锅里面提出来，放在笼屉里面控水降温。

太奶奶在之前已剁碎混合在一起的羊心、羊肺里面撒了些面粉，又拌了些葱花、调料、香油，搅匀之后，分装在很多小碗里面。一碗一碗整齐有序地放在笼屉上面，蒸笼一层一层架在大锅上面，开水沸腾，香气四溢。

"发子上浇的肉汤我来兑可以吗？"

杨妈妈这样问太奶奶，她们将放蒸在蒸笼里的混合食料叫"发子"。

"浇在发子上的肉汤一定要滚烫，上桌前别忘了在上面撒些青蒜苗末。"

太奶奶向杨妈妈嘱咐道。

周围的邻居们也陆陆续续地来家里了，有些人还带了茶叶、冰糖、大枣等礼物。所谓的"拼伙"就是宰一只羊，邀请来邻里亲戚热热闹闹地聚一顿餐。这个原来好像不是这个样子的，我听说原来是若干人凑份子钱吃手抓羊肉。组织吃"拼伙"的人和房东告诉前来吃羊肉的人，这只羊多少钱，平均每人分摊多少钱。钱可以当场交，也可以过后送来。若经济不宽裕、没有现钱，可以用粮食、鸡蛋等物折价顶替。也可以放"八月帐"——到了粮食收获后用粮食折算。散席临走之前还不忘交代一句，"热肉好吃、冷账难还，还请兄弟朋友们都别忘了。"

典型的 AA 制聚餐，但更主要的是：亲戚邻里之间没有什么矛盾是聚到一起吃一顿"拼伙"解决不了的。

先端上桌子的是爆炒的羊肝，然后是在煮过羊肉的汤里面下的面片，舀在碗里撒点香菜，加点香醋和油泼辣子，一人一碗，然后就是蒸在蒸笼里的小碗，浇了肉汤，撒了蒜苗，也是一人一碗。

两位姑奶奶在厨房用板斧整洁利索地将全羊按着特定的骨节剁开，又剁成一小块一小块的，趁热装盘，端上桌。剩下的羊尾巴，切成薄片，像白玉一样，也被拌上香醋和蒜泥端上桌。

我年纪轻，脚步快，就有了优越感，端着托盘，在厨房与房间之间来回穿梭，送食物到各个餐桌上面。一屋子的大人小孩儿，没有一个不欢喜的。终于端完了，我看着他们脑子里漫天空想着要是在兰州的按平米计算的房子里一下子也出现这么多人会是什么景象。突然大家都一起放声笑起来，待我转过头时，刚出了什么洋相的小女孩，头上戴着圆形折皱帽，帽檐一侧的小穗子正晃来晃去，她对着大家张大嘴，露出贝类一样的光洁牙齿，乌黑的眼睛犹如《古兰经》里的故事，清澈，隐晦，深不见底。

夜幕降临，黑沉沉的山脉尽头有淡淡月影。房间里面笑声混合着满屋的香味儿，连灯光也都温柔了起来。原来这里的生活也可以这么温柔。我叹息了一声。

吃完"拼伙"之后，小爷爷以及其他人都离开了。晚上很冷，一种深邃的寂静笼罩了天地，太奶奶脸上有不少倦容，穿着羊皮的夹袄，上面套了大围裙，开始收拾一地的凌乱。我心情很好，便帮她做了很多事，洗碗啦、刷锅啦，总之她让我做什么我就做什么。太爷爷也在帮忙，打开檐灯，握着一把大扫帚一下一下地漫着院子。直到我们将家屋收拾到整整齐齐，如平素时的样子时才停歇了下来。

一整天，我感触深刻。想打电话跟闵俊聊天，告诉他东乡的土炕、擀毡匠人、支撑起信仰精神的拱北……东乡是我的族人一代一代繁衍不息的地方，与我有千丝万缕的关系。四面环水的孤岛，年年都有变化，与现在的我仿佛两个隔岸相望的人。但我爸爸、我奶奶和我爷爷的坟都在此地。我生命的根源在此地，我精神的源头在此地。当我某日枯落，我仍会回到此地，落叶归根。它是我的起点，也会是我最终的归宿。

回到西厢房之后，便拨通了闵俊的电话。电话那边背景嘈杂，好像在某个热闹的街道边，人声车声喧嚣一片。

喂喂喂的几声后，闵俊突然跟我说："我们以后不要再打电话了吧？"

我太过诧异："为什么？"

"呃……唔……我谈了女朋友。"

闵俊吞吞吐吐的。

"我不想纠缠在两个女孩之间，没什么意思。"

"哦，好吧。"

说完，我便一下挂了电话。一瞬间感觉不能呼吸，一呼吸，就如潜入了游泳池底部，没有声音。虽然我很早就预感他迟早会离开，分手也是我自己提出来的，但在这一刻我才觉得这段关系完全结束了。坐在炕楞边上，满地都是被灯光映成的橙色，人影以某种夭折的姿态，镶嵌其中。我木木地陷入一种寂静而微弱的梦魇般的氛围之中。

午夜失眠，我从书包里面找出烟，点了一根。我之前跟闵俊一起抽烟时，慢慢地好像已经上瘾了，独自的时候烟给人带来的抚慰，非常细微私人。但是这一次在这里故意抽烟，却抽出一股腥臭，呛得难受，掐灭之后，连忙开了窗户，又连同烟盒一起塞进了烤箱里面。烟盒上的蓝紫色火焰像是在肌肤上掠过一般，发出灼伤皮肤的细微声响。

深夜的檐风剧烈而寒冷，在黑暗中我看到了满天的繁星。眼眶中的泪水，热热地流下来。在这一段关系里面，明明是我先离开的，为什么内心也如此凄楚。不管先离开还是后离开都一样让人难受。怎样才能很好地回避它？什么时候才能强大到被风浪席卷，一样可以无忧无惧？

我一整夜无眠，看着窗外的天，一点一点地由深到浅变化着颜色。

太奶奶准备做晨礼时，从我的窗台前经过，我趴在窗口告诉她，今天我要睡很久很久，不要叫我。

"你怎么了，窗户开这么大？"

太奶奶被我吓了一跳。

"就是想睡很久很久，很久都不要起来。"

我真的想睡下去，睡到永远都不要再起来，生活真的快要烦死我了。

但我完全完全没有睡着，一大早从清真寺的大喇叭里就传来有人去世的消息。太爷爷专门进浴室沐浴，裹着洁白缠头出门了。穿的是平时做礼拜穿的长衣服，比以往更轻简朴素。

我爬起来，无精打采地去了北屋。

"起来啦？"

"根本就没有睡着。"

温在烤箱上的碗里是土豆炖牛肉，我端上炕坐在太奶奶旁边吃起来，牛肉炖得太烂了，一点嚼劲儿都没有。太奶奶一直盘腿坐在炕上做她的刺绣，我不说话她也不说话，怪无聊的。

吃了一半，放下碗筷，懒洋洋地拉开炕柜的抽屉，里面都是一些翻得很旧很旧的书，像《秘境花园》《圣训集》之类的，我看见一本《天方性理》，刘介廉的书。我爷爷的抽屉里也有这本书，爷爷叫刘介廉为介廉巴巴。我拿出来随便翻了翻，一行字像是要故意映入眼睛般的格外显眼：

当其未入母腹之先。存于父脊，清妙无象。迨既离本位，而入于子宫，无象者有象矣。象，盖得乎父母交感之气而成。

人是这么来的，但从小没有爸爸的我，老觉得自己像是从妈妈身体里面直接分裂出来的，就像草履虫那样。

"太奶奶，我跟我爸爸长得很像吗？"

以前凡是见过我爸爸的人，都说我跟我爸爸长得一模一样。但我还是常常这样问，不断地问，像是为了以这样的方式确定我是真的有爸爸的。

"像啊，眼睛鼻子都像是同一个模子里面刻出来的。"

太奶奶停下了手里的刺绣，叹了一口气。

"你爸爸那样的人，人喜欢真主也喜欢，年纪轻轻就走了。"

从窗口看出去，戴白色无沿小圆帽的人群浩浩荡荡向半山腰的拱北走去，走在最前面的人，在担架上抬着亡人，担架上苫的是绿色的苫单，苫单上有默写的经文。

"真主啊……"太奶奶叹道。

拱北里一阵经文的天籁袭人而来。

"真主啊……"太奶奶又叹道，脸上的神情有些凝重。

送亡人的人群里面，有高大强壮的年轻人，也有飘飘白须的老者，从拱北的大殿一直延伸到大门外。穆斯林崇尚速葬，"入土为安"，不一会儿一个驼峰形的新坟堆便起在半山腰上。人们所崇敬的先贤的墓旁又多了一个归去的灵魂，而周围寂然沉静的高山，它们依旧是古老时代里的形状。

"唉，人是土里来，土里活，土里埋啊。"

太奶奶叹着气，想来上了岁数的人对死亡这件事是更加敏感的吧。年老的生命就跟风中的烛火一样，风一大，闪闪烁烁几下子，就熄灭了。

"太奶奶。"

"嗯？"

"人的一生该怎么活，我活到现在都快烦死了。"

"怎么活？敬畏真主，在冥冥的昭示中抓住眼下的每一天，让每天的五次礼拜都给归去的路铺一块石头，让每一刻都给未来添抹一息芳香。"

"好书面的回答呀。"

我绷起脸，并不买账。太奶奶呵呵地笑起来。

"其实我快活完了一生，也不知道人的一生该怎么活。"

"活完一生都不知道怎么活，那一生又是怎么过来的呢？"

"拥有什么就利用什么,感恩知足有的,不纠结那些没有的,就过来了。"

看着眼前手里不停做刺绣的太奶奶,恍惚觉得知足感恩应该就是她现在的这副模样吧,淡淡的、安然的。但我会没来由地焦急,在走路的时候,在睡觉的时候,在吃饭的时候,在各种各样的不开心的时候。

"要是都不是自己想要的生活,那又该怎样知足感恩呢?"

"人的一辈子啊,哪有什么想要不想要的,就是见一招拆一招,一步一步就老了。"

"……"

"……"太奶奶看着我。

"这个寒假让你跟我们两个老人住在一起,真是为难你了。"

"没有没有。"我急地连忙摆手。

"你快开学了是吗?"

"开学?"

"寒假过完一个多月你就又开学了。"

敏感的我似乎意识到了另外一种微妙的含义,难道我住在这里让他们有为难?是这样吗?我疑惑不解地看着太奶奶。

"你妈妈在电话里跟我这么说的。"

"我妈妈是这样说的呀!"

虽然妈妈是这么说的,但我还是将我不再去学校这件事跟太奶奶说了。

"我已经不读书了……"

"毕业了吗?"

"没有,离毕业还远。"

"是直接不读书了吗?"

"嗯。"

"不读书就要结婚,负起各种社会责任了。"

太奶奶又呵呵地笑着看向我。

"结婚生孩子,有一个自己的家不是更好吗?"

"阿塞娅,可不能年纪轻轻地就把好日子都给折腾光了,花若开得早,谢得也早。"

我没有再说话。

大道理小道理我似乎都懂,但我不知道接下来我的生活该如何延续伸展。未来是一种期待,天堂也是一种期待,为什么太爷爷太奶奶就能在期待和当下之间轻松自在地活着?他们内心笃定,生性质朴、坚毅、坦荡。他们的这一切都是怎么铸造来的?真的得需要一生那么长的时间吗?窗外下起了小雪,我用额头抵着窗玻璃看,细细的小朵雪花轻轻敲击着玻璃。我额头凉凉的,脑子越来越清醒,从口袋里摸出手机,悄悄地解除了妈妈手机号码的黑名单。

路灯

> 黑夜，街道，路灯，药店，
> 这世界多么昏暗，无法理解。
> 你即使再活上二十五年——
> 一切仍然照旧。前途暗淡。
> 你一死——又开始新的循环
> 周而复始，亘古不变：
> 黑夜，阴沟里冰冻的污水，
> 药店，街道，路灯。
>
> ——《黑夜，街道，路灯，药店》

夜幕下，那个女人又出现在十字路口街灯下面。

当车子慢下来，一大群人从马路上穿过的时候，那个女人很悠闲。她微微眯起眼睛四处张望，当她看向我这边的时候，我发现她的眼睛里有淡淡的灯光在闪耀。

真是个奇怪的女人，体态不臃肿甚至有点瘦，但法令纹很深，我猜想她大概四十多岁快五十岁了吧。她常常在人们下班的高峰期过后，出现在那里，也许她自己也是刚下班。她站在那里在等一个男人。一个很年轻，大学生模样的，几乎可以被称为男生的男人。每次来都站在十字路口，都不过马路，就只是站在街灯下面等，有时候一小时，有时候两小时或者时间更长，她看上去是个很容易快乐的人，牙齿很白，偶尔会咧着嘴巴放肆大笑，可能是看到了街对面有什么好玩的事发生，但多半时间都很安静。

人流车流的十字路口，人们像鱼一样从她身边穿越过去，只有她是静止的。所以从我这里看下去，她很显眼。

我是前段时间发现她的。我过去拉纱窗的时候看见了她。这一十字路口，算是城乡接壤的混合地段，楼层都不高，马路也不是很宽阔，但天际线开阔。四周围都是大大小小的水果蔬菜摊儿，肉摊，小饭馆儿、衣品店、干果摊之类的摊位，像铺开的宴席，充满人间烟火的喜乐和熙攘。人们买东西也乐于在路边随便挑挑拣拣，讨价还价，让马路对面新开的大型综合超市相形见绌。姐姐家的药店在十字路口拐角的地方，药店的二楼三分之一隔出来放了四张病床给病人输液用，剩下的自己居住。

那天外面下很大的雪，纱窗开了一条缝隙，街灯泛白的光亮透进来，直射在病人脸上。我过去拉严窗帘的时候，看见了她。

时间不算晚，但大雪纷飞，路两边的摊位都撤光了，车辆行人也很少。只有她站在夜色下的灯柱旁，穿深红色的羽绒服，一大把干燥的黑发在脑后扎成发髻，落满了雪花。

她在那里等了很久,先是瑟缩着脖子站着,后来大概冷得受不了了,便开始转圈跺脚,手凑在嘴巴上哈气。

后来那个年轻男人出现了,他将自己的围巾取下来,往女人的脖子上绕,女人趁机在他的额头上亲了一下,他用小手指轻轻地抹掉粘在她脸上的小雪花,拥抱了一下,然后牵着她走了。

哈,原来是一对老少恋啊。一个上了年纪的女人,跟小年轻谈恋爱时也可以如此地执着和可爱。这种可爱不是一般的那种可爱,来自她的气质,像是被封在瓶子中扔在深海底的灵魂,只有时间没有苍老。

后来只要路灯一亮,我头探出去,准能看见她,那个灯柱,那盏路灯下面。她每天都来等他下班,然后拥抱、牵手,像十七八岁的孩子之间才做的事。

当天晚上我就跟姐姐说了这件事,我还说:"那个年轻人牵起她的手放进衣服口袋的时候,她笑得满脸都是小皱纹。"

"哦,是吗?"姐姐似乎毫无兴趣地嘟囔了一句,走了过去,又回过头提醒:"你这叫偷窥,道德问题。"

药店里已经没什么人了。冬天天黑得早,但看看时间,不过才下午六点多。通常这个时候,会有几拨下班过来买药或者打针输液的人。我帮病人换药的时候,不经意瞧了窗外一眼,路灯已经亮了。从窗口看下去,发现那个女人已经站在那里等了,还是穿着一件深红色的羽绒服,围巾在脖子上堆堆囊囊围了一圈。

大概恋爱是不分年龄的吧。只要是恋爱中的女人,浑身都会有一种暖杏色的光芒，一丝丝、一缕缕，从她的眼角，她的头发，她的手指散发出来，看上去真暖人心。

最后两位病人输完液，已经七点多了。我拔完针头，下楼倒垃圾时向正在柜台上点药的姐姐汇报了新情况。姐姐头也没抬，笑着问我："你站在高处这样窥探别人好吗？"

我稍稍收拾了一下病房，就搬了个靠背椅坐到靠窗的那儿，望着对面路灯下的女人发呆。过了一会儿，突然，那个年轻人从对面跑过去，蒙住了那女人的眼睛，软语呢喃，有点像韩剧里的镜头。由于逆着光，我好几次都没看清那位年轻人的脸。

"好可惜啊，我又没看清那男人的脸。"我回头跟上楼来的姐姐说。

"你也真够无聊的，持续观察一对老少恋。"

听她的话音，好像对老少恋没有丝毫好奇心不说，还挺嫌弃。

姐姐好像已经将楼下药店的门给关了，在客厅开了电视，然后拖鞋一路吧嗒吧嗒过去，拿来一包薯片打开放在茶几上。侧躺在沙发上，一手支撑着头，一手握着遥控器，一双眼睛一直盯在电视上。这形象让人觉得真难过，曾经那个连睡觉时都怕将头发压变形的姐姐不知道哪儿去了？

"今天晚上姐夫不回来吗？"

听我这么一问，姐姐懒洋洋地抬胳膊按了一下遥控器，背对着我问："啊，你说什么？"

我只好又问："今晚姐夫不回来吗？你这么早关了店门。"

"会回来的,可能会比较晚。"

从那天开始,我不自觉地在意起对面路灯下的那个女人来,路灯亮了之后,时不时地瞟上她几眼。可能外面真的是冷,她总瑟缩着脖子,走过来走过去。难道她就真的这么爱那个年轻人吗?我可做不到这样去爱一个人,在冰冻三尺厚的冬天,一等等几个小时。

楼下药店的门丁零咣啷一阵响,姐夫带着一身的寒气从楼梯口上来了,眼睛眉毛上都是水蒸气,姐姐坐起来问道:"今天出诊的地方远吗?"将遥控器放在茶几上,手伸进袋子里,衔出一片薯片,吃了起来。

"不远,就是路不好走,车开不过去,徒步走了很长一段距离。"

姐夫边说边卸去身上的棉衣,里面的衬衫在灯光下白得跟他的大白褂几乎一个色调。

等我再回头去看那个女人时,她已经不见了。他们已经走了。街上好像也没什么人了,十字路口的那盏路灯,再看上去就孤零零的。但不远处有一家小餐馆,在黑暗的夜色中看过去,却格外温馨。玻璃窗内容四个人的座位上仅只坐了一位老人,引起了我的注意,他满头银发,好像在拿勺子喝汤,喝得很缓慢,有时候会停下来,好像在歇息。六七十岁左右的老人,穿一件灰黑的棉服。手指上大概是有戒指的,隔着一条街我看不太清楚,但动的时候,总有光在闪烁。一个有人照顾的老人,应该不会在这个时间点一个人出来吃饭。所以我看了他很久,看得我自己都能闻到一种苍老和孤独的气味,不由耸起肩膀抖了一下。

我就在想，此时此刻如果他身边有个人，夜色下的小餐馆又这样温馨，一起暖洋洋的吃饭会不会好一点。

我还在看窗外，姐姐提醒我，该去睡觉了，早睡早起。

姐姐通常是不会在家里做饭的，但一遇到周末，又常常大动干戈，做很多菜，管你吃完吃不完，她说饭还是要做的，不然就没家的味儿了，在桌上摆好茶杯碗筷，使唤我下楼去叫姐夫。药店的门一次一次地被推开，人一个一个地进来，姐夫忙得团团转。姐姐像是在努力控制情绪："你告诉他，如果再不来吃饭，就没他的饭了。"

我很无奈，就又趴在楼梯的栏杆大声喊："姐夫，饭已经端上桌了。"姐夫抬头看了我一眼，说了句，"来了，来了，马上来……"之后又不见他上来，再下去发现他人已经在车子里了。姐夫是个大夫，医者父母心，常常被人叫去深山大沟里出诊时，他二话不说，提着药箱就走。

姐姐明显是生气的，抱怨着白做了这么一大桌子菜。她盛了一碗米饭给我，说："不等他了，我们吃。"

吃饭时没什么可聊的，我就又提起："那对老少恋中那个女人虽然年纪不小了，但总给人一种别样的感觉，很安静，很快乐。"姐姐依然漠不关心地"嗯"了一声，继续往嘴里送食物。

"她的小男朋友，看着个子高高的，背影帅帅的，遗憾的是我到现在都还没看清楚他脸长什么样子呢。"

"你关心别人的男朋友干什么？"

姐姐停下筷子，往自己的碗里盛了些汤。

"不是，我是第一次在现实生活中遇到差距这么大的老少恋，好奇。"

"好奇害死猫，吃饭。"

"……"我怀疑姐姐根本就没听我在说什么。

"我煲的这汤真不错。"没问我要不要，就直接也往我碗里加了一勺汤。

"你说他们最后会结婚吗？"

"不好说。"

"是不是恋母情结比较严重的男生，才会找一个比自己大很多的伴侣？"

"我怎么会知道。"

姐姐一边喝着汤，一边有一搭没一搭地回答我津津乐道的问题。

"可是他们若真结婚了，先老的那个人先死了，留下来的另一个也挺孤单的。"

"谁先死，谁后死，这个谁能说的上……"

"可是……年龄就是代沟啊。"

姐姐又往自己的碗里舀了一勺汤，无动于衷。唉，算了，关于这个话题好像只有我自己有兴趣，像个怪胎，还是闷头吃饭吧。

电话铃声响了，姐姐起身去接。

回来时，连眉毛都在笑，捏了一下我的脸，说："我的小乖乖，明天王家阿娘要来，我得做点什么准备。"

"王家阿娘？就那位抱养孩子的中介人？"

这位王家阿娘是这一带最有名的接生婆，以前女人生孩子去不了医院，就由她来接生。有人家盼儿子，生下来若又是女儿，不得已，也经常悄悄依托王家阿娘，看有没有人家想要收养孩子的，请她带为传话，时间一久，人们就都知道谁想要收养刚生下来的小孩儿，就去找王家阿娘，她那里一定有信息。

"那她要来……是不是说明你可以抱养到小孩儿了？"

姐姐只是含混地笑了笑，继续低头吃碗里的米饭，脸上喜滋滋的。

要我说姐姐吧，作为一名小学老师，在我看来真的已经算是生活过得非常美满的女人了，平常不过就是一边给小孩子教教书，一边回家随便操持一下家务，每逢节假日，高兴的话就来药店里面帮帮忙，没心情的时候就独自在家睡觉、晒太阳、看书或者追剧。但遗憾的一点是姐姐因为疾病根本没法生孩子，这让所有人都叹气。

姐夫倒是很宽容，对有没有孩子都不在乎，看得出，姐夫和姐姐的感情很好，不然因为孩子的事情早就离婚了吧。姐姐说反正姐夫也是无时无刻不在为各种病人而忙，有了孩子也是忙，还不如让他忙得专一一点。话虽这么说，但姐姐想要抱养孩子的念头，三四年前就有了。

姐夫不在，姐姐自从接了那个电话之后，就进厨房手脚停不下来地忙，就只有我在看药店，一直到很晚之后，才将药店门关了，手酸脖子僵地上二楼。姐姐还在厨房，不知道又在折腾些什么。于是我又搬了那把靠背椅到窗户旁边，路灯下面的那个女人还在那里，还是那件羽绒服那条围巾，在灯柱下面踱步，她很早就在，已经等了很久了。

那个年轻男人好像就在附近哪里上班，下班时间不大确定，但一般都比较晚，最早也在傍晚七八点左右。不知她还要等多久，这让人骨头都哆嗦的寒冷……

那个男人终于来了，还是从街对面向她走去，高大的背影，拥抱她，她将头抵在他的肩膀上。他牵着她去旁边的饭馆吃饭。饭馆里人不多，他们点了汤和面，从这里看过去，她的吃相几近狼吞虎咽，很快吃完自己盘子里的，又从他盘子里拨过来一点，她看上去真的很饿，大概是从黄昏一直站着等他等到现在，什么东西都没吃的缘故。

他们吃了很长时间。他在她对面点了一根烟，抽了起来，她好像并不想让他抽烟，拿过烟，摁熄在烟灰缸里，一缕青烟，袅袅散尽了。

他们在从饭馆出来，在门前站了一会儿，他好像在说什么，她看着他。她不说话，依然看着他，他有些索然，抬起头重新整理自己的围巾。又伸出手来帮她重新围了围巾，微笑着，放心了。牵着她走，她突然又非常高兴，开口大笑，牙齿很白。

不知道怎么回事，偷偷地看他们看久了，反而有点……喜欢他们。谈恋爱么，快乐不就好了吗？一整天在药店里转来转去，晚上睡觉前总有点惘然，索性每天都搬来椅子坐着望一望窗外，算是对心灵的安抚吧。看着路上行人匆匆，好像都很忙很乱，但仔细一点看，它其实跟一部场景搭得不太地道的电影没什么两样，一些西装革履的人，神情阴郁，一些皮肤粗糙的人，眼神却清澈明亮。每天就在那个时间点也就只有那个人从那个地点经过。大概所有的人的生活轨道都是很难改变的，就像一个传送带上面,一个物品掉落了下去,后面的物品就都跟着会发生变化。为了保持巨大的稳定和平衡,人们都尽力尽责地沿着轨迹走。

对于跟那个女人谈恋爱的那个年轻男孩,我倒是充满了好奇,他个子很高,很英俊,刀砍斧削般的容颜。药店的旁边就是综合超市,傍晚去帮姐姐买东西时,我看见了他,他在离超市门口很近的地方有一个小摊位,给人贴手机膜,卖耳机充电器之类的小东西。从超市门口进去一转头就能看见他。

白天的十字路口,永远都是车水马龙、尘土飞扬。只有等到太阳落下去,一切都才会跟着变淡变暗静下来。超市门口结账的队伍排了很长,我一转头就看见了那个男生,他正在帮人贴手机膜,时不时会抬头向对面路灯下的女人看过去。为什么这么年轻好看的男生会喜欢上一个老阿姨呢?正在我纳闷的时候,前面的收银员没好气地提醒我:"后面的跟上。"

"哦。"我推着购物车慌手慌脚地向前移。

两大袋子水果干果蔬菜之类的东西,连提带拉,一点一点挪上二楼,放在地上的一瞬间,感觉腰和手指都已经断了。

"阿塞娅。"

还没等我喘过气来,就听见姐姐在厨房里叫我。

"干嘛?"我手撑着腰应道。

"锅里的油是烧过的,放三四分钟后将辣椒面子泼一下,我得赶紧给人回个电话。"

我推开厨房门进去,活生生被吓一跳,原来姐姐也是神厨,各种汤,各种配菜,各种糕点,都是她自己折腾出来的。

燃气上平底锅里的油是炸过糕点的熟油,我现在的任务就是等三四分钟,然后用它泼辣子。

姐姐被厨房里的热气腾得鼻尖上冒汗,但比以往任何时候都开心,边拨着号码,边低声跟我说了句"小心热油,别烫着自己"。然后手机放在耳朵边,急匆匆去客厅跟人讲电话。

半天之后,我听见姐夫的声音,他头探进厨房问我:"你姐姐怎么了?"

"我不知道,"我慌忙跑出来看见在茶几旁哭成一摊泥的姐姐。"从昨晚开始就莫名其妙瞎折腾到现在。"我半是自言自语地嘀咕。姐夫看着我的手,急迫地喊:"油油油!"我低头一看,刚一着急搅拌油泼辣子的筷子,还夹在手指间,筷子头上的辣椒油顺着我的手指一直流到胳膊上,还好还好,悬而未滴。我立马一翻胳膊去厨房洗了。

"王家阿娘给我介绍来的孩子,患有小儿麻痹症。"姐姐眼睛哭得红彤彤。

"什么?"姐夫好像还没太明白。

"我不是让王家阿娘做牵线人,我们抱养一个孩子吗,她……"姐姐又哭上了。

"哎哟,你真是没事找事,没有孩子就没有孩子,你看这不挺好的吗?"姐夫伸手扶姐姐坐沙发上,轻轻使眼色给我。呵呵,你自己的老婆自己哄,我耸耸肩,拿起手边的护手霜往手上涂起来。

"没有孩子是不行的。"

"没有孩子天会塌下来吗?"

"没有孩子家就不像个家。"姐姐比刚才哭得更厉害了。

"这个不行,那我们重新再收养一个不就行了吗?"

"就这一个,我已经等了三年了,哪有那么多孩子让你随随便便来收养的?"

"那我们再等三年……"

我站在沙发旁边,听平时寡言的姐夫像哄孩子一样劝姐姐,有点想笑。以前就连妈妈都没这么好言好语地劝过姐姐,三句话不对,随便拿起什么东西,劈头盖脸几下,就都消停了。

这一天算是就这样阴沉沉地被折腾过去了。

第二天一大早,姐姐已经恢复神气,头发在脑后挽了一个髻,看上去没有多大伤悲。

"今天早上我们做什么早饭来吃?"

"还做?"我惊呆了,她昨天做的那些,够我们吃一个月了吧。

姐姐没说话,看着我笑了笑。

我拉开阳台的门,外面又是厚厚的一场雪,万物都被覆盖得没了棱角。姐姐将一条围巾笼在头上当帽子,也走过来看雪。

"你看那儿。"远处的洁白山脉间隐约露出更远的白雪覆盖的峰顶,闪烁着寂静的蓝光。我指给姐姐看。

"待会儿阳光出来后,那些蓝光还会跳跃发亮,像钻石一样。"

沉默了一会儿,姐姐说:"我这些年一直都想要个孩子呢,有时在哪儿看见长睫毛大眼睛的小孩儿就想悄悄偷过来自己养。"晨光在姐姐的脸颊上闪烁,细细的小绒毛变成了一层毛茸茸的光辉。

"人活着是不是特别容易孤独,我最近晚上从窗户看街景,好像大家都过得不快乐。"

"是啊,年龄越大越孤独,你姐夫在药店里忙,我在学校里忙,我有时候都不知道我的家在哪儿?特别盼望你们谁可以过来陪陪我。"

我抱了抱姐姐的肩膀。太阳已经完全升起来了,小小十字路口上环卫工人没铲干净的雪,都已经融化结成了冰,在阳光下明晃晃地刺眼。我们俩都在阳台上站着,两个人好像都有点伤感。

今年寒假,我本打算要去找家医院或者医疗机构实习的。老师的要求是自己自由去实习,最后交一份翔实的实习报告给他就行。虽然如此,但我还是懒洋洋的,每天昼夜颠倒,在家里看剧、打游戏,瘫了一周多。跟姐姐讲电话时说起这事,她开心死了。

"你来你姐夫的药店实习,我跟你姐夫说,再让他给你开工资,一举两得。"

"能行吗?"

"大小也是一个规范合法的门诊,怎么不行?"

"那好吧。"

打完电话之后，我迅速收拾了一番，搭车六十多公里到了这里。我决定在这个小门诊，当个小护士，完成我的实习报告，另外再拿到工资，太好啦，生活处处见阳光。

姐姐心情不好，感觉整个药店都跟着她的心情一起灰暗了下去。阴沉沉，有气无力。我像往常一样照顾完病人，关了药店的门，照旧搬靠背椅去窗户边坐着。

对面路灯下的女人不见了，可能他们已经走了吧？

整条街都灯光暖融，人们来来去去，各种声音嘈杂。我深吸了一口气，默默地看着一个又一个过路的人，独自低头匆匆走路的人，扶着老母亲走路的儿子，牵着孙子过路的爷爷，蹲下来帮孩子系鞋带的爸爸，手挽手路过的情侣，精神不振的学生，喝醉酒的人，失意的人，兴奋到大呼小叫的人……都被灯光暖暖地给照亮。当我眼神再扫回来的时候，他们两人又出现在了那个路灯下了。那个女人好像在跟年轻男人耍小脾气，走了几步停下来往回走，年轻男人跟上来牵住她的手，她转过头看他，他将她连抱带哄带到了公交站台。还是那么显眼，一高一矮，紧牵着手。可能等的时间太长了，她又有点站不住，走下台阶，转身，又一蹦跳上来，身体很轻盈，大风刮过来，将她头顶的碎发吹得飞起来，她用手压着，将头又抵在他的肩膀上。他用双手护住了她的头，风过了，她抬着沾满碎发的面孔，对他笑。昏黄的路灯照着他们，黑暗中我看得很清楚。可是为什么一个这么年轻的男生会喜欢上一个老阿姨呢？这种事在电视上是见过不少，但在现实中……我就这样一边胡思乱想着，一边渐渐地，意识陷进黑暗的漩涡里，抱着自己的膝盖睡着了。就那样睡了一会儿后，感觉肩头被人轻轻摇晃，下一个瞬间，意识到自己已经睡着了，然后才猛然醒过来。是姐姐，她问我怎么睡在这里，还开着窗是不是不舒服之类的话。

室内的灯光灼人眼目，我站起趔里趔趄地移到沙发上才算真正醒过来。

"你怎么还没睡？"

"我已经一觉睡醒了，起来喝水，看见你睡着在那里。"

姐姐说着又拿遥控器打开了电视，然后开始削苹果，问道："你要吃吗？"

"不吃。"电视上播的是一档午夜综艺。

"其实我也不吃，我就是觉得无聊。"姐姐放下削了一半的苹果，很无奈地笑笑。

这个假期好漫长，我突然一点睡眠都没有了，完全清醒了。

"姐夫还没回来吗？"

"没有。"姐姐往沙发这边坐过来，靠在了我身上，热乎乎的，说："我打算收养那个孩子。"

"什么？"

"我打算收养那个孩子，就患了小儿麻痹症的孩子。"

"那样的孩子好像很难养吧。"

"王家阿娘说考虑到我们家是开药店的，就介绍给我们，这样那个孩子可能就会少受点罪。我觉得有道理，我想我收养孩子的初衷是好的，没打算从孩子那里获取什么，只是给孩子幸福，在此基础上派生出家庭的快乐。"

面对姐姐的这一番话，我着实不知再该说些什么。电视里的男主持穿得花里胡哨，在逗一群女嘉宾大笑。姐姐说："我就是怕你姐夫不答应。"

"你跟他说了吗？"

"还没有，不太敢说。你姐夫是个惜时如惜命的人，直觉他没兴趣来与我共同抚养一个不健康的孩子。"姐姐看着自己的指甲，语气里竟是为难。

然后我们两个人再都没说什么，姐姐继续靠着我看电视，看着看着也睡着了，我没叫醒她，在她的头下垫了抱枕，拿毯子盖给她，之后关了电视，回自己房间睡觉。隐隐觉得姐姐其实并没有如她往日表现出来的那般乐观和开心。

日子每天都这样忙忙碌碌、寡然无味地过着。唯一让人欣慰的就是看到那对老少恋的出现，那个女人真执着呢，每天都来站在同一路灯下，等同一个人，这可能是他们之间的一种小浪漫吧。我想要是有个人能每一天，不管怎样的天气，怎样的温度，都来等我，那我也一定会被感动，说不好就跟着他走了。

那天早上，姐姐突然没有任何预兆的在药店门口挂起了今天只营业到下午两点的通知。姐姐和姐夫要外出，问我要不要一起去。我问去哪里。

姐姐神神秘秘地笑着说："去接一个小宝宝回家。"

"当然要去。"

我有点莫名兴奋，问姐姐："哪里的小孩儿？"

"就原来那个。"

"姐夫同意了吗?"

"嗯。"

姐夫开的车,我们三个人一起去的,地形复杂,山路歪歪扭扭并不好走,到的时候天几乎已经黑透了,姐姐指指车窗外,说:"就是这里。"我和姐夫一起观望出去,没几户人家亮着灯,整个村庄都是荒芜的灰色调,而姐姐要去的那家人则在分岔的曲折小巷尽头,得慢慢走一段有点陡的上坡路。姐姐说她一个人去抱孩子,让我们俩在车里等。三个人浩浩荡荡进人家家门,抱人家孩子,像打劫一样,到底是有些过分。道理都被姐姐讲完了,我们还能怎样。

坐在车里等的时候只听到一声又一声凄厉的狗吠。

"你答应姐姐收养这个孩子了吗?"

我小心翼翼地问道。姐夫"嗯"了一声,听起来完全是一副中年男人的冷漠口吻。但又回头对我微微笑了笑。

"我姐之前还在担心你不愿意。"我呵呵地笑。

"哈,我怎么会不愿意呢?"姐夫又笑了笑。

"嗯……可能是怕孩子不健康,又怕给你带来麻烦。"我讲话讲得有点尴尬。

"不会的,大夫天天跟……"狗吠声停了,姐夫又往窗外看了看,"跟不健康的人打交道,不会怕麻烦。"

"我不是这个意思,毕竟病人跟家人不一样,需要付出感情。"

"我明白。"

"姐夫为什么不喜欢小孩呢?"

"我什么时候说过我不喜欢小孩?"姐夫转过头看向我的眼睛。

"我看出来的。你给小孩打针时跟对待大人一样的态度。"

"我对小孩冷漠一点,你姐的压力就会少一点,不然她又得为没有孩子而自责。"

"这样啊。"有点羡慕姐姐。

"当然啊,小孩与父母之间的缘分是天定的,有小孩就当有小孩养,没小孩就当没小孩过了,天地之间变化无常,大家都平安健康就很好了。你姐收养小孩首先得她自己开心,这样收养来的小孩也就开心了,这样我也开心,大家开心,对吧?"口拙的大夫……但是他的这番话真使人高兴。

我们默默地在车里等了一会儿。外面黑漆漆的,偶尔还像是有飞鸟掠过树枝草丛的声音,也不知道是不是飞鸟,再更远依然是从药店里也能看到的青黑色的高山。

"这一带还真是荒凉啊……"

"这里还算好一点,再往深山走,连路都没有,车子根本过不去。"

"你觉不觉得越是这样荒凉偏僻的地方,人们就越能得一些乱七八糟负担不起医疗费用的疾病。"

我说出了一句自己从未认真思考过的话,但我真正想到的是夜色本身的黑暗要比没有被灯照亮的黑暗神秘,所以这句话听上去就像是在胡说八道。

"话也不能这么说,疾病到哪儿都有,只是在这些地方更容易压垮一个家庭,也就被报道出来的更多一点。"

怎么还不出来……我们在车里坐了很长时间,也不见姐姐出来。路上走的时间很长,等在车里的时间更长。我焦急地开窗看向车外,只有天空中被月光照亮的云团,在暗暗移动,忍不住摊开手心伸向窗外,又迅速缩了回来。

我问姐夫:"要不你进去见见小孩的父母吧?至少得感谢他们一番才对。"

姐夫摇头:"我听你姐的,就不见了,就当是从产房里抱出来的自己的孩子。"

我心想,姐夫对孩子漠不关心的言行举止背后,其实是因为爱着姐姐吧。他自己也是想要收养一个孩子的,但这件事由姐姐提出来,再由姐姐一手操办,这既伤害不到姐姐还能让姐姐快乐。可以肯定,姐夫将这个小秘密深藏在心里很多年了,等它自己生根发芽,开花结果。绝对是这样的。

就在我这样想的时候,姐姐抱着裹好的孩子像抱包裹一样,从土坡上慢慢走下来,我下车帮忙接孩子,姐姐伸手给我的时候,嘴里还轻轻地说:"慢点慢点。"

"这是男孩还是女孩儿?"我问姐姐。

"是女孩儿,还没满月,可爱得不得了。"

第二天,姐姐忙着在家照顾孩子,姐夫忙着出去给收养的孩子办各种手续,还说过几天要给这个小孩办一个满月宴之类的。反正将我一个人搁在药店里来来回回忙了一天。

晚上上楼看见姐姐边给婴儿熟练地换尿布，像一个真正的母亲一样，边努嘴哄她开心，这种神秘的连贯完全不能用自然规律来解释。我走近看了一下那个小婴儿，是很可爱，眼睛非常明亮，像是浸润在水光之中。然后不由自主地看向她的腿，有什么缺陷也看不出来。姐姐意识到了我的视线，温柔地笑着问我："看什么呢？"我感到脸像是被什么东西紧紧捆绑着，笑得很尴尬，真怀疑自己心理有问题。

姐夫依然出诊晚归，姐姐在忙着照顾小孩儿，我收拾完一切，搬靠背椅过来坐着看窗外，今天天好黑，但夜色越黑，路灯就越亮，我也就看得越清楚。

马路对面有点喧嚣和嘈杂，路灯下的那个女人好像刚与一对过路的母女发生了什么冲突。那对母女购物袋里的牛奶被打散，在地上融化出一片白。那位母亲捡起地上的东西，拉着女儿骂骂咧咧地走了，走出去很远，还不忘回头骂她。路灯下的女人可能被吓着了，眼睛慌乱地眨动着，紧张到不知所措的样子。

年轻男人迅速从街对面冲了过去，拥抱着安抚她，似乎对她说了句什么。她将头抵在他的肩上，路过的人有向他们投以暧昧的眼神。她抬起欲哭未哭的脸，一把推开他。

"啊！"我被他们突如其来的争执吓得差点从椅子上掉下去。他们怎么起争执了，很突然的，她猛地扇他耳光，出手很重，脸颊也因用力而变红，他们厮打在了一起，到底发生了什么……我看不清楚，踌躇了一两秒，穿着拖鞋跑下楼，打开药店门，跑到街对面，但……刚才的声响和喧嚣都已经不见了，周围只有几个看完热闹，还没散尽的人。他们已经走了。

昏黄的路灯照耀着长长的街道，街道上依然是来来往往的行人与车辆。我又拖着拖鞋慢慢悠悠走回来，脑袋里朦胧一片，像做梦一样。突然一只流浪的小黑猫一下从药店前的路灯下蹿进了黑暗的角落，吓了我一跳。看过去，那片黑暗，真够怕的，黑黑的夜里那些没有被照亮的黑暗中潜藏着多少不为人知的……想到这里，吓得我不由得脊梁骨一阵发冷，快步跑进了药店。

然后，再接下来的十几天，我就再也没有看见过那个等在路灯下的女人，好可惜，世界上又有一对快乐的恋人分手了。

街道上的人群，每一天都在热闹地喧嚣。像电影里拖沓冗长，毫无意义的画面。我正趴在柜台上漫不经心地把玩着一只圆珠笔时，那个年轻男人就推门进来了，他走向我姐夫，跟我姐夫说话的时候，背着光，一张脸沉浸在阴影里面看不清楚。他很年轻，但不似以往，他穿的是蓝色牛仔裤，裤腿的边缘已经磨得起须。上身是黑色羽绒服，围巾很皱，黑发凌乱。他买的是止痛片。刚转身走，姐姐就从楼梯下来，问道："他妈妈去世几天了？"

"六七天有了吧。"姐夫回答完后还叹了一口气。

一时一种焦躁感瞬间无声无息地充满了我的全身，使我原来因为无聊而漫不经心的身体僵硬了起来。

姐姐好像意识到我不大对劲，歪着头看我。

"怎么啦？"

"我……我……我之前不是让你看你没看吗?就老少恋……十字路口街灯下面的那个女人和那个年轻人每天……刚出去的那个年轻人……"我讲话讲得语无伦次。

但姐姐和姐夫都已经听明白了,姐姐扑哧一笑,口水都出来了。

"那是他妈!"

听到这句话,天知道我的脸色变成了什么样子。

姐姐已经笑到控制不住自己,想要笑的姐夫硬是绷紧脸没笑,假装若无其事地转回身去药房拿药。

"你跟我之前说老少恋的事,我没在意,你原来是在说他们啊。"姐姐止住了笑,又开始笑,又咬牙止笑:"不能再笑了,她已经成亡人了,可怜的。"

姐姐后来还将我的这个天大的误会说给来吃满月宴的亲戚们听,她们也都笑得前俯后仰,都问我是怎么想到的。

听着这些笑声……明明是笑声,却像一条沾着火焰的鞭子在抽打我的灵魂,轰隆隆响。

姐姐跟我说,这家人原先举家去南方城市开面馆。因为喜欢小孩,男孩长到十五岁后,就又生了一个小女孩,人见人爱的那种。某天正值下班高峰期,妈妈带着小女儿出去买菜,就一个等红绿灯的时间,小孩子就不见了,后来调监控,看到是被人抱走的,不知道抱去了哪里,一直都没找到。妈妈一下精神崩溃,常常一个人跑去那个商场门口等孩子,拉也拉不回来。没有办法,他们只能关了面馆,将妈妈给带回来,她回来后什么都不记得,就只记得一个红绿灯,将这个十字路口当成女儿被抱走的那个十字路口，一快到夜幕降临时，就一个人收拾妥当要出来等孩子，不许人跟，不许人拦，不跟不拦还算平静，一拦就弄得披头散发，哭喊打闹，扰的四邻都不安宁。平时都是由丈夫陪着来，但长年累月的，还是吃力，儿子放假回来就又接替父亲。

那天晚上风很大，窗外有扑过来的风声。我没有再去窗户边看，看了那么久，也只看到了人们在路灯下被照亮的样子，潜藏在黑暗内里的又都是些什么？

赎罪

到达这里时天已经暗了,春天缠绵的雨季,使黄土路更加黏稠,脚底和行李箱都沾了不少泥。独自站在大门外面避雨。雨珠从门头上滴滴答答地往下掉,姐姐打着伞走近,怀里抱着一包土豆。她看上去比之前更瘦了,穿着棉布衬衫,头上松松地搭着一条灰色的头纱。

她问我:"几时到的,等很久了吧?"从衣服口袋里掏出钥匙递给我,示意我开锁。

"没有,也是刚到的。"

土墙木梁的房间,屋子正面的墙壁上摆着一排漂亮的镜框,里面全是刺绣的牡丹图,叶子与花比例失调,但看上去是另类的一种美。再往左右一看,从左面墙开始,隔过中间窗户,一直转到右面墙的一半,又挂了快一圈儿牡丹刺绣图,有多少张,要是数起来,还真要数一会儿呢。有的是白色的牡丹,有的是粉色的牡丹,也有白色与粉色相间的牡丹;有的打着骨朵儿,有的正在盛开,有的已经凋零。整个房间就像个印象派的画室,说不出什么感觉。

我拉着行李箱呆呆地站在房间门口。

"全是房东老太太绣的,这里的女人们现在都流行绣这个。"回头一看,姐姐正看着我,她过来帮我将行李箱提进屋。

将行李箱放在立柜前面,说:"还挺重的。"随后她打开了窗户,窗外小院的土墙只有半人高,对面是土黄土黄的大山,千沟万壑,一条小路在山间拐来拐去,不知道要拐到什么地方去。一阵轻柔的风夹着雨雾拂过我的面颊。

我俩默默无语地站在窗前,这时,清真寺的唤礼声随风传来了窗口。

"底盖热念了。"

姐姐说道。她脸色苍白,她从小一直都很白,现在越来越白,连嘴唇都是像是在变白,真白得让人有些受不了。

"我去做礼拜,你随便坐吧。"

姐姐说完,就出去了。

她还是老样子,神情萎靡困顿。大学毕业之后,进入大机构,又很快辞职。从此不再有工作。多年的无业生涯,很快使她变成如今的这幅邋遢的样子,再一直没好过。

出了房间,我在院子里转了一圈。被雨雾打湿的头发贴在脸上。我穿的是厚厚的针织毛衣,还是觉得冷。四月份都过了一半了,还这么冷,西北的天气根本没法跟南方的比。

"你是要先吃饭,还是要先去老屋看看?"姐姐端着一盆土豆到水管旁去接水。

"先去老屋看看吧。"来之前我已经跟姐姐在电话里说过想要去老屋看看。

沿着一条小巷子一直往前走,在寺门口处拐了弯儿,出现在眼前的这棵核桃树我是记得的,它从我记事起就一直在那里。

我们和几个中年男人擦肩而过,他们都带着白色无沿小圆帽。看样子他们是去清真寺做礼拜的,又有两个人并肩走过来,经过我们身边时,两个人都跟姐姐打招呼:"马老师好啊。"这一句东乡话我听懂了。

姐姐跟他们笑着说了什么,我是一个字都没听懂,我已经离开东乡好多年了,我竟然连我的母语都会忘掉。

"我在这里的小学帮忙代语文课,这里总是留不住老师。"姐姐跟我解释。

"哦。"她就这种性格,辞掉好好的工作不干,就爱干这些有的没的事。

走在清真寺的墙外面,飘过来一股浓浓的芭兰香的味道。对这个味道我再熟悉不过,淡淡的像植物自身的味道。我突然觉得孤独起来,这样的味道让我想起父母都在的那些日子,那些日子家里常有这样的味道。突然而至的怀念,让我不安起来。无意中一转头,瞧见刚才擦肩而过的两个男人的白色无沿小圆帽在远处一起一伏地飘动,像有头无身的鬼的影子一般。

从核桃树下拐过去,又穿过几条小巷子,走到尽头就是我们要去的地方。油漆剥落的院门上没有门牌。进了院门有条小路通向后面的院子。小路上用大大小小的鹅卵石铺就。房子外墙也和院门一样油漆剥落,红黑掺杂,斑斑驳驳的。大门旁边有个灰色的蓄水池,是以前用来积雨水用的,现在上面沾满了墨绿的苔藓。另一边种着一株快顶到房檐的高大的杏子树,显得格外壮观。杏花儿被雨打湿了,全都像是腻在树枝上,崭露头角的绿叶点缀其间。杏子花被雨泡湿之后一点都不好看,我心里暗想。

"好想念这儿呀。"我怀着真情实感,将心里想的话说出了声。一旦说出声来,反倒感觉虚假了。其实怎么都无所谓。这里早就变了样子。

姐姐说:"父亲被埋葬一个月后,我经过暗房门口闻到一股浓重的血肉腐烂的味道,推门进去,满地都是老鼠的尸体,无处下脚,都是些常来暗房的老鼠,海洛因上瘾,之后闻不到海洛因,就死得很凄惨。动物尚如此,何况是吸毒的人。我心里害怕,就从这里搬了出来。"

我不知道跟姐姐说什么,就呆呆地站着,屋子里到处都落满灰尘,这么厚,应该叫泥土才对,我摇摇头,这里太旧了,连犄角旮旯里的蜘蛛网都是破败不堪的。

又在雨中按原路走了回去,姐姐端来了茶,接着又是馍馍和煮熟的土豆,简单不过的晚饭,我心想,要是再有点菜就好了。我们爬上炕一边吃着东西一边有一搭没一搭地聊着一些无关痛痒的话题。炕倒是被烧得暖暖的,坐上去好舒服。看着姐姐苍白的脸,我心里直琢磨,她一点都不像别人的姐姐那么温和有爱。但不管代沟有多大,我该怎么着还怎么着吧。

话越来越少了,开始感觉不自在时,姐姐离开了房间,我知道她又是去做礼拜了,刚才从寺里传来的唤礼我听见了。我深深地吸了口气，仰起脸吐了出去。

目不转睛地盯着在隔间做礼拜的姐姐，再乱翻了一会儿姐姐放在炕桌一头的书和瓶瓶罐罐之类的，看上去姐姐爱收集小东西的习惯到现在都还没改，一个人待着也会觉得不自在，我也不知道自己今天哪里不对劲了。

"今晚你要自己一个人睡，还是要跟我一起睡？"

"怎样都行。"

我忙放下刚拿手里的一个药瓶，转头看着已经过来站在炕沿边的姐姐说。

"那就跟我睡一起，这个炕是热的。"她顿了顿说："明天早晨要走是吗？"

"是明天中午的机票，早晨从这里搭车过去就刚刚好。"我回答她。

"也好，我一个人已经住惯了，你来了反而有些不习惯。"她好像有点赌气。

"本来就是来东乡开户籍证明的，高考时要用，姑妈惦记着你让我带东西给你，吃的用的都有，还有一件毛衣说是……妈妈织的，我也有一件。"说妈妈两个字的时候，我不由自主地停下来往姐姐脸上看了看，她看上去好像好好的。

"高考？你不是还有一年吗？"

"在那边参加高考，户口这些事，要提前弄好，免得到时手忙脚乱。"

"哦，这样也好。"

"盖上这个，你先睡。"她抱来一床新被褥和枕头给我，说着又给自己加了一件毛衣。

"那你呢？要出去吗？"

"我得再去学校看看那些留宿的学生，有些孩子太小，不会照顾自己。"

"我陪你一起去。"

"不用，这里是老村庄，邻里乡亲，没什么怕的，要不是你今天来，我这会儿还在学校呢，得操心那些孩子睡觉。"

"我没别的意思，就是想出去看看。"我已经下炕穿好了鞋子，我并不想一个人待在这间屋里。

我们一起走出门去，走上与刚才去老屋相反的一条路，下过雨，路都变得很泥泞，沾着鞋有些难走，姐姐有些难为情地说这里的路一下雨都这样，她蹲下来将自己的裤脚挽了起来，我跟着她照做，但这样还是没有让步伐轻松起来，路边很安静，唯有一间店铺，"哐当——哐当"地传来声响，灯光打在招牌上，写着"东乡非物质文化遗产——羊毛毡"。

擀毡都成非物质文化遗产了，要是被以前背着工具穿山走乡擀毡顾家的男人们知道了，脸上会不会平添几分光彩。

学校是新建的，在村头的最高处，在这个位置建学校感觉还不错，这会儿宿舍那边的灯亮着，也听不见什么声响，姐姐径直走进食堂（门上挂的是食堂的牌子，其实就是一个大一点的厨房），熟门熟路地扭开煤气，开始烧热水。

"彩虹,彩虹。"一个女童被姐姐的叫声唤了来,扎着两条小辫子,跑到姐姐跟前说:"老师,你来了。"大眼睛扑闪扑闪地看向我。姐姐吩咐女孩子叫其他孩子将脸盆都摆好。

"我得让他们睡觉前都洗个脚。"姐姐带我去学生的宿舍。

"洗脚也要老师操心啊。"

"都是离家很远的孩子,父母不在身边,年龄又小。"姐姐一面推门进去一面说。

"哦。"还能说什么,她的理由充分得足够做证明题了。

一间很大的房间,从中间被一堵墙隔开,墙上一个小门,左右互通,两面挂了牌子——女生宿舍、男生宿舍,一面一座大炕,小孩子像鱼一样一条一条地排着睡觉。

见姐姐提着热水进来,就叽叽喳喳地跳起来,端来塑料盆一个一个地坐好,等姐姐倒水给他们,看上去都还挺乖的。低下头噼噼啪啪地洗着脚,有些孩子用一盆水连脸都一起洗了。

有个男孩,实在很小,正规来说这样的孩子应该是上幼儿园的,一见到水就兴奋起来,趴到盆边儿上,双手打得水花乱溅,咯咯地笑,姐姐抱起他来,放在自己的膝盖上,帮他洗了脚,用毛巾擦干,安排他睡好,盖了被子,端着男孩的洗脚水走向外面。

"你先在这儿坐一会儿,我给他们去烧炕。"她从窗子外面跟我说话,说着从窗台下拿起一个背篓放在肩上。

不知道她去什么地方揽烧炕的麦草了,我走出来,找到烧炕的地方等她。

洗完脚的孩子站在廊檐下一盆一盆地往下泼水,嘴里叽叽喳喳说的话我一句都听不懂,水泼在地上哗哗地响。

"你现在像极了一个妈妈。"我看着背着背篓走来的姐姐说。

"是老师。"姐姐不动声色地回答我,我用怀疑的眼神看着她笑。

"也是,老师可能不会做这些洗脚烧炕的事。"

说着她又继续烧她的炕,弯着腰,将一大背篓细碎的麦草用铁锨一下一下地兜进幽暗的洞里,又用榔头深深地往里推,推得榔头的把子全都进去了才罢休。

女生宿舍的炕烧好了,姐姐又背着剩下的半背篓碎麦草,去烧男生宿舍的炕。

做完这些,姐姐去宿舍里吩咐了些什么,就跟我一起走出了校门,用大铁链将学校门绑起来上了锁。

"这也要锁?"我问。

"锁上里面的孩子安全一点。"她用手拽了拽了铁链,这才放心,继而说:"学校三个老师,一个回家探亲,一个生孩子,一个我,妹妹来了腾不开身。"

天已经黑沉沉的,下过雨,被云遮住星星和月亮,就什么都看不见了,我开了手机上自带的手电筒,暗暗的也只看得见脚下的路。

"这段路走下去就有路灯了。"姐姐搀了一下我的手臂说。

"哦。"我没有抬头,继续认真地看脚下的路,真怕一脚踩进稀泥里面，灌一鞋泥加水。

"什么时候学会烧炕的？"在往回走的路上我问她。

"在这里不会烧炕，冬天是会被冻死的。"

"你学会的可真不少。"我说。

"一个人生活，不会的都得学会。"她将手抄在衣服口袋里自顾自地继续往前走，昏黄路灯让她的背影变成了一块黑。

姐姐一直走在我的前面，低着头，头纱挡着脸。我看着姐姐的背影，想起小时候跟她去果园摘果子的事，也是这样一个人在前面一个人在后面走着去的，阳光明晃晃地打下来，姐姐走太快时，我得小跑才能跟上她，提着小竹篮跑在阳光下是很惬意的一件事。

"咱们家的那片果园还在吗？"我快走两步，追上姐姐问。

"不在了，早两年被我给卖掉了。"

"哦。"心里没有失望是假的。

"想去吗？可以翻墙进去转转，反正天黑了是没人看见的。"她停下来，转过头来问我。

我想了想说好啊。

这些年这一道也是有了一点变化的，道路宽了一点，有了路灯，有了超市，平房少了，一两层的小楼房跟平房连在一起，在黑夜里一凹一凸得像堆砌的积木。

姐姐带着我往果园那边走，一路走下去都有路灯，倒是让我意外了不少，这里以前跟荒草杂滩没什么区别。墙被圈得真高，我站在墙根下问姐姐真要翻墙进去吗，她说说好就是来翻墙的。姐姐先上墙，爬在墙头一拉我，我也就上去了。再顺着果树爬下去，果园里的泥土硬邦邦的，干枯的草踩着脚底下嚓嚓嚓的响，将我一下子拉回了现实，也对，这才四月份，哪来的绿草如茵，果实繁硕。虽有路灯照着，但果园里比外面暗多了，姐姐一棵树一棵树地摸过去，在暗影里也看不清她脸上的表情是怎样的。起了一阵风，她的头纱被吹得鼓了起来，白色的花瓣飘落在她身上，看得我好失落。

我发现我竟然还记得眼前的几棵树都是结什么果子的，小时候一到秋天一家人都会来果园里摘果子，所以有印象。

对于有果园的人来说，秋天真是一个好季节。

现在这一幅荒草萋萋的样子还真是让人难过，我准备再爬墙出去，但是姐姐说用不着那么麻烦，她之前一个人来过，大门是暗锁可以从里面打开，跟在姐姐后面大鸣大放地从正门走出来，胆子竟然正了不少，其实也完全就是心理作用，这条路自始至终都没有看见一个人走过。

"没想到墙被圈那么高，要不是我们已经长大肯定是爬不进去的。"我说。

"都一样，想那时，我们圈果园的墙是不高，但墙头插了不少碎玻璃。"姐姐看着我说。

"你说话也像极了一个妈妈。"

"可能吧，像我这个年龄的其他女孩都已经是几个孩子的妈了。"姐姐说得过分坦然，倒使我尴尬起来。

从果园出来以后我们继续在路上晃悠，姐姐依然安安静静地走路，我走在她旁边也没说什么话，两个有心事的人走在一起可能就是这种状态吧,可是即使我有心事,也不代表姐姐也有心事啊,我又不是她,暗暗笑自己,真会想些乱七八糟的。

"我带你去吃手抓羊肉吧。"姐姐突然用探问的口气跟我说。

"去哪儿吃?"我问。

"走过这条路,再往左走一点就有一家。"她说。

"一定要去吃吗?"

"来这里的人,都会去那里吃手抓羊肉。"

"你知道的我不太喜欢吃羊肉。"

"走吧,就当陪我去的。"她想了想说:"刚才爬墙爬得我有些饿。"我一点都不想去,可是姐姐说她饿,于是就跟着她往那边走。

卖羊肉的餐馆,还亮着灯,里面给人油腻腻的感觉,老板客客气气地问两位想要吃点什么。

"剁一斤手抓。"老板递来的菜谱姐姐连瞟都没瞟一眼。

老板跑到后厨很长时间之后,出来的是老板娘,非常不好意思的样子站在姐姐面前说话,手上来下去的比划,说的什么我依然听不懂。我发现姐姐像是在生气,瞪着眼逼得老板娘移开了目光。

"她说什么?"我问姐姐。

"羊肉已经卖光了,老板娘说今天生意太好连生肉都没有剩下一点,让我们明天再来。"

"哦。"我点点头,没有再说话。倒是姐姐看上去非常失望。

"我们可以吃别的呀，面片、面条之类的。"我安慰她。

"你饿吗？"她问我。

我摇头。

"那算了，我们什么都不吃了，走吧，等你下次来的时候再吃。"我知道姐姐心里肯定是失望的，她的头纱已经从头顶滑落到脖子上了，她自己都没有发现。

我俩什么都没吃就从店里出来了，走出来看见清真寺的门开着，院子里静悄悄的，我不想再继续走下去了，心里沉甸甸的，啊，这一路走得好不轻松。

"里面有长凳，我想进去坐一会儿。"我跟姐姐说。

她什么都没说就陪我进去了，时间已经不早了，清真寺里面空荡荡的，也很黑，黑得我感觉什么都看不到。

"你不是小时候跟我一样也是不怎么吃羊肉的吗？"我问她。

"不喜欢吃外面的，但妈妈做的手抓羊肉我是喜欢吃的。"

"他们都说妈妈做的手抓羊肉好吃，是因为妈妈在里面悄悄加了海洛因。"我壮着胆子说出了这句话，又吓得自己吐了舌头。

"谁说的，我去监狱看妈时问过她。她说都是谣传，她只是在喂羊的时候，在草料里拌了很多调味料，陈皮、五香、孜然、花椒之类的。"姐姐好像并没有生气，还耐心给我做解释。

"你去监狱看过妈妈？"我问她。

"嗯，大学毕业，被查出疾病的时候，我去看过她一次。"

"我以为……我知道你一直都觉得父母让你很丢脸。"我说着这句话心里并不平静,想当初跟父母断绝关系这样的事姐姐都是干过的。

我们在清真寺的长椅上坐了下来。

"你刚才说,被查出疾病是怎么回事,你生病了?"我继续问她。

"嗯,直接病因就是妈怀我的时候继续待在老屋的暗房里熬制海洛因,让我粘了不少毒品。"她的脸色阴郁不少了,说:"不说了,说来心烦。"

"那个老屋……"我接了话茬,没有比现在更好的时机了。

"对啊,我们俩都是在那个老屋里出生的。"

听到姐姐这么一说,我吃了一惊,多少有点儿心颤,有种不祥的预感。

"姑姑带你做过体检,你没染上什么病,染了病的是我。"她看着我的脸说。想必是看出了我的心思,我不好意思笑了笑。

"姑姑让我建议你将老屋也卖掉,钱留给我上大学用。"为了不让对话中断,我赶紧接过刚才的话茬说出了这句话。

这句话是我从见着姐姐那一刻一直最想说的一句最主要的话,但一直一直都没好意思说出口。如果真的不要紧,我可能永远也不会说出它。

"姑姑还建议了什么?"姐姐声音沉沉地问。

我知道一定会这样的,姐姐一定会不开心,我不清楚我这算不算来跟姐姐争夺房产，我一句话都说不出来了。

我闭上眼睛，想象着自己以后没钱上学的日子。

"放心吧，姑姑不建议我也会这么做的，这些年我已经卖光了田产，老屋是留给你的。"她说。

"老屋是留给我的?"我听得有些不太明白。

"你相信报应吗?"

"这个怎么说呢?"

"我信，就如父母当年制毒贩毒，害了不少人，后来报应落在自己的头上，父亲被枪毙是报应，母亲被判刑也是报应，还有冥冥中不为人知的报应，就如我的病，是好不了的病。"她继续说，也没有看我。

"你的病……"我想问问她得的到底是什么病，怎么就治不好了。

但她的泪水已经流满面颊，说："我每次礼拜之后，都会祈求真主饶恕罪孽深重的父母，以已故父亲的名义做了不少施舍，卖掉果园田地为建造清真寺、图书馆、桥梁道路、慈善机构出资。以此赎罪，就是想如果真有一报还一报，那就让你之后的路好走一些。

"我卖掉田产，捐出去，姑姑骂我败家，我也没想着让她理解，那些田产都是父亲贩毒时买来的，染了多少不干净的钱，谁说的上。老屋是祖上的房产，庄稼人清清白白的财产，留给你也应该是干净的。"

听姐姐这么一说，我的心情多少轻松了些。又为对她的误会不自在起来，刚才还以为要有战争呢，就将脸紧绷绷地绷起来做了准备，夕猜还真是一种疾病，一不小心就会抹杀掉一切美好的事物，我伸出双手使劲拍了拍自己的脸颊。姐姐瞧着我的举动，说："让姑姑带你去南方生活的目的也只有一个，是想要给你一个光明的生长环境，不想让你的生活有任何阴影，你是我们大家唯一的希望。"

我们都很沉默，周围空气的蹿动我似乎都能感觉得到。

突然周围好像亮了很多，我能看见对面大树的轮廓，和树缝隙里的亮光，抬头往上看，下了一天的雨，这会儿竟然有了月亮，刚才还是看不见的。

"月亮出来了。"原来姐姐也发现了，她抬头看着天空，忽然之间，周围都亮堂堂的。

"其实有两个月亮呢。"我跟她说。

"哪里，哪里有两个月亮？"

"清真寺塔顶的半月跟天空中的半月一模一样。"我指给姐姐看。塔顶的半个月亮被一根粗钢筋支起来，也亮闪闪地放着光。

"一个月亮被另一个月亮照亮了。"姐姐看着塔顶的月亮说，声音很小像是在喃喃自语。

"是大月亮照亮了小月亮。"我说得很认真，心里也是很认真的。

姐姐手伸过来，抱了抱我的肩膀。

"不早了，要不我们回去？"她问我。

"好啊。"我说。

于是我们沿着走来的路往回走，越走周围越是亮堂堂的，天空里连星星都有了，一闪一闪的。

内心摆渡

一

阿丹这个人很微妙,对自己很严格,对他人他事却从不计较。这可能与他多年的参悟修行有关,坚信前定,任命运的车轮丝毫不留情地碾压过自己的生活。

用他的话说,这世上生死攸关是大事,活着也是大事。"默默承受生活,比生死更重大,所以心态很重要。"他在大殿内布道说出这句话时,鲁特正盘腿坐在他的对面,低着头打呼噜。

鲁特被身旁的人推醒,睁开蒙眬的睡眼,所见处人人都正襟危坐,虔诚倾听。大殿里暖气热烘烘的,明亮的灯光下阿丹形容清瘦,特意刮的脸,修剪的胡子看上去都很明显。每个主麻日进大殿布道之前他都会这样收拾自己一番,这是他多年的习惯。作为阿訇他也很懂得如何讲述,声音洪亮,话语间有趣的装饰随时牵动人心底最细的一丝弦，引人入胜。但今天讲的这些以前在私底下他都跟鲁特讲过，鲁特一冷一热，脑子非常钝重，干脆头一低、眼一闭、耳一封，打起了盹儿。

外面大雪纷飞，大殿的棉门帘的下摆角被风一下一下掀起。东乡这地方怎么说呢，一直骄阳似火，但一到冬天又不停地下雪。像是在塞进火炉里烤焦的面包上撒了一把又一把的白糖，显得格外粗糙坚硬。现在的雪比刚才的小了一点，但依然沙沙地发出声响，非常清晰。鲁特坐直了身体，感到自己的心境跟这茫茫雪天一样，有种说不出来的纷乱。他站起来，从大殿的侧门里面悄悄走了出来。

早上从学校过来，刚到就赶上主麻的聚礼。天阴沉沉的下着雪，一路坐大客车过来，连绵的山峦，深深浅浅的沟壑全都被白雪覆盖。雪越下越大，到了锁南坝，直接纷纷扬扬倾泻下来，整个县城都陷在一种沉郁的梦魇般的氛围中。路被封了，车子走不了。他冻得牙齿咯咯发出声来，感觉难熬，便将背包用力地拉起来挎在肩上，踏着积雪去附近同学那里借来摩托车继续往家的方向赶。雪花剧烈地扑打在头盔上，迷得眼前什么都看不清楚。这样的雪天，不适合骑摩托车赶路，但在冲动鲁莽爱冒险的性格的驱使下他顾不了那么多。

走向车棚用鞋尖碰了碰骑回来的摩托车的轮胎，又蹲下来仔细地看，用手指扣掉上面的泥雪定睛观察。然后松了一口气，站起来拍了拍后座上的背包，背包里都是冬天要穿的衣服，开春就用不着了，但他没将它卸下来。踢着脚下的雪，在清真寺的大院里无所事事地走，雪花落满肩膀，神经敏锐地回应，打了一个寒战。学堂、盥洗室、宿舍、饭堂，都是新建的，洁白的瓷砖在清寂的雪天里泛着寒光。他绕过它们，走到最里边，惊讶地发现阿丹的屋子门窗都换了，推一推还好没上锁，不然这样的雪天，待在外面不冷死才怪。

脱掉鞋子，上在暖炕上，却没了睡意，可能刚才一路走过来，呼吸了点清冷的空气。坐在炕的角落靠着被子摸索到一个舒适的位置，半躺下来怅惘地看着窗外的大雪。茫茫雪花被大风吹成斜面，整座清真寺也跟着微微倾斜摇晃起来。

说来这座寺还是他母亲去世那一年重建的，那年鲁特十七岁。十二岁的时候父亲去世，三年之后母亲另嫁，对方太年轻鲁特不知道叫什么，叫哥哥不合规矩，叫爸爸或者叔叔，又实在开不了口，一段时间过后，相处融洽，就直接叫起了名字——阿丹。

记忆跟着雪花毫无规则地倾泻下来，犹如不定格的镜头。时间真是快啊，转眼自己已经二十二岁了，眼看就要大学毕业了。但两人相处这么久，必须说阿丹真的是个好人，对生活从来不会有怨言。面对磨难打击时的高贵沉默的秉性，对晚辈的牺牲与深厚的感情，对长辈的尊敬，对逝者的缅怀，以及不自知的善良和仁厚，对穆斯林声誉的维护，这些特质尤其让鲁特信服。

阿丹推门进来，白色圆帽和大衣上都是干燥的雪花，脱衣服的时候纷纷扑落在地上。

"你回来了？"他问鲁特。

正盯着手机屏幕的鲁特，从炕上倏地坐起来向阿丹祝安。两人也有一段时间没见了，鲁特正在实习期，是趁着清明放假回家一次。他看了阿丹一眼，这么高的个子，比自己高出一个头。如果当初不是亲戚邻居们热心撮合，鲁特是无论如何也不肯相信在清真寺主持教务的阿丹会来给他做继父。阿丹相貌清朗，目光炯然，看起来比他的母亲年轻太多，而且前段婚姻里也没有子女，干净利落的一个人。但阿丹说："真正的婚姻是受启示的婚姻，彼此之间只有单纯的信任，不需要考虑太多。"

滚烫的开水冲了两杯叶茶，在桌子边两人一边喝茶，一边吃一碟热好的煮洋芋。叶茶有点苦，像是茶叶放多了。阿丹用东乡话接了一个电话，轻轻叹息一声，然后穿上黑色长外套准备出门。

"崖头的胡迪说他的一只羊快不行了，让我过去刀宰。"

鲁特将一块洋芋蘸了椒盐送进嘴里，飞快地咽下去说："好。"

"你吃完回家还是继续待在这里？"

"怎样都行……"

"你说要回来，我早上将家里的炕都烧热了，炉火生着盖了盖子，你回去若觉得冷，就再填些煤炭进去。"

"好的。"

灯泡亮得刺眼，随着阿丹的关门声房子更加的寂静起来。

二

鲁特吃完碟子里的洋芋，步行回的家。路上行人很少，家里也没什么声音，空寂并且落寞，但他觉得这样很好。外面的世界车队蔓延、交通堵塞，白天人群如潮水流动，夜晚的霓虹中也有人醉生梦死。他在其中带着一堆庞杂而繁琐的事务，轰隆隆地喧嚣行进时十分渴望能够回家安静地睡一觉。寂静中花园里的树枝"咔嚓"一声被积雪压折，生命力瞬间夭折，有什么东西也像是跟着在鲁特的内心折断了。这场雪像疯了一样，洋洋洒洒下个没完没了。

厚重磨损的房门被推开时发出长长的吱呀声，有些寒酸。鲁特去柴房捡了一簸箕煤炭端进来，炉火掀掉盖子，添了些煤，一会儿火焰就旺旺地上来了。脚底沾带进来的雪水，融化之后在地板上一摊一摊湿漉漉的。

听到外面有声音，慌忙从屋子跑出去，看见一墙之隔的邻居正爬在墙头问有没有人。看见鲁特，连忙致安，又问："你什么时候回来的，你家阿訇在不在？"

"我刚回来，阿訇不在。"鲁特一手提着火钳，一手摸着后脑勺说。

"我家阿爷看是不行了，得请阿訇过来念个讨白。"说话的人身上裹着臃肿的大衣，有点着急。

"他可能在寺里，你们打他电话。"没等鲁特说完这句话，那人的脑袋已经从墙头消失了。

冬雪消融，春天热热暖暖地来了，又开始下雪的日子最难熬，很多老人都熬不住。

鲁特有点被邻居满脸克制的哀伤击倒。

花开败了就要凋谢下来，人寿数到了就要归去。死亡是一件很端庄的事情，是生命的归途，比任何一件事情都光明，都高贵。谁都要经历此世之后再到后世。而能否到后世中的天堂尚且还是一件极之不易的事，此世的所有善行罪孽，在后世都会得到清算。所以对当前生命应该珍重自持。对死亡也要时刻警惕，保持清醒带着信念带着敬畏离开。

"我说的这些你能明白吗？"

当年母亲去世之后，阿丹坐下来跟他讲了这些，记得阿丹当时满脸也是这种克制的哀伤，讲完还问他能不能明白。当然能明白，按照伊斯兰的说法，人死去之后便是永生。死亡是从一个地方迁徙到另一个地方。是旧的终结，也是新的开端。是天堂，是地狱。只是想起那时的自己真的很悲伤。血脉贯通的母亲去世了，犹如一颗钉子深深敲入心脏，痛得都不能呼吸。那时阿丹没有以父亲的身份安慰他，而是以阿訇的身份布道给他，所以他后来再直呼其名时，更加的理直气壮起来。

整个下午到黄昏，鲁特喝下一杯又一杯特浓的叶茶。除了喝茶还有就是刷朋友圈，接连刷了几遍都是些可看可不看的信息。手机放在一边，站在开水沸腾的火炉旁边，凝望玻璃窗之外的暮色轮廓。倚着有坡度的地势建在山梁间的家屋错落有致。被白雪一覆盖，像极了童话中美丽寂静的白色城堡。但这种想象转瞬即逝，他的心思更多的被刚才骑摩托走过的那条路所牵绊。一路与死亡并行前进的诡异状态，犹如穿越黑暗漫长的隧道。他猛然想起但丁描写的地狱入口——从这里进去的人必须抛弃一切希望。

喝茶喝到头痛，内心惶惶然，便去院子里抽烟。站在丝丝冷风中微微仰起脸，吐烟雾的时候大片雪花纷纷打在眼睛上。抽了几口将烟头熄灭在雪地上，再捡起来拿进屋丢在火炉里，烧到尸骨无存。他去大学第一年就学会了抽烟，但阿丹不知道，他也不想让他知道。

八点过一点的时候，一墙之隔的邻居又爬在墙头叫他，"过来吃饭，阿訇在我们家这边。"笑容善良，与刚才哀伤的神情比起来，又仿佛什么事情都没有发生的样子。

鲁特望着邻居的脸，突然说不出话来。

邻居又催促他："你赶快过来啊，饭已经端上桌了。"阿訇得人尊敬，阿訇的家人也有随时被人提供免费饭食的殊荣。鲁特有些尴尬，支支吾吾半天之后才以自己已经吃过了为由拒绝了。感觉自己像一个头脑简单、笨嘴拙舌的儿童，做不到圆满地撒谎。

夜越来越深，雪小了一些，他们家在最高的山梁上，站在廊檐下放眼望去就能够看全高低错落的村庄，被灯火照耀出明亮的轮廓。有大风蔓延，浮层的雪沫被迅速卷向荒凉的田野。天地却壮阔淡定。他记起小时候将脑袋埋在母亲怀里的触觉，他感觉母亲还在这个屋子里，偶尔寂静压抑时的一种异样感觉。

关好了木门，又开了一点缝隙，生了炉火的房间，容易煤烟中毒。想必阿丹今晚是不会回家的。有老人躺在炕上处在弥留之际时，阿丹一整夜都会守在他的身边，祈祷、安抚、提念。力求让这肉体在走向死亡之前变得纯洁，平顺地离开。

进浴室用热水冲洗了头发和身体之后，穿一件棉线衣，头发湿湿地躺在沙发上，疲惫却异常清醒，想看电视，翻腾了一阵没找见遥控器，只好作罢。

三

回家每次都这样，一直睡不着，一旦睡着又感觉被熟悉的被窝牵扯着醒不过来。身体悬浮在空中一直慢慢往下沉，但怎么也沉不到底，惊醒过来时，窗外阳光炽烈，到处都是滴水的声音，屋瓦上、廊檐下、树枝上，吧嗒吧嗒往下掉。隔壁传过来小孩的笑声。几辈子人的老邻居，说是隔了一堵墙，但因为放心，墙起得并不高。鲁特一抬头就看到隔壁院子里去，来了好些亲戚族人，估计是得知老人快不行了都赶来探望。

洗了脸，盯着冰箱里的东西看了半天，最后只给自己下了一碗挂面。正吃着，阿丹从寺里打来电话，问他有没有吃早饭，提议去坟园看看亡人们。鲁特说好，于是去清真寺的车棚骑了摩托，载阿丹一起前往。沿着山路走了很长时间，安全头盔戴给阿丹，湿漉漉暖烘烘的风，裹着黄土的味道刮到鲁特的脸上，喉咙有点痒。坟园的位置在山顶上，一大块平坦枯黄的田野，坟堆也是枯黄的，像一地鼓起的冰冷尘埃。鲁特忧伤的眼神注视着母亲的坟墓，母亲下葬的那天天气很好，是阿丹亲自安置进墓穴的，用土块砌好穴口之后，往墓坑里面捧了几捧土，人们便拿起铁锹也飞快地往里填土。旁边有很多人在做祈祷，声音庄重悲切。

两人做了祈祷，走到一块空地上，能看见群山深处的村庄，房子、草堆、炊烟、阴凉处还没融尽的冰雪。

山顶肃杀的风声，脚底枯黄的千沟万壑，似乎要将人逼近到崩溃的边缘。但阿丹显得通体坦然，坐下来微微仰起脸，享受阳光的样子。鲁特也跟着并排坐了下来，刚下过雪的草地，被阳光照干了水分，又软又热，就又躺了下来。烈日灼热刺眼，他将白色无沿小圆帽从头顶拿下来盖住脸闭上了眼睛。静静的，一切都黑暗下来，第一次觉得生和死似乎是一样的。

"你在抽烟吗？"阿丹问他。

鲁特翻身坐起来，看见裤兜里的烟包已经滑出来落在草地上，不由得郁闷起来。哼哼唧唧的不否定也不承认。

阿丹用平时一样的平淡语气说道："我也有抽烟史，年轻时抽了四年，戒了四年，共八年。"

说完等着鲁特的回应，鲁特心里想："不会吧，太匪夷所思了，他可是阿訇。"忍不住往阿丹脸上看了看。

"真的吗？"

阿丹依然一脸坦然地回答："真的啊，一个人的节制和自控很重要，我年轻时也犯过不少混。"然后就像老朋友聊天似的斜着眼睛瞅了瞅鲁特，笑道："酒呢，喝过吗？"

鲁特头摇得很坚定，急忙否定道："没有，一点都没沾过，不合法与禁忌我还分得清……"

"时间和环境能摧毁折堕一个人的信仰，也能保全完美一个人的信仰，但决定权在于自己。"这话有点意味深长，像是在布道时讲的，但鲁特默默地听着，他愿意接受这些劝告。

从坟园往村庄走，摩托很快上了烈日下的山道，经过昨天走过的那条路时鲁特感觉背上汗津津的，放慢了速度，再放慢了速度，极力注意着路两边的深沟，鼻尖上渗出了汗。

这时坐后座上的阿丹说话了："这条路拐弯太多不好走，我昨天刀宰的胡迪的那只羊，说是雪天离了群，就在这条路上被车将腰给撞断了，我赶到时羊还活着，不过粪便已经失禁了。"

一股热风灌注进心脏，鲁特没有再说话，觉得没法呼吸，过了十几秒，问道："这种事没人发朋友圈哦？"他想起他昨天一直刷朋友圈都没有看到有羊被撞的这类新闻。

"要是人被撞了可能会发朋友圈，一只羊，本来养着也是用来吃肉的，这会儿可能都已经煮熟吃没了。"

鲁特一边听，一边想羊遇见这样的事就宰了吃掉了，若是人遇见这样的事麻烦可就大了。

回到家，鲁特一屁股躺倒在沙发上，抹掉鼻尖上冒出的汗，全身松懈下来。

阿丹说："我们做点吃的来吃吧。"鲁特抬起手按着额头，以懒洋洋的目光回应他。阿丹自顾自地进厨房将平底锅放在炉灶上，他的背影看起来有些佝偻，步入老年人的那种。鲁特每次回家阿丹都会下厨给他做顿吃的，在鲁特看来阿丹作为阿訇和做饭这件事情扯在一起似乎有些不大协调，以前拦过几次，都没拦住。鲁特站起来也进了厨房，阿丹转过身像是找什么，鲁特将抹布递给了他，早晨挂面煮熟提锅的时候用抹布衬完锅柄没放回原地。

两人一个主厨，一个打下手，做的是糖油糕和炒菜，都是鲁特的母亲曾经做过的菜。两个人相对闷头吃饭，鲁特看到阿丹俯下头来的时候，鬓角生了白发。怔了怔，也该白了，自己也都已经二十二岁了。

吃完饭，阿丹收拾了碗盘去厨房里洗碗。"我来洗。"鲁特走过去想帮忙，阿丹抬起湿漉漉的手，用手臂支开他，"两个碗我洗就行了，锅里还有些菜，我今晚上还是不回来，去隔壁守夜，晚饭你热一热就可以吃了。"鲁特想问点什么，欲言又止，看见电视遥控器在水槽的架子上面。

"隔壁的阿爷病得严重吗？"

"咽气连着咽了好几天，可能心中有说不出的怨悔，在闭眼前想获得原谅和宽恕，又舌根硬了说不出来，所以才咽不了气吧。"

"你不是帮他做了讨白吗？"

"我帮人做讨白时需要隐藏自己的怜悯与评判。别人不愿说，不想让人知道的，我是不会问的，这不道德。"

"我又被你说糊涂了。"鲁特伸手将遥控器握在手里，远距离开了电视，走过来坐在沙发上翻台。

"做讨白就是忏悔一生的罪孽，得自己做，有些人弥留之际，舌根硬了，意识模糊了，我就尽我所能地提点他，让他离开时少点痛苦，少点遗憾。"

鲁特眼睛盯着电视，这个电影他之前看过，里面的摆渡人明明知道自己是一个很渺小的存在，但愿意付出所有的努力将别人从迷茫从痛苦中解救出来，默默地遮风挡雨，不求回报，只求过路人安全快乐平顺地抵达彼岸。

心里震动，这种理想与做法跟阿丹有点像。

"原来你也是摆渡人。摆渡人是将人从此岸平安送达彼岸。你是将弥留之人从此地送达彼地，让他们过渡时，保持清醒，戴上天堂的号码牌。"

"死的时候能不能戴上天堂的号码牌还得看活着的时候有没有认真面对自己的心。死亡是大事，但一生才是一条河，得自己摆渡自己。"

鲁特想继续听下去，默默地等阿丹开口，但只听到水槽里的水被放掉的声音。随着水声眼前铺开一条长河，缓缓流着，摆渡人的船桨最底端挂着一颗心脏，一下一下地涮，涮得清白发亮。

"内心摆渡！"他这样自言自语。

"你说什么？"阿丹在厨房里问道。

"哦，没什么，看电视呢！"

"我睡一会儿，我最近总是因为睡眠不足而昏昏欲睡的。"阿丹踩着拖鞋啪嗒啪嗒往里间走。

鲁特将电视的声音关了静音。电视画面上一只气球系绳松了之后，在空中歪歪扭扭地飘来飘去，最终安静地掉在地上缩成了一丁点儿。他看着电视画面身子一歪，将一张旧沙发靠出咯咯吱吱的声响。想着下午回学校还是明天早上回学校，应该下午就走，到学校收拾一下，明天还得赶往实习公司。

四

邻居又爬在墙头喊有没有人,又克制着满脸的哀伤说:"阿爷快不行了,快让阿訇过来一下。"

鲁特不由得惊颤了一下,心想这次或许是真的不行了,当即匆促慌张地进去叫醒了阿丹。阿丹披了件毛衣,踩着拖鞋跨出门跑到隔壁去了。

鲁特在院子里走来走去,听隔壁的动静,一直都静悄悄的,太阳烈得快将人晒脱皮,昨天下那么厚雪,像是捂热炕的被子,天一亮就被折叠掉了。他进屋写了张字条,用杯子压在茶几上,告诉阿丹自己要回学校了。

将摩托车先往崖头的方向骑,远远看见胡迪家以前不起眼的巷门已经被换掉了,两扇朱红油漆的大新门,两只门环在阳光下闪烁着光亮。

只拍了两下门环,胡迪就出来了,吃惊地看着他,声音高出几个分贝问道:"你什么时候回来的?"

"昨天,那个……你的那只羊昨天是我撞的。"

不知胡迪怎么理解鲁特的这句话,他眯起眼睛,忽然笑起来。大颗的牙齿露了出来,白灿灿的。鲁特觉得胡迪这表情像极了他在某档电视节目里常见的那位主持人耍宝搞笑时专门做出的鬼脸。

"下大雪我的羊都跑散了,还有两只没找回来。"

"我的意思是我撞的羊我赔给你。"鲁特一紧张,将事先规划的诚诚恳恳致安，再郑重其事道歉这些事都省了，直接说出要赔偿的话。

胡迪又笑，眼角有细微的散发光泽的纹路，说："不用，不用赔，它已经在大雪天被我煮熟待了客。"

胡迪请鲁特进家里坐坐儿。鲁特说要回学校，再迟就没车了。胡迪又叫他等一会儿，匆匆返回里屋，过了几分钟，手里提着一个袋子出来，满脸笑容。

"这个你拿到学校吃，一只小羊，上门的客人都有份儿。"一面将袋子递给鲁特，一面说道。

袋子热乎乎的，里面是羊肉，鲁特觉得挺不好意思，点着头连忙说谢谢。

塑料袋子挂在摩托上，山风吹得呼啦啦响，周围都充满了羊肉的香气。让沉寂而干燥的黄土地似乎都变得可爱了起来。

阳光炫目，鲁特仔细回想昨天心快要从喉咙蹦出来的那一刻，前面什么都看不清楚，摩托车像是飞起了一下，将一只小羊羔顶起来直接扔进了旁边的沟里，沟太深了，羊"咩"一声下去之后就没了声音，像是已经死了，就一溜烟的将摩托骑到了清真寺。后来仔细检查过摩托车的轮胎，血污之类的什么痕迹都没有，就想悄无声息装作什么事都没有发生过，反正谁也没看见。

但掩饰得再好，依旧欺不过自己的心。

这下终于畅快了。

灰色轨迹

等车的时候下着大雪，白茫茫的自空中落下，绵绵密密地盖住一整个长街。有人手筒在衣袖里面慢腾腾地独自行走，穿一件黑色的棉大衣，走得很慢。短暂的一瞬间产生一个错觉，以为是某部黑白电影里面的孤独长镜头。伸手将行李箱往身边拉了拉，没有戴手套，直接接触到金属提手，一阵冰冷穿越过胸腔，心脏一瞬间像被电击了一般，不由得耸起肩膀萧瑟起来。昨天逃也似的拎着这么大一个行李箱过来，一宿之后又要离开。像是在逃跑，也的确想逃，但是能逃到哪里去呢，哪里都是人，都是噪音，都是犹如豆腐块儿般累积起来的建筑，低矮坚硬的窗子，幽暗的小门，屋内扎眼的光线。这个世界时常像个囚笼，人在其中服刑，想逃又逃不掉的无奈与懦弱。

远处环绕的群山都被大雪覆盖了，冷得站不住的时候，在行李箱上面坐了下来。感觉周围的沉寂太荒凉了，压抑、难过、孤独、失落也一时全都涌上来，眼泪几乎要跟这纷纷的大雪进行一场比赛。

一辆车都没有，坐在箱子上鞋跟蹬过去又收过来，吱吱的声响将一块雪地的面容划得不白不黑，痛苦万状。在抬头间歇，望见拱北尖顶上的新月，是薄薄的铜片制成的，可能太薄了，一点落雪都没有，仿佛是另一个时空的存在。突然心里一阵委屈，要是父母还活着的话，肯定不会让我一个人来街边等车。有点后悔突然过来，姐姐不似父母，姐姐的家也不似父母的家。早就没有家了。但是昨天快要下班那会儿特别烦躁，一股无来由的孤独在血液里像一道黑影一样暗暗地胡奔乱蹿，就匆匆忙忙在长途汽车站买了一张票，然后搭车来了姐姐这里。住了一宿，没滋没味的，还不如一个人拿着大杯可乐大筒爆米花去电影院消磨时间来得自在。收到姐姐的微信消息："大雪天应该没车吧，没什么要紧事的话今天就先别走了。"我只简简单单回了两个字，"好的。"又有消息过来，还是姐姐的，"你先自个儿回去，我还有两节课，上完回来给你做早饭。"

老式的单元楼连个电梯都没有。我双手提着沉沉的行李箱一个台阶一个台阶地往上移，也不知道自己在里面胡乱装了些什么，越提越沉。楼梯的墙壁上印满广告和各类电话号码，还有不明所以的暗黄水迹。拐角的地方堆积着破烂家什，干喷喷的拖把头，枯萎的盆景，废弃的破锅烂碗。空气里有一股灰尘的陈旧味道。昨天到得晚，在黑暗中倒是没有注意到这些。

当初为了离父母的住家近一点，姐姐特意将婚房选在这里。这还不到两三年，原本简单干净的住宅楼就成了这幅光景。穿越昏暗的走廊，钥匙就在门头顶上面，离开的时候我放上去的，踮脚一伸手就摸到了。早晨我醒来时，姐姐已经去上班了，桌子上留了纸条——走的时候将钥匙放在门头上就行了。

温暖淳朴的小居室，暖气热烘烘的，有点暗，我开了灯，灯光是黯淡的黄色，给人暖洋洋的归属感。反正就我一个人，倒了杯热水捂着手，慢慢地踱来踱去，东翻翻西看看。玄关处的鞋架上放了一只挺大的鱼缸，但里面只养了一条锦鲤，孤独而傲慢地游来游去。墙壁上一横排挂着针绣的四幅牡丹图，绚丽的色彩配上夸张的枝叶，规规矩矩框在镜框里面。拐角处装了一角书柜，这种设计挺别致的，齐齐整整地码着好几排书，《阿戛伊德》《伟戛业》《虎托布》《艾尔白欧》《古洛司汤》《米尔萨德》……都是经学堂大学部用来教学的一些教材，大概都是姐夫的吧，我没有再往下看。姐夫长得很高大，有着东乡人常有的高挺鼻梁，脸部也是东乡人的那种刚毅轮廓，是个虔诚良善的人。

客厅、厨房到处都收拾得挺干净，有股香甜香甜的芳香味儿，真够好闻的。好长时间都不曾与姐姐见面了，电话也很少打。姐姐本来就是个不爱说话的人，父母去世之后，我俩之间就更没话说了，关系越来越淡，有时甚至都不及普通朋友。昨晚到了之后，姐姐的晚饭刚做好，姐夫不在，做得少，姐姐怕不够吃，又进厨房炒了两盘菜，一起吃饭的时候没话找话地说了一两句，浑身不自在。睡觉前就跟姐姐说清楚了我今天早上要走的事，刚来就走可能有点奇怪，还拖着这么大一只行李箱，有点心虚。好在姐姐也没问什么，只是挽留了我一两句。那副欲言又止的样子，我都不知道是真挽留还是假挽留。

我都已经冻僵了，坐在靠近暖气的窗台边眼望外面被大雪覆盖的世界，少数民族的人都习惯收敛自己的感情，由此聚集成的世界遇到雪天就更显得安宁了。门外一阵钥匙的碰撞声，姐姐回来了，两节课的时间竟然这么短，九十分钟我做了些什么，什么都没做，甚至因为怕冷，连棉衣都没脱。

姐姐将包挂在玄关处，一手换拖鞋，一手抵在墙壁上，手上挂着一只塑料袋子，随着动作呲呲刺刺地响个不停。我这才发现挂衣服的地方原来还挂着一件做礼拜的长袍和一串念珠。

"饿了吧，我买了一只土鸡，你想吃白斩的还是干煸的？"

"我怎样都行。"从今年夏天禽流感开始泛滥后，我没有再吃过鸡肉。

"那我们就水煮吧。"姐姐脱了棉大衣，系起围裙，在水槽里放满了水，一边洗一边跟我说，缀在头巾上面的人造水钻和金丝线在阴影中闪烁着光泽。我干站着有些尴尬，便也进到厨房帮忙。鸡洗了一遍，又用开水烫了一遍，一股腥味儿直冲脑门，胃打了一个寒战。姐姐边掏洗着鸡的胸腔，边吹着气，鼻子旁边皱起细细的小皱纹。

姐姐要什么食物素材，我就从冰箱里面递给她什么，最后既没水煮也没干煸，做的是东乡人最地道的大盘鸡。一大盘花花绿绿的鸡肉、土豆、青红椒、蒜瓣、生姜、洋葱之类的，下了两盘白皮面，搅拌在汤汁里面，正中我心坎。但说实话真的是太多了，这么一大盘，两个人根本吃不完。餐桌上的吊灯低低的，我吃着吃着想起以前一家四口一桌子吃饭的情景，这样一大盘，一点都不会嫌多，吃到最后盘底除了汤汁，什么都不会剩下。一时鼻子有点酸，觉得死亡离人那么近，匆匆忙忙地活着活着就被生死的界限隔开。我低着头慢慢吃着捞在碗里的面，试图将涌上来的眼泪压下去。

清真寺里的呼拜声一声一声传来，姐姐转头看了一眼墙上的挂钟，"撇声已经念了，今天时间怎么这么赶？"吃完之后匆匆收拾完厨房，然后进浴室洗漱，穿了那件黑袍做起了礼拜。

看着姐姐起跪鞠躬的背影，竟有些莫名的感动。如今很多地区都是相似的现象，年轻人削尖了脑袋要去大城市开始新的生活，而老人则留在了空寂、落后的故乡，我自己也是这些年轻人中的一员。但很显然我的姐姐不是，她一直淡然、宁静、不急迫、对没兴趣的事不关注不动容。她的天赋比我高，小时候学什么都比我快，上大学学的是新闻学专业，毕业后在几家电视台做过新闻工作，还参与过独立制片的工作……但后来她谈恋爱了，因为对方的真诚和诺言就又跟着回到锁南坝，加入小学教员的行列，有点屈才。但他们的爱情是真的，幸福也是真的，对一个女人来说有这些也应该已经够了吧。

吃得太满足了，胃里特别舒服。坐在沙发上无所事事，开始翻堆在茶几下面的瓶瓶罐罐，一不小心，碰翻一个药瓶，药洒了出来。姐姐做完礼拜看着我，说："我得去上班了。"我尴尬起来，慌忙用腿挡住姐姐的视线，等她转身之后，再迅速将药捡起来，装回药瓶，是一粒粒安眠药，怎么会有这么多，可能是买多了吧。我正这么想的时候，听见姐姐说："我每天几乎都是这样忙来忙去的。我下午五点下班，剁几斤羊肉回来，晚上我们煮手抓羊肉吃。"她正在玄关处穿鞋。

"我下午就回去了。"看着窗外明亮了许多，雪已经停了，我想这会儿应该会有车的吧。

"没什么事的话，你可以在我这里待几天，反正家里就我一个人，挺方便的。"

我已经穿好了棉衣，提着箱子。姐姐看着我，没什么表情，我也不知道该说什么，犹犹豫豫地往外走。下楼的时候姐姐帮我提起了箱子，她个子比我高，也比我胖，提着箱子下楼梯一点也不费力。窄窄的街道，有些地方的雪已经被各种机动车压得溜滑光亮，街边店铺里的店家兴致勃勃地将自家门前的雪扫成一堆，留出一条人们进出的小道。姐姐换一只手提着箱子，又往前走，一直走到等车的地方。这地方多少年了，都没有个像样的车站，一直都是随便站在街边等过路的汽车。

姐姐放下箱子赶着去上班，"自己路上小心啊，到了给我打电话。"脚上粗跟的高跟鞋在雪地上踏出一个又一个印子，我打量着她走远的背影。跟妈妈年轻时的背影有几分神似，两只脚稍稍迈着八字。脖子里凉飕飕的，有雪花落进来。身边有一棵大树，枝丫在雪天里优雅地展开接了厚厚一层雪，像盖了一层棉被，要沉沉地睡过去一样。我往旁边站了站，这样的树在夏天才好呢，有茂密的树叶可以用来遮阴。

路上行人不多，几个小学生背着书包从我前面走过，校服外面套着厚厚的羽绒服。那种说不清楚，但让人感觉难受的黑暗的东西又开始在血液里蹿动起来。激烈的气流，就好像一把刀将洋葱切开的时候，散发出来的辛辣味，无害，但能让人眼泪滚滚不止。眼睛湿润起来，将手插在大衣的口袋里，抬头往上看，下过雪的天空一直是灰蒙蒙的颜色，有些压抑。突然觉得惆怅。远处被雪覆盖的白色房子就像是云朵雅致的回忆，棱棱角角的。天空将所有的云朵都献给了人们做屋顶，同时也侵略和享受着它们的风情。

冷风吹得我浑身哆嗦，只好在行李箱上坐下来，用手臂夹紧身体。有些惘然。看见街道对面的巷子是一条斜坡。有男孩骑着自行车，抬高双脚，让自行车自由冲下来，直直冲到街道上。实在是太危险了，要是有突然过往的车辆，肯定会被撞飞。

又过了一段时间，我看见姐姐远远地朝我走来。就像一个镜头被寂静地放大，再被放大，我竟然期待着镜头被放到最大状态的效果，面容占据整个荧幕的那种。

"我给你从学校门口买了一个烤洋芋，热的。"姐姐从手提包里拿出用报纸包好的洋芋递给我。

"刚吃过，我不饿。"我连忙拒绝。

"可以拿着暖手嘛。你没戴手套啊。"姐姐问我。我接过洋芋时发现手指已经被冻得青紫。

"我的手套给你。"姐姐说，一边将手套从手上脱下来给我，一双黑皮手套。

"这么冷的天要提箱子没手套怎么行。"姐姐说。我不是故意不戴的，只是昨天来的太匆忙忘拿了很多细碎物品。

姐姐戴着口罩，雾气全落在睫毛上，睫毛很长，在眼睑上像一只飞鸟，微微颤抖着，准备随时飞走般的。我看着她，头巾上虽然有珠片，但并不张扬也丝毫没有突兀感，通身坦然，手臂上挽着包，整个人都很安静。从未见过姐姐跟人起冲突或者大声说话。她是一个很懂得怎样去控制个人情绪的人，或许是因为从不发脾气，所以根本就没有很大的情绪波动。我倒觉得跟那些情绪挂在脸上的人好相处，至少可以知道对方是怎么想的。

"下雪天车一直都放得少。"姐姐说，"我陪你等一会儿吧。"

"你不去上课吗？"我双手捏着洋芋，寒冷的确有些退却。

"我忘了我今天第一节没课。"姐姐转头微微一笑，淡淡地看了我一眼。

"什么事都得慢慢来，像你这么急迫怎么行，人一急不但会产生压力，还容易出乱子。"姐姐又说，"你的工作也是啊，你又不缺钱，干嘛那么没日没夜地拼命，你看你瘦的。"我没有继续往姐姐脸上看，我知道她说的是父亲去世前卖掉老宅子留给我的那笔钱。但人的生活总是漏洞百出的，进入一个圈子之后似乎就不能再脱离生活某种的轨道，为了和它抗衡，和它和谐共处，常常身不由己。我的确有点乱，要不是工作压力太大，想家想到有从写字楼跳下去的念头，可能也不会突然跑到这里来。

"等一会儿要是没车，你就赶紧回家，站在马路边怪冷的。"一辆小汽车打着防滑链从我们前面开过去，卷起一阵雪沫。我没有作声，突然觉得很烦躁。

姐姐离开后不一会儿，天空又开始飘下雪来，整个大街被雪弥漫，行人越来越少，有的店铺也开始关门。东乡的雪下起来没完没了，这我从小就知道，大脑里面慢慢绽放出某种绝望。手机震了一下，是姐姐发过来的微信，"又下雪了，车估计是不来了，我听同事说高速路口已经封了。"之后又来了一条消息，"你回家去睡一觉吧，一觉睡醒我也就下班了。"我盯着手机，心里又一次后悔起来，人在孤独的时候真的会干出很多匪夷所思的事情，难道我跑来这里就是为了被大雪困住，然后这样来回地折腾自己。我回姐姐说："我再等会儿。"姐姐也没有再回复我。

等了整整两个小时，一辆车都没有，我坐在行李箱上面发呆，心里倒感觉轻松了不少，用这种方式打发漫长的等待，打发冰冷的时间也挺好的。街头的小饭店里烧着温暖的小火炉，水壶上面是蓬蓬的水蒸气。我进去吃了一碗热腾腾的羊肉面片，其实一点都不饿，但就是想吃。出门结账时，看见收银台边角的玻璃缸里面养了很多小金鱼，问老板能不能卖我几条。老板笑着说这怎么卖，你喜欢就送你几条。拿来塑料袋子，提起鱼缸往里面倒了几条。我看着老板这样的举动，忍不住对自己微笑起来。一手提着塑料袋子，一手拉着箱子往姐姐的家里走。

走到楼梯口时，才发现我提着半袋子水，没办法提行李箱上楼,试了几次都不行。只能提一个。叹口气,停下来看箱子,踌躇着该怎么办。一位中年妇女从门廊走出来,说:"我帮你提。"脚上踩的是棉拖鞋,戴着白帽子,但没戴盖头,这样的装束常会出现在一些老年的穆斯林妇女身上。她们在家里时通常都这样。估计她是一楼的住户,从窗子里面看到我,就出来帮我。她又问我:"刚回来吗?"我也不知道怎么回答,就模糊地点着头。她提着箱子走在我前面,没有问我上几楼,边走边自顾自地说,"这场雪下得也太大了……"之后是一系列的东乡话,都是一些感慨词。

终于到了,让一个老人帮我提箱子心里还真有点过意不去,连声跟她说:"多谢您了。"她一边微笑一边摇手说没什么,嘱咐我快进去都冷死了。下楼走到楼梯拐角处时,又抬头跟我说:"再见啊。"

我将钥匙插进锁孔里忙腾出手,也跟说她:"再见。"

将鱼倒进鱼缸之后,我呼了口气。老人的那种微笑,那种嘱咐都是我曾熟悉不过的。日光之下,那只是一位普通的老年人,以前旧巷子里的老邻居们都是这样的,像秋天明媚的阳光。遇到送我金鱼的饭馆老板,遇到帮我拎箱子的热情的老年人。想着这些,心里竟然有了暖意,愉快了起来,这种感觉似乎就应该是愉快。但美好的事物总是消逝得很快,公司打来电话,要我将广告设计图再改一遍,一定要按客户要求的来。我抓乱满头的头发,打开行李箱子找电脑,感觉非常焦虑。

姐姐回来的时候,我正陷在沙发里抱着电脑修改广告设计图。她在我旁边坐下来，微微斜身靠过来，浑身的寒气，也没说话，只是盯着我的电脑屏幕看，微皱起眉头，我想她可能是看不懂这些的。我日夜不分设计出来的这些图片。这段时间我为这些设计图活得有点煎熬。有很多个夜晚，都是失眠的。为了隐秘的尊严，我常将灵魂和生活分割两岸，虽在广告公司工作，但很少出现在他们的聚会上，那种聚会一屋子的红男绿女，酒气扑鼻，连个逃遁的地方都没有。心想只能用努力工作来得到认可了。就是抱着这样的希望常常加昼连夜地拼命工作，力求做到精益求精。后来越做工作量越大，成倍的工作量渐渐占据了全部的生活。

虽然很忙，但依然空虚，有时像一个沉到游泳池底部的人，压力重重，但什么都没有。

"晚上吃什么？"姐姐问我。

我盯着电脑想了一会儿才反应过来。"我回来时在外面吃了碗面片，不想再吃了。"姐姐站在我前面等了一会儿，然后走进了厨房，又伸出头问道："一点都不吃吗？我热的是中午吃剩的大盘鸡。"我摇头说不吃。

"我新买了几条小金鱼放进你的鱼缸里了。"我突然想起来就跟姐姐说道。

"是吗？"姐姐走过去，趴在玻璃前面看。又在厨房里走进走出的，一会儿吃东西，一会儿做礼拜，一会洗澡，后来就进卧室睡觉了。我则在沙发上将设计稿一遍一遍地轮番修改。直到天蒙蒙亮，姐姐起床时我才睡下去，直挺挺地躺在沙发上根本睡不着。姐姐洗漱完出来之后，我便支起身去洗澡。整个人昏昏沉沉的，感觉身体在氤氲的热气中沉重而缓慢地漂浮。

跟姐姐一起吃早餐，暗淡的灯光下，感觉熟悉又陌生，我已经不记得我上次这么早吃早餐是什么时候，也许是爸妈在的时候，反正已经很遥远了。姐姐说我洗澡时间太长，太浪费水了，我低着头喝粥，没吱声。

"不要只顾工作，也要想想未来的生活，谈个男朋友，考虑一下结婚的事。长期一个人，生活肯定会出问题的。"姐姐比我大七岁，但在她眼里我可能依然是个孩子。

"谈过一个后来分手了。"我说的时候，心里若无其事。像是很久之前发生的事情，但是仔细算来，分手还不到一个月，不能想起这件事，一想总感觉天空灰蒙蒙的。它让我产生的消极情绪，已不仅针对社会及人群，而且对于自身生命，都近同一种放任自流。

"感情里最重要的是沟通，互相理解才能越走越远。"姐姐以为我跟她的思路是一样的，为了让谈话继续下去，我说："我可能太理想主义了。"姐姐带着探究深深地凝望我，我们以前从未谈过这样的话题。

"婚姻就是可以成全理想主义的啊，婚姻是慈悲、责任、使命，而且还可以拿它来逃避现实。"

"怎么成全，一个男人和一个女人生活在一起，相对一生，多么可怕的一件事情。"我说。

姐姐不再说话。她拿过我的杯子往里面添了一些牛奶。

后来姐姐收拾屋子的时候，我迷迷糊糊躺在沙发上睡了过去。惊醒过来的时候，姐姐已经去上班了，我记得她出门前跟我说:"如果你要睡觉就去我的床上睡。"也可能是我睡梦里糊里糊涂梦到的。

收拾了一番,又拖着行李箱去街边等车,这已经是我第三次来等车。有大朵大朵厚重的云朵,从容地游走。淡薄的阳光从间隙里面透出来。

凌厉的风扑打在脸上有点疼,我将口罩捂在脸上。这时看到马路对面有个老人,在雪地上滑倒了,努力地爬起来,走了两步,又滑倒了,重重地摔在地上,又艰难地爬起来,没站稳,又滑倒了。他喘着粗气,用力爬起来,跪在地上。盲目地找能够攀附的东西,像极了一个不识水性的人掉进河里。风中飞舞的雪沫扑到我的眼睛上,我感觉自己快要哭了。

一辆大客车,扬着喇叭一路慢慢开过来。我招了招手,助手看见我,便开了车门从车里跳下来,一把拎起我的箱子,几步走到车跟前,打开下面的货仓放了进去,车厢里面没几个人,空荡荡的。我坐下来脱掉手套给姐姐发微信:"我走了。"等了半天也不见姐姐回复。转头时看见自己的眼睛以及面部的轮廓倒影在车窗玻璃上,寥落得也像被大雪覆盖,空空白白的。

"过去了的一切会平息,冲不破墙壁,前路没法看得清,再有那些挣扎与被迫,踏着灰色的轨迹,尽是深渊的水影。"

车头上的自挂电视里放的Beyond的《灰色轨迹》的MV,以前听过,粤语歌曲,中间一两句没听清,听到一句:这世界已不知不觉地空虚。

车窗外飞掠过去的千沟万壑都是相似的苍白，一瞬间扎心得痛。大衣口袋里的手机嘀嘀颤了两下，慌忙拿出来看。

"我其实很希望你能陪我多住几天。"是姐姐的微信。

"你听过 Beyond 的《灰色轨迹》吗？这世界已不知不觉地空虚。世间只留下你一个人时的那种孤独。"

"你想说什么？"姐姐发过来问我。

"感觉所有人都和我已经没关系了。就拿你来说，不是你消失了，而是我感觉不到你的存在了。"

"你孤独，难道我就好过吗？我已经离婚三个月了，都找不到一个可以说话的人。"是姐姐回过来的。

对着手机屏幕我骂了一句脏话，眼泪再也忍不住了，簌簌直往下掉……

图书在版编目（CIP）数据

烟雾镇 / 丁颜著. -- 上海：上海文艺出版社,2021.6
ISBN 978-7-5321-7924-4

Ⅰ.①烟… Ⅱ.①丁… Ⅲ.①中篇小说－小说集－中国－当代
②短篇小说－小说集－中国－当代 Ⅳ.①I247.7

中国版本图书馆CIP数据核字(2021)第053189号

发 行 人：毕　胜
责任编辑：江　晔
封面设计：钱　祯

书　　　名：烟雾镇
作　　　者：丁　颜
出　　　版：上海世纪出版集团　上海文艺出版社
地　　　址：上海市绍兴路7号　200020
发　　　行：上海文艺出版社发行中心
　　　　　　上海市绍兴路50号　200020　www.ewen.co
印　　　刷：苏州市越洋印刷有限公司
开　　　本：889×1194　1/32
印　　　张：10.375
插　　　页：2
字　　　数：208,000
印　　　次：2021年6月第1版　2021年6月第1次印刷
Ｉ Ｓ Ｂ Ｎ：978-7-5321-7924-4/I.6283
定　　　价：55.00元
告　读　者：如发现本书有质量问题请与印刷厂质量科联系　T:0512-68180628